Helene Falk
Seele voll Zorn

AF202249

Das Buch

Hauptkommissar Mik Kohonen tappt ungern im Dunkeln. Aber genau das tut er bei seinem neuesten Fall, der Finnland erschüttert: ein grausamer Doppelmord, bei dem eine Frau vergewaltigt wurde und deren Mann an einen Stuhl gefesselt alles mitansehen musste. Vom »Pärchenmörder«, wie die Presse titelt, gibt es kaum eine Spur. Keine Feinde der Opfer. Kein Motiv.

Dass Kohonen selbst psychologisch betreut wird, macht die Ermittlungen nicht einfacher. Kann ihm die zur Seite gestellte Psychologin Sofia Eriksson auch bei der Lösung des Falls helfen? Während Kohonens Recherchen ihn immer tiefer in die Vergangenheit führen, verschwindet plötzlich ein Touristenpärchen. Ein erbitterter Wettlauf gegen die Zeit beginnt.

Die Autorin

Helene Falk ist promovierte Juristin und ehemalige Richterin. Geboren wurde sie in Innsbruck. Nunmehr lebt und arbeitet sie in ihrer Wahlheimat Stuttgart.

HELENE FALK

SEELE VOLL ZORN

EIN MIK-KOHONEN-THRILLER

Deutsche Erstveröffentlichung bei
Edition M, Amazon Media EU S.à r.l.
38, avenue John F. Kennedy, L-1855 Luxembourg
März 2024
Copyright © der deutschsprachigen Ausgabe 2024
By Helene Falk
All rights reserved.

Umschlaggestaltung: Brian Barth, Berlin
Umschlagmotiv: © Henrik Trygg / Getty
1. Lektorat: Angela Kuepper
2. Lektorat und Korrektorat: VLG Verlag & Agentur, Haar bei München,
www.vlg.de
Gedruckt durch:
Amazon Distribution GmbH, Amazonstraße 1, 04347 Leipzig /
Canon Deutschland Business Services GmbH, Ferdinand-Jühlke-Str. 7,
99095 Erfurt /
CPI books GmbH, Birkstraße 10, 25917 Leck

ISBN: 978-2-49671-573-6
e-ISBN: 978-2-49671-572-9

www.edition-m-verlag.de

*Für alle, die sich fragen, ob
es sich lohnt, seine Träume
zu verfolgen. Auf jeden Fall.*

PROLOG

1.

Ihr schriller Schrei übertönte das Motorgeräusch.

»Fahr nicht so schnell«, warnte sie lachend. Die Fenster des kleinen roten Škoda waren weit geöffnet. Sie streckte ihren Arm auf der Beifahrerseite hinaus und bewegte die Hand im warmen Gegenwind. »Ich liebe das hier«, rief ihr Freund Matias und beschleunigte noch etwas mehr. Einen unbeschwerten Moment lang schloss sie die Augen. Ignorierte das dumpfe Pochen ihres Herzens. Hätte es nur immer so bleiben können.

Nahe Puumala nahmen sie die unbeschilderte Abzweigung. Als sie auf den schmalen Waldweg einbogen und die asphaltierte Hauptstraße hinter sich ließen, zog sie ihren Arm zurück ins Innere des Wagens. Die Luft war schlagartig kühler geworden, weshalb sie ihr Fenster schloss. Langsam pflügte sich ihr Auto auf dem engen Pfad durch den dichten Fichtenwald. Zweige und Blätter kleinerer Büsche streiften zu beiden Seiten am Wagen entlang. Kratzten auf Glas und auf Lack. Und plötzlich war es wieder da. Ihr ungutes Gefühl im Bauch.

»Hey du, lach mal!« Er beugte sich zu ihr hinüber und gab ihr einen Kuss auf die Wange. Sein kurzer Stoppelbart kitzelte.

»Spinnst du«, tadelte sie. »Schau gefälligst, wo du hinfährst!«

»Jawohl, Boss!« Matias strahlte über das ganze Gesicht. Seine blonden Haare waren vom Fahrtwind verweht und unterstrichen seine Fröhlichkeit. *Eigentlich ist doch alles gut,* dachte sie und starrte aus dem Fenster. Eine Weile fuhren sie schweigend dahin. Der Pfad führte immer tiefer in den Wald hinein. Und in die Einsamkeit.

»Warte mal, was ist denn das?« Sie deutete auf eine Stelle abseits des Weges zwischen den Bäumen. Mit einem leichten Quietschen der Bremsen hielt Matias den Wagen an. »Sieht aus wie ein verlassenes Lager.« Sie erkannte verkohlte Überreste einer Feuerstelle, umgeben von jeder Menge verstreutem Müll. Vor allem leere Flaschen. Wodkaflaschen.

»Jedenfalls hätten die ihren Müll mitnehmen können«, sagte Matias. Sein Blick fiel auf Reifenspuren im weichen Waldboden. »Aber wer immer hier gefeiert hat, die sind schon wieder weg.«

Einen Moment später gab er wieder Gas und pfiff ein Liedchen vor sich hin. Ihre gute Laune war nun gänzlich verflogen. Sie fröstelte und verschränkte die Arme vor der Brust. Eine leichte Gänsehaut blieb.

Nach ein paar Minuten holpriger Fahrt erreichten sie die Holzhütte direkt am See. Einsam stand sie da, umringt von Bäumen. Vögel zwitscherten vergnügt, hier und da bewegte sich ein Ast. Die Sonne tauchte alles in ein warmes Licht. Eine Duftmischung aus feuchtem Holz und Schilfgras stieg ihr in die Nase. Natürlich konnte auch sie sich der Schönheit des sattgrünen Waldes und des glitzernden Wassers nicht verschließen. Aber das Gefühl im Magen war unverändert da. Dieses Gefühl, dass hier irgendetwas nicht stimmte.

Matias stieg aus und streckte sich, sodass sein T-Shirt nach oben rutschte. Sie betrachtete die feinen blonden Härchen auf seinem gebräunten Bauch. Er grinste. Vergnügt öffnete er den Kofferraum voller Lebensmittel und hob einen Karton mit Salat, Wein und italienischer Salami heraus.

»Heute Abend machen wir es uns so richtig schön«, flüsterte er und schaute sie von der Seite an. Stumm stand sie da und strich sich eine Strähne ihres blonden Haars hinters Ohr. Mit der Hand glättete sie ihr vom Sitzen zerknittertes, buntes Sommerkleidchen. Ihre Wangen glühten ein bisschen mehr. *Und morgen fahren wir endlich wieder nach Hause*, fügte sie in Gedanken hinzu.

2.

Die Nacht war hell. Das Fenster zum Schlafzimmer stand offen. Eine leichte Brise wehte vom Wald her herein. Sie wusste nicht genau, was sie geweckt hatte. Still lag sie da, hielt instinktiv den Atem an und lauschte ein paar Momente lang den bekannten Geräuschen des Waldes und der Holzhütte. Der Wind ließ draußen die Bäume rauschen und drinnen die Holzbalken knarzen. *Atme wieder! Atme wieder! Du kennst das hier.*

Sie hatten noch lange draußen gesessen. Und viel zu viel Wein getrunken. »Wetten, du kriegst mich nicht?«, hatte Matias gerufen und war einfach in den See gesprungen. Sie war ihm gefolgt. Der Alkohol hatte ihre Sinne vernebelt und ihre Ängste vertrieben. Bis jetzt.

»Verdammt!«, stöhnte sie. Ihr Kopf dröhnte. Sie konnte noch nicht lange geschlafen haben. Es war ein warmer Sommer. Selbst die dünne Decke hatte sie im Schlaf von sich gestrampelt. Jetzt begann sie zu frieren.

»Matias?«, flüsterte sie. Keine Antwort. Langsam tastete sie mit ihrer Hand das Bett neben sich ab. Sie wollte jetzt in den Arm genommen werden. Wollte die bösen Geister in ihrem Kopf vertreiben. Aber ihre Hand griff ins Leere. Die Erkenntnis, dass ihr Freund nicht neben ihr lag, traf sie mit voller Wucht. Sofort saß sie kerzengerade im Bett. Ihr Herz hämmerte schwer in ihrer Brust. *Versuch, dich zu erinnern*, ermahnte sie sich selbst. Er war doch neben ihr eingeschlafen, oder? Ihre Augen suchten das kleine Schlafzimmer ab. Dabei fiel ihr Blick auf den bereits zur Hälfte gepackten Koffer neben der Tür. *Morgen fahren wir wieder zurück nach Helsinki*, dachte sie.

Da hörte sie es erneut. Das Geräusch, das sie geweckt hatte. Es war der Motor eines Autos. Ein tiefes Rattern, das langsam lauter wurde. Sie schüttelte fast unmerklich den Kopf. Nie wieder würde sie mit ihm an einem so einsamen Ort ihren Urlaub verbringen. Das schwor sie sich in diesem Moment. *Was will er denn mitten in der Nacht mit unserem Auto,* dachte sie noch. Im Halbdunkel der Mittsommernacht sah sie in Richtung Nachttisch und ihr Atem stockte. Die Autoschlüssel ihres Škoda lagen genau an der Stelle, an der Matias sie tags zuvor abgelegt hatte. *Nichts ist gut.*

Draußen fielen Autotüren zu und fremde Stimmen lachten leise.

1. Teil

Freitag

Zwanzig Jahre später

»Mist, Mist, Mist!«, fluchte Iida Nieminen leise. Sie rieb sich ihr schmerzendes Knie, mit dem sie soeben beim Aufstehen an die Schreibtischkante gestoßen war. Dann verstaute sie eine Tube Handcreme in ihrer Tasche. Lautlos fuhr ihr Computer herunter. Kurz bevor der Bildschirm schwarz wurde, erschien das vertraute blaue Logo auf weißem Hintergrund – »Helfende Hand, Opferschutzorganisation«.

»Was für ein Tag«, flüsterte sie und seufzte. Es war bereits nach neunzehn Uhr und draußen war es düster und regnerisch. Große Tropfen hingen an den Fensterscheiben und perlten langsam und träge nach unten. Wie üblich in dieser Jahreszeit zeigte sich Helsinki von seiner kalten und dunklen Seite.

Iida zog ihre Mütze über die kinnlangen blonden Haare, schlüpfte in ihre Handschuhe und lauschte dabei den gedämpften Geräuschen des Abendverkehrs. Sie hörte, wie ihre Mitarbeiterin Ella Mäkinen in die Tastatur ihres Computers hämmerte.

»Ella, es ist schon spät. Machen Sie Schluss für heute«, rief sie durch die offene Tür in Richtung des gegenüberliegenden Büros. Das Tippen stoppte kurz.

13

»Ja, Chefin. Gleich. Bin gleich fertig.«

»Fertig« war in Zusammenhang mit ihrer Arbeit ein unglücklicher Begriff. Zu tun gab es immer genug. Die Arbeit nahm niemals ein Ende, wurde stetig eher mehr als weniger. Man musste einfach irgendwann den Absprung schaffen. Und das jeden Tag aufs Neue.

»Das ist jetzt ein Befehl, Ella«, rief Iida schmunzelnd. »Ich höre, wie das Wochenende nach Ihnen ruft!«

Statt einer Antwort wurde das Tippen in Ellas Büro schneller. Iida verdrehte die Augen. Sie leitete die Opferschutzeinrichtung jetzt bereits seit drei Jahren, war zuvor aber schon lange Jahre als juristische Mitarbeiterin der Organisation tätig gewesen. Sie hatte viel erlebt. Gewalt. Schuld. Tränen. Angst. Mit den Jahren hatte sie gelernt, abends abzuschalten und die Probleme ihrer Klienten nicht mit nach Hause zu nehmen. Auch ihrer Familie zuliebe.

Iida kramte nach ihrem Autoschlüssel und löschte das Licht in ihrem Büro. Auf Ella zu warten lohnte sich wohl nicht.

Da zerriss ein lauter Ton die Stille des Raums. Unten an der Eingangstür hatte jemand geläutet. Bei dem unerwarteten Geräusch war Iida zusammengezuckt. Sie trat aus dem Arbeitszimmer und sah auf dem Monitor der Videoanlage eine dunkle Gestalt im Regen stehen. Eine Frau. Ohne Jacke. Ihr Gesicht war nicht zu erkennen, da sie den Kopf gesenkt hielt. Mit ihrem ganzen Körper wippte sie stetig vor und zurück, vor und zurück.

Verdammt!, dachte Iida, weil sie die Hilfebedürftigkeit dieser Person beinahe körperlich greifen konnte. Gleichzeitig sah sie ihren Feierabend dahinschwinden, was ihr einen leisen Seufzer entlockte. Dann betätigte sie den Türöffner.

Sie beobachtete, wie das durchnässte Geschöpf durch die schwere Sicherheitstür trat und die Treppe heraufkam.

»Entschuldigung …«, stammelte die Frau. Dabei starrte sie noch immer in Richtung Boden. Ihre nassen dunklen Haare hingen ihr wie ein Vorhang vor dem Gesicht. »Ich brauche Hilfe.« Endlich hob sie ein wenig den Kopf und Iida blickte in traurige Augen. Die Frau war schätzungsweise Anfang zwanzig und sah wirklich erbärmlich aus. Sie hatte geweint. Ihr Gesicht war verquollen, die Augen gerötet.

»Was ist passiert?«, fragte Iida ruhig und routiniert. Die Frau starrte an ihr vorbei, schien sie gar nicht richtig wahrzunehmen. Mit einer hastigen Bewegung strich sie sich eine feuchte Strähne ihres Haars aus dem Gesicht. Verschmierte Wimperntusche bildete dunkle Schatten unter ihren Augen.

»Mein Freund …« Sie schluchzte und war offenbar für den Moment nicht fähig weiterzusprechen. Iida entging nicht, dass die Frau am ganzen Leib zitterte. Mehrmals blickte sie sich suchend um. Ängstlich.

Hinter ihnen war Ella Mäkinen aus ihrem Büro getreten. Sie hielt ein Glas Wasser und eine Decke in der Hand. Ihr Blick fiel auf den Autoschlüssel in Iidas Hand. »Ist schon gut, Chefin, ich mache das. Gehen Sie ruhig«, sagte sie.

Iida zog ihre Mitarbeiterin zur Seite und legte eine Hand auf ihre Schulter. »Ella, Sie müssen das nicht tun. Sie soll zuerst zur Polizei gehen«, flüsterte sie ihr zu.

»Ich weiß«, antwortete Ella. »Aber ich möchte es.«

Iida seufzte. »Dann bleibe ich auch«, sagte sie und steckte den Autoschlüssel in ihre Manteltasche. Sie selbst hatte die interne Vorgabe ins Leben gerufen, wonach kein Mitarbeiter bei der Beratung eines Klienten allein im Büro sein sollte. Um die Gefahr von Übergriffen jeglicher Art zu minimieren.

Ella blickte ihr direkt in die Augen. Sie trug ihre langen blonden Haare zu einem seriös aussehenden Pferdeschwanz zusammengebunden. »Es ist wirklich in Ordnung, Chefin. Gehen Sie.«

Die Worte klangen selbstbewusst und überzeugend in Iidas Ohren nach. Vielleicht hörte sie aber auch nur, was sie gerne hören wollte. Unsicher zupfte sie an ihrem Handschuh. Ein weiterer Fall häuslicher Gewalt, das sagte ihr die Erfahrung. Die Frau brauchte Zuspruch und ein paar Tipps für weitere Anlaufstellen. Sie wirkte weder auffällig noch aggressiv. Nur Hilfe suchend.

»Seien Sie vorsichtig, Ella. Und machen Sie nicht mehr zu lange.« Iida räusperte sich und schulterte ihre Handtasche. Sie hatte ihre Entscheidung getroffen. Entschlossenen Schrittes ging sie die Treppe hinunter und trat durch die Tür in Richtung Feierabend. Ein seltsam unbehagliches Gefühl begleitete sie dabei.

Montag

1.

Überall ist Feuer. Ich kann mich nicht bewegen. Schreie dringen an mein Ohr. Er ist eingeklemmt! Nicht ziehen!

Hauptkommissar Mikael Kohonen atmete schwer im Schlaf.

»Mik, du träumst«, drang es von weit entfernt an sein Ohr. Noch immer war er tief gefangen in einer Wolke aus seiner Vergangenheit. Sein Körper zuckte. Seine Arme krampften.

»Nein, nein, lasst mich!«, schrie er und schreckte hoch. Beklommen saß er in seinem Bett und starrte in den Raum, brauchte ein paar Sekunden, um sich zu orientieren. Seine Frau, die gerade eben noch beruhigend eine Hand auf seine Schulter gelegt hatte, war bereits zurück aufs Kissen gesunken. Leise stöhnend drehte sie sich um und kehrte ihm den Rücken zu. Es war ihm am liebsten so. Er wollte nicht über seine Träume sprechen und das wusste sie auch. Überhaupt dachte Mikael Kohonen, dass er seine persönlichen Probleme am besten allein lösen konnte.

Ein Blick auf sein Handy verriet ihm, dass es fast 5.30 Uhr morgens war. Schlafen konnte er jetzt ohnehin nicht mehr. Er schnappte sich die graue Jogginghose über der Stuhllehne. Seine Turnschuhe standen im Flur. Leise verließ er die Wohnung. Um diese Uhrzeit begegnete man auf den Straßen niemandem. Und das war genau das, was er brauchte. Frische Luft, klare Gedanken. Keinen Morgensport, nur einen Spaziergang um den Block, um sein Gehirn zu sortieren.

Eine eiskalte Brise strömte in sein Gesicht und trieb ihm unweigerlich Tränen in die Augen. Der Himmel war dunkel, dennoch deutete sich der nahende Sonnenaufgang bereits in feinen Farbnuancen an.

In Gedanken ging er seinen bevorstehenden Bürotag durch. Welche Telefonate geführt und welche Berichte getippt werden mussten.

Da begann das Diensthandy in seiner Hosentasche zu vibrieren. »Hauptkommissar Mikael Kohonen«, schnaufte er in den Hörer. Er klang, als wäre er die letzten Meter gesprintet. Eine Wolke aus heißem Atem umnebelte sein Gesicht.

»Mik, das Joggen muss warten«, brummte seine Vorgesetzte am anderen Ende der Leitung – wie immer kurz angebunden. Ihre leicht heisere Stimme verriet, dass auch sie gerade erst aufgestanden war. Einen Kommentar zu seiner Sportunlust verkniff er sich ebenso wie jede sonstige Erwiderung. Trotzdem blieb er instinktiv stehen. Seine Chefin rief nicht ohne Grund zu dieser frühen Uhrzeit an.

»Kommen Sie bitte umgehend ins Büro. Neuer Mordfall«, fuhr sie fort und Mik wurde klar, dass dieser Tag überhaupt nicht so verlaufen würde, wie er ihn sich gerade noch in Gedanken zurechtgelegt hatte.

Fünfundzwanzig Minuten später erreichte er die zentral gelegene Polizeistation von Helsinki. Das große, gräuliche Gebäude wirkte vor dem Nachthimmel wie ein heller Klecks. Vereinzelt brannte Licht hinter den Fenstern. Mikael trat in sein dunkles Büro im zweiten Stock. Während er sich Hose und Pulli aus dem Schrank fischte, die dort schon monatelang unberührt gelegen hatten, hörte er ein Geräusch hinter sich.

»Mik, lass uns gleich losfahren.« Sein Kollege Loris Anders stand in der Tür. Er hatte nicht angeklopft. Mit seinen hellblauen Augen musterte er Mikael von oben bis unten. Wie immer saß sein Scheitel perfekt und teilte die mittellangen blonden Haare in zwei exakt gleiche Hälften. Er trug ein weißes Poloshirt und sah aus wie das blühende Leben, was um diese Uhrzeit wirklich erstaunlich war.

»Darf ich noch meine Hose anziehen?«, erwiderte Mikael spöttisch. Keinem von beiden war nach Lachen zumute.

»Und übrigens – guten Morgen, Anders.«

»Guten Morgen, Mik.« Anders Blick ruhte eine Sekunde zu lange auf Mikaels Oberkörper. Dass er sich einen Kommentar zu dem zerknitterten Pullover, den Mikael übergestreift hatte, nur mühsam verkniffen hatte, war offensichtlich.

Auf dem Weg zum Tatort schwiegen sie im Dienstwagen. Mittlerweile war die Sonne aufgegangen, doch sie vermochte es nicht, die dichte Wand aus Wolken zu durchbrechen. Der düstere Himmel passte zur Situation.

»Scheint eine richtig üble Sache zu sein«, sagte Anders in die Stille. Er hatte sich schon einen Becher mit Kaffee organisiert und nahm einen Schluck. »Zwei Tote. Die beiden Streifenpolizisten, die als Erstes vor Ort waren, müssen psychologisch betreut werden.«

»Hm«, raunte Mikael und starrte auf der Beifahrerseite aus dem Fenster. Anders' Bericht verhieß nichts Gutes. Aber er wollte sich erst selbst ein Bild machen.

Die Straßenzüge verschwammen vor seinen Augen und bildeten einen einheitlichen Brei aus Dächern und Fenstern.

Mittlerweile fuhren sie über die Verbindungsbrücke nach Lauttasaari. Wohnblocks zogen vorbei. Bis die Gegend schließlich einsamer wurde.

Anders lenkte den Wagen zu einem Fabrikgelände in der Nähe eines Waldstücks. Die tristen Gebäude und Schlote hoben sich kaum vom düsteren Himmel ab. *Trostlos hier, vor allem am Wochenende*, ging es Mikael durch den Kopf.

Mitten auf einem geräumigen Innenhof hielt Anders den Wagen an und stellte den Motor ab. »HUTTUNEN UND SÖHNE« stand in schwarzer Farbe auf einem lang gezogenen Gebäude, das nach einer Lagerhalle aussah. Unweit davon parkte ein Streifenwagen, daneben ein dunkelgrauer VW Kombi, der eine Autowäsche dringend nötig hatte.

»Da drüben«, sagte Anders und deutete auf die große Halle. Die Türen standen offen wie eine stumme Einladung. *Komm herein und sieh selbst.*

Anders, dem Small Talk nicht schwerfiel, begann, sich mit einem Kollegen von der Streife zu unterhalten. Mikael beachtete ihn nicht. Er ließ für einen Moment die Gegend auf sich wirken. So war es meistens. Anders sammelte die Informationen durch Gespräche. Er selbst lieber durch Intuition. Er stellte sich vor, wie hier spätnachts jemand über das Gelände schlich. Sein Blick wanderte nach oben. Kameras schien es rund um diese Halle nicht zu geben. Immer wieder drangen Wortfetzen an Mikaels Ohr, aber er war nach wie vor in seiner eigenen Welt. Er versuchte, jede Kleinigkeit aufzusaugen und in seinem Gehirn zu speichern, um es dann zum geeigneten Zeitpunkt abzurufen.

Während Anders noch im Gespräch war, trat Mikael forschen Schrittes durch die Tür des Fabrikgebäudes. Seine Augen suchten die riesige, fast leere Halle ab und blieben am hinteren Ende des Raumes hängen. Die Luft stank nach Staub und Tod. Er zwang sich, langsam weiterzugehen, obwohl sein

Instinkt ihn zum Umkehren bringen wollte. Auch wenn Mikael einiges gewöhnt war, musste er schlucken. Anders hatte nicht übertrieben.

2.

Am Montagmorgen betrat Iida Nieminen schon früh ihr Büro in der Helfenden Hand. Sie schaltete das Licht ein, zog sich die dicke rote Wollmütze vom Kopf und wuschelte durch ihren frechen blonden Bob. Trotz des kurzen morgendlichen Stylings standen ihre Haare in alle Richtungen ab und ließen sie damit eine Spur jünger erscheinen, als sie war. Sie hatte das Wochenende mit Mann und Tochter bei ihren Eltern in der Nähe von Mikkeli verbracht. Ein wohliges Gefühl breitete sich in ihr aus, als sie an das gute Essen ihrer Mutter und die vielen angeregten Gespräche dachte. Der Samstagabend hatte mit einem Kartenspiel im Wohnzimmer begonnen. Und war mit einem guten Glas Wein vor dem flackernden Kamin weitergegangen. Später waren sie leise kichernd durch die eisige Kälte zur Außensauna gelaufen. Sie rieb sich den Nacken und verharrte einen Moment in der Erinnerung an die trockene Hitze der Sauna. Dann setzte sie sich an ihren Schreibtisch und starrte auf den noch dunklen Bildschirm. Nur Momente später klingelte bereits das Telefon und gleich darauf war Iida mitten in ihrer Arbeit angekommen.

Die Helfende Hand hatte es sich zur Aufgabe gemacht, Opfer von Verbrechen über ihre Rechte inner- und außerhalb eines Gerichtsverfahrens zu beraten. Die Tätigkeiten waren breit gefächert und umfassten neben der Geltendmachung von Schadenersatzansprüchen auch die Begleitung zu Behörden und Prozessen sowie psychologische Hilfe.

Der Morgen verlief gewohnt stressig. Iida telefonierte mit Anwälten und dem Gericht und erledigte in den kleinen Pausen dazwischen anderen Papierkram. Seit sie die Helfende Hand leitete, war viel Bürokratie zu ihrer Arbeit hinzugekommen. Die von ihr geliebte klassische Beratungstätigkeit dagegen war immer weniger geworden. Und der Kontakt zu Klienten auch. Umso wichtiger war es Iida, sich regelmäßig mit ihrem Team auszutauschen. Gegen zehn Uhr stand sie mit einer Tasse Tee in der Hand vor Ella Mäkinens Büro. Es war leer.

»Wissen Sie, wo Ella ist?«, fragte sie ihre Sekretärin, die interessiert den Kopf hob.

»Die hab ich heute noch nicht gesehen, Chefin.«

Der spätere Start in den Tag war an sich nicht ungewöhnlich. Ihre Mitarbeiter durften sich die Arbeitszeit weitestgehend selbst einteilen. Dennoch runzelte Iida die Stirn. Es sah Ella nicht ähnlich. Sie war für gewöhnlich morgens die Erste, die kam, und abends die Letzte, die ging. Erst jetzt fiel Iida die junge Frau vom Freitag wieder ein, die weit nach Feierabend vor der Tür gestanden hatte. Es war wohl spät geworden bei der Beratung. *Gutmütige Ella*, dachte sie und verzieh den späteren Arbeitsbeginn gedanklich sofort.

»Können Sie mir Bescheid geben, wenn Ella kommt?«, fragte Iida und nahm sich eine Mandarine vom Empfangstresen. Der Appetit war ihr jedoch vergangen.

3.

Inmitten einiger Paletten und alter Kartons stand Mikael einfach nur still da. Rundum war alles mit einer dicken Staubschicht überzogen. Und prompt musste er niesen. »Gesundheit!«, rief Anders, der mittlerweile zu ihm gestoßen war. Weiter hinten in einer Ecke huschte eine Maus vorbei und verkroch sich schnell wieder unter ein paar alten Brettern. Die Beleuchtung in der Halle funktionierte nur stellenweise. Die meisten Leuchtstoffröhren waren defekt. Mittlerweile fiel jedoch etwas dämmriges Tageslicht durch die schmale Fensterfront. Mikael hob den Kopf. Einige der Glasscheiben wiesen Sprünge auf. Alle waren so dreckig, dass man kaum hindurchsehen konnte. Er steckte seine kalten Hände in die Jackentaschen. Leichter Verwesungsgeruch vermischte sich in seinem Kopf mit dem Minzgeschmack des Kaugummis, auf dem er seit geraumer Zeit herumkaute. Er schluckte den Kaugummi hinunter. Und trat näher heran.

»Wissen wir schon, wer die Toten sind?«, fragte er Anders über die Schulter hinweg, ohne ihn richtig anzusehen.

»Noch nicht«, erwiderte dieser. »Eine männliche und eine weibliche Leiche. Bei den Opfern wurden bisher keine Ausweise gefunden.«

»Passende Vermisstenmeldungen?«

»Nein, zumindest keine aktuellen.«

»Hm«, brummte Mikael gedankenverloren. Er wusste, dass sie noch heute eine kurze Pressemitteilung rausgeben mussten.

Was für ihn allerdings im Moment mehr zählte, war sein Eindruck von diesem Tatort. *Schau genauer hin,* befahl er sich selbst. Er konnte förmlich spüren, wie das Bild, das sich ihm bot, sich tief in sein Gehirn brannte. Es würde ihn von nun an begleiten, ein Teil von ihm sein. Wenn er duschte, wenn er schlief, wenn er aß. Routiniert atmete er nur durch die Nase, schluckte gegen den Würgereflex und trat noch einen Schritt näher heran.

Eine offensichtlich männliche Leiche war an einen maroden Holzstuhl gefesselt. Es sah aus, als würde der Mann aus eigener Kraft sitzen, was der ganzen Szene eine unheimliche Note verlieh. Die Beine und Arme waren mit Klebeband an den Stuhlbeinen und Armlehnen fixiert. Dick und wild umwickelt. Bis zur Bewegungsunfähigkeit verschnürt. Ebenso war der komplette Rumpf mit Unmengen an Klebeband bedeckt, das mehrmals um Körper und Stuhl geführt worden war. Mikaels Blick wanderte zum Gesicht der Leiche. Auch Mund und Nase waren dick mit dem grauen Klebeband bedeckt worden. Kreuz und quer. In mehreren Schichten. *Unmöglich, damit noch zu atmen*, dachte er. Mikael erwischte sich dabei, wie er selbst für einige Sekunden beklommen den Atem anhielt.

Der Kopf des toten Mannes lag schlaff auf seiner Brust. Mikael ging in die Hocke. Jedes Detail war wichtig, auch wenn es zu Beginn noch nebensächlich erscheinen mochte. Deshalb blickte er dem Toten direkt in die Augen, wie er es auch bei einem lebenden Gegenüber getan hätte. Sie waren fast der einzige freie Teil des verklebten Gesichts und wie ein einziger stummer Schrei weit geöffnet spiegelten sie das pure Entsetzen wider.

Mikael schüttelte sich fast unmerklich. *Fakten sammeln. Emotionen ausblenden.* Der Stuhl stand in einer Ecke. *Wahrscheinlich um ein mögliches Kippen zu verhindern*, ging es ihm durch den Kopf. Zwar war der Mann derart fixiert worden, dass er sich kaum mehr hatte bewegen können. Aber eines hatte er noch geschafft. Mit seinen Fingern über die hölzerne Armlehne zu kratzen. Fast alle Fingernägel waren abgebrochen und an den Fingerkuppen war das rohe Fleisch zu sehen. Er hatte immer wieder mit den Fingern über das Holz geschabt. Splitter aus der Lehne gescharrt. Über lange Zeit.

Einige Meter neben der Stuhlleiche lag eine tote Frau auf einer verdreckten Matratze. Unter ihr große gelbliche Flecken. Mikael ging wieder in die Hocke, um daran zu riechen. Offenbar Urin. Die Frau war nackt. Beinahe sah es so aus, als würde sie schlafen. Wären da nicht die dunklen Blutflecken gewesen. Blutflecken zwischen ihren Beinen. Blutflecken unter ihren Armen. Bei genauerem Hinsehen erkannte Mikael auch bei ihr Fesselmale an den Handgelenken. Dünne schwarze

Streifen. Die Fesseln hatten tief in das Fleisch eingeschnitten. *Sie hat sich heftig gewehrt*, dachte er. Für ihn war es kaum möglich, sich die unerträglichen Schmerzen vorzustellen, die diese Opfer hatten erleiden müssen. Unsanft rieb er sich durch seine kurzen hellbraunen Haare. Im Geiste ging er bereits die nächsten Schritte durch. Spurensicherung. Angehörige verständigen. Presse in Schach halten. *Mein Gott*, dachte er und blickte fast flehend zur hohen Decke der Lagerhalle. Er betete, dass brauchbare Spuren gefunden wurden. Das hier war das Werk eines Psychopathen.

4.

Gegen Mittag versuchte Iida Nieminen das erste Mal, Ella auf dem Handy zu erreichen, es antwortete aber nur die Mailbox.

»Ella, ich habe Sie heute noch nicht in der Helfenden Hand gesehen. Ich gehe davon aus, dass Sie bereits auf dem Weg zum Gericht sind. Melden Sie sich doch nach der Verhandlung bei mir«, sprach sie auf das Band. Ihre Gedanken schweiften zu der für heute angesetzten Gerichtsverhandlung. Eine üble Geschichte. Die Ehefrau war von ihrem Mann fast zu Tode geprügelt worden und hatte das Augenlicht auf einer Seite für immer verloren. Ella hatte sich die ganze letzte Woche auf den Fall vorbereitet und war oft lange im Büro geblieben. Hatte sich mehrmals mit der Mandantin besprochen. Ohne Zweifel lag ihr der Fall sehr am Herzen.

Draußen hatte es wieder begonnen zu regnen. Die Sonne hatte man schon einige Tage lang nicht mehr gesehen. Das erste Mal seit langer Zeit ließ Iida sich auf der kleinen Couch in ihrem Büro nieder. Ihre kalten Finger umschlossen eine Tasse heißen Kräutertee. Eigentlich hatte sie das Sofa und den dazu passenden Sessel für Besprechungen angeschafft. Aber da diese meist im Raum gegenüber stattfanden, blieb die Couch an einem normalen Arbeitstag unbenutzt. Iida fühlte sich unwohl, hatte mittlerweile quälende Kopfschmerzen. Mit den Fingern massierte sie ihre Schläfen in der Hoffnung auf Linderung. Da klopfte es an ihrer Tür.

»Herein!« Iida stand auf. Der kurze Moment der Ruhe war bereits wieder vorbei.

»Frau Nieminen, ich habe bei der Firma nachgefragt, die unsere Videoanlage an der Eingangstür installiert hat, wie Sie es wollten.« Ihre Sekretärin steckte den Kopf zur Tür herein. »Die Anlage dient ausschließlich dazu zu sehen, wer gerade vor der Tür steht. Eine Aufzeichnung findet nicht statt.«

»Hm, danke schön«, gab Iida zurück und blickte nachdenklich aus dem Fenster. Es war zumindest einen Versuch wert gewesen. Sie hätte erfahren, wann Ella am Freitag das Büro verlassen hatte. Leider Fehlanzeige.

»Brauchen Sie sonst noch etwas, Frau Nieminen?« Ihre Assistentin blickte sie sorgenvoll an. »Sie sehen etwas blass aus.«

»Haben Sie zufällig eine Kopfschmerztablette für mich?«, fragte Iida und folgte der stämmigen Frau nach draußen zum Empfangsbereich. Sie sah sich um. Wie viele Stunden hatte sie schon in diesen Räumlichkeiten mit ihren Mitarbeitern und Klienten verbracht! Sie liebte ihre Arbeit und die Hilfe, die sie vielen Menschen anbieten konnte. Allzu oft war sie an ihre Grenzen geraten. Hatte Täter wie auch vermeintliche Opfer nach Monaten der Beratung mit anderen Augen sehen müssen als beim Erstgespräch. Niemals hätte sie Ella am Freitag allein lassen dürfen, sie schämte sich dafür wie kaum jemals zuvor.

In ihrem Büro begann das Telefon zu klingeln. Einen Moment lang hing sie noch ihren Gedanken nach und starrte ins Leere. Erst als ihre Sekretärin ihr auf die Schulter tippte, lief sie schnellen Schrittes in ihr Zimmer zurück. »Iida Nieminen«, meldete sie sich etwas atemlos.

»Hier ist Richter Aalto. Ich wollte fragen, ob die Helfende Hand keinen Vertreter zur heutigen Verhandlung in Sachen Aslan schickt«, sagte eine freundliche Stimme am anderen Ende der Leitung. Das unangenehme Gefühl, das Iida den ganzen Tag über begleitet hatte, verwandelte sich schlagartig zu schreienden Stimmen in ihrem Kopf. *Ella ist nicht bei der Verhandlung. Das kann nicht sein! Wo ist Ella?*

»Ich melde mich«, sagte sie ins Telefon und hastete in Ella Mäkinens dunkles Büro. Der schwache Duft von Ellas Parfum lag noch in dem Raum. Iida umrundete den sauber aufgeräumten Schreibtisch. Da lag sie. Mitten auf dem Tisch. Die Fallakte zu der Sache Aslan. Es wirkte so, als hätte Ella sie sich für heute bereitgelegt. *Aber warum ist sie dann nicht gekommen?*, dachte Iida. Sie schnappte sich die Akte und stürmte in das gegenüberliegende Büro.

»Hilda, jetzt keine Fragen stellen! Sie müssen vor Gericht erscheinen in der Sache Aslan. Und zwar sofort.« Hilda schien nicht begeistert zu sein, nahm aber die Akte und stand auf. Zum Glück war das ganze Team über den Fall im Bilde. Sie hatten mehrmals in ihren Teamsitzungen darüber gesprochen.

»Und was sage ich der Klientin?«

»Dass Ella Mäkinen leider verhindert ist.«

»Wo ist Ella denn?«

Das wüsste ich selbst gerne, dachte Iida.

5.

Mittlerweile war es früher Vormittag. Die Presse war in aller Kürze informiert und eine erste Teambesprechung abgehalten worden. Während sich Anders um eine schnellstmögliche

Identifizierung der Opfer kümmerte, saß Mikael in dem völlig überheizten Vernehmungszimmer im Erdgeschoss des Polizeipräsidiums. Er zog am Kragen seines Pullovers, wollte den kratzigen Stoff von seiner Haut fernhalten. Statt Kaffee oder Tee hatte er ein Glas mit kaltem Wasser vor sich stehen. Gierig starrte er es an. Sah zu, wie die zahllosen Bläschen nach oben stiegen. Das Räuspern seines Gegenübers ließ ihn zusammenzucken.

»Ich bin am Montagmorgen immer der Erste, der alles aufschließt.«

Mikael riss seinen Blick von dem Wasserglas los und schaute dem Mann mitten ins Gesicht. Eero Rantanen, Hausmeister bei der Firma Huttunen und Söhne. Ein fülliger Mann mit Halbglatze. Und riesigen, rauen Händen.

»Ich habe gleich gemerkt, dass irgendetwas nicht stimmt. Die Tür war nicht verschlossen«, fuhr Rantanen fort und wischte sich dabei mit seinen schwieligen, dicken Fingern einmal über die Stirn.

»Wofür wird die Halle benutzt?«, fragte Mikael.

»Eigentlich nur mehr gelegentlich als Zwischenlager. Steht die meiste Zeit leer und wird wohl bald abgerissen.«

»Wie lange arbeiten Sie schon für die Firma Huttunen und Söhne?« Der Mann hielt seinem Blick nicht lange stand, bevor seine Augen Richtung Decke rollten.

»Schon über zehn Jahre lang. Und ich sperre die Tür *immer* ab«, fügte er hastig hinzu. Unruhig rutschte er auf seinem Stuhl hin und her.

»Nur noch ein paar Fragen«, murmelte Mikael, dem die Ungeduld des Mannes nicht entgangen war. »Um welche Uhrzeit waren Sie heute an der Halle?«

»Gegen fünf Uhr morgens. Wie immer.«

»Und dann?«

Eero Rantanen hustete. Er machte sich nicht die Mühe, dabei eine Hand vor den Mund zu halten. »Dann hab ich sie gefunden«, flüsterte er und wirkte plötzlich ehrlich verstört. Seine geweiteten Augen hielt er auf Mikael gerichtet. Irgendwie tat ihm der Mann fast leid. Da war aber auch noch etwas anderes in seinem Blick, das Mikael noch nicht einzuordnen wusste. Sagte Rantanen die Wahrheit?

»Haben Sie jemanden auf dem Gelände gesehen?«

»Nein, niemanden. Um diese Uhrzeit ist das Gelände noch wie ausgestorben.«

»Gibt es im Bereich der Halle oder im Bereich der Zufahrt zu dem Gelände Kameras?«

Rantanen schien eine Weile über die Frage nachzudenken. Dabei kratzte er sich am Kinn, als würde er seinen Bart kraulen. Nur, dass er keinen Bart trug. »Ich denke nicht. Eine Kamera gibt es bloß vor dem Eingang zum eigentlichen Bürogebäude. Aber fragen Sie lieber meinen Chef. Zur Sicherheit.«

»Das werde ich«, sagte Mikael. »Ist Ihnen sonst irgendetwas Ungewöhnliches aufgefallen, Herr Rantanen? Vielleicht auch schon in den letzten Wochen?«

»Nein. Alles war wie immer. Und nachdem ich die beiden gefunden hatte, konnte ich sowieso nicht mehr viel anderes sehen.«

»Ja, nachdem Sie die beiden gefunden hatten«, wiederholte Mikael langsam. »Da haben Sie die Polizei gerufen?«

»Ja, natürlich habe ich das. Ich hab dann gleich die Polizei gerufen«, wiederholte Rantanen etwas zu schnell.

Das stimmt so nicht ganz, dachte Mikael. Der Notruf wurde laut Aufzeichnung erst um 5.15 Uhr gewählt, also fünfzehn Minuten nach Aufschließen der Halle. *Was hast du in diesen fünfzehn Minuten gemacht*, dachte er, hütete sich aber davor, diese Frage laut auszusprechen. Irgendetwas gefiel ihm an diesem Kerl nicht.

Mikael saß noch eine Weile stumm da, nachdem Eero Rantanen längst gegangen war. Er rieb sich den Nacken und schloss kurz die Augen. An dem Mann musste er dranbleiben, das sagten ihm all seine Instinkte.

6.

»Danke, Anders.«

Mikael Kohonen pfiff leise durch seine gespitzten Lippen und legte den Hörer seines Telefons zurück auf die Station. Langsam setzte er sich auf seinen alten, abgenutzten Bürosessel. Er hätte ihn längst gegen einen neueren, ergonomischen Stuhl tauschen können. Aber er mochte den Sessel, so wie er war. Er hatte sich im Laufe der Jahre exakt an seine Körperform angepasst. Das weiche Leder empfing ihn und sofort sprang sein Gedankenkarussell an. *So weit, so gut*, dachte er, nachdem ihn sein Kollege von unterwegs auf den neuesten Stand gebracht hatte. Die beiden Leichen waren zwischenzeitlich zur Obduktion in die Rechtsmedizin gebracht worden. Nachdem man die männliche Leiche von den Unmengen an Klebeband zumindest so weit befreit hatte, dass man sie abtransportieren konnte, war es den Kollegen vor Ort tatsächlich gelungen, ein Ausweisdokument in dessen Jackentasche sicherzustellen. Dieser Umstand brachte sie einen großen Schritt weiter. Die Spurensicherung war nach wie vor im Gange und das würde sicherlich noch einige Zeit so bleiben. Laut Anders waren bisher keine brauchbaren Fingerabdrücke gefunden worden. Allerdings der Teilabdruck eines fremden Stiefels im Staub. Größe 46. *Ist es ein Abdruck des Täters? Ist es überhaupt möglich, dass ein Täter allein für dieses Verbrechen verantwortlich ist?*, fragte Mikael sich beklommen. Er war so in seinen

Gedanken versunken, dass er nicht bemerkte, wie es an seiner Tür klopfte. Auch das leise Öffnen nahm er, wenn überhaupt, nur unterbewusst wahr. Dann aber stieg ihm der Duft eines bekannten Parfums in die Nase. Er blickte auf und sah in ein Paar strenge Augen.

»Mikael, Sie haben unseren Termin ausfallen lassen. Wir waren vor zwanzig Minuten im Konferenzraum verabredet«, sagte Sofia Eriksson. Sie trug ein hellgraues Kostüm und eine weiße Bluse. Ihre dunkelblonden Haare hatte sie zu einem Knoten im Nacken gebunden. Wenig versöhnlich stemmte sie eine Hand in die Hüfte. Wahrscheinlich hatte die Psychologin Besseres zu tun, als sein verworrenes Gehirn zu studieren. Aber die Auflage kam von ganz oben. Einmal im Monat hatte er bei ihr vorstellig zu werden und sein Innerstes nach außen zu kehren. Traumabewältigung war wohl der Fachbegriff dafür. Nur, dass es nie so weit kam. Er nahm zwar normalerweise die Termine pünktlich wahr, hatte sich im Übrigen aber konsequent dagegen entschieden, mit ihr über seine Vergangenheit zu sprechen. Es machte ohnehin keinen Unterschied. Diesen Kampf musste er mit sich selbst ausfechten.

»Neuer Fall«, sagte er, weil es Erklärung genug war.

»Geht es um den Mord an dem Pärchen?«

»Ja«, erwiderte er nachdenklich. »Vermutlich handelt es sich um Janis und Maya Mäkela. Ein Ehepaar, sie Mitte zwanzig, er Mitte vierzig. Wir haben Ausweisdokumente in seiner Jacke gefunden.« Für einen Moment herrschte Stille im Raum. Er dachte schon, sie würde sich jetzt verabschieden. Stattdessen starrte sie ihn an.

»Also, Mikael, wenn Sie nicht zu mir kommen, dann komme ich eben zu Ihnen«, sagte sie und setzte sich ihm gegenüber auf einen freien Stuhl. Er wurde nicht aus ihr schlau. Ihr musste doch klar sein, dass der Doppelmord jetzt vorging. Als sie ihm nun auf Augenhöhe gegenübersaß, sah er sie genauer an. Sie wirkte unnahbar, hatte eine Mauer der Professionalität aufgebaut, um alles Private fernzuhalten. Sie war hier, weil sie ihre Anweisungen hatte.

»Wie schlafen Sie zurzeit? Haben Sie wieder Albträume?«, fuhr sie unbeirrt fort.

»Ich schlafe gut«, gab er knapp zurück. Er hatte heute weniger denn je Lust darauf, über irgendetwas aus seiner Vergangenheit zu sprechen. Und auch keine Zeit.

»Hören Sie, Mikael. Mir macht das hier genauso wenig Spaß wie Ihnen. Aber so kommen wir wirklich nicht weiter. Erzählen Sie mir was, irgendwas über sich. Wer ist Mikael Kohonen?« Er starrte auf den Boden neben ihr.

»Ich kann nicht«, sagte er. Und zum ersten Mal hatte er das Gefühl, dass es wirklich die Wahrheit war.

7.

Sie sind nun in der Sprachbox von Ella Mäkinen, bitte hinterlassen sie eine Nachricht nach dem Signalton.

Iida Nieminen nahm das Handy vom Ohr und senkte den Kopf. So langsam machte sich eine diffuse Angst in ihrem Kopf breit. *Warum hast du Ella allein gelassen?*

Da klopfte es an ihre offen stehende Bürotür und sie sah ihre Mitarbeiterin Hilda im Türrahmen stehen.

»Wollte kurz berichten, dass bei der Verhandlung in Sachen Aslan alles glatt gelaufen ist«, sagte sie. In der Hand hielt sie eine Plastiktüte vom Chinesen, aus der es köstlich duftete. Wie auf Kommando begann Iidas Magen laut zu knurren. *Außer der Mandarine vorhin habe ich heute noch nichts gegessen*, überlegte sie. Draußen wurde es bereits richtig dunkel.

»Setzen Sie sich doch, Hilda.« Beide nahmen auf der Couch Platz, die heute schon zum zweiten Mal zu Ehren kam, und Hilda packte zwei Behälter aus der Plastiktüte aus. »Hühnchen mit Reis oder Nudeln mit Gemüse?«

»Sie sind ein Schatz, Hilda«, sagte Iida. »Ich nehme die Nudeln.«

Ein paar Minuten lang saßen sie schweigend da und aßen. Dann wischte sich Hilda mit einer Serviette den Mund ab und unterbrach die Stille. »Die Verhandlung lief wirklich gut. Frau Aslan war mutig und überzeugend in ihrer Aussage. Ihr Mann wurde zu sechs Jahren ohne Bewährung verurteilt. Unsere Geldforderung wurde auch anerkannt«, sagte sie.

Iida nickte und beeilte sich, eine Portion Nudeln hinunterzuschlucken. »Das klingt nach einem vollen Erfolg. Ella wird sich freuen.«

»Was ist denn mit Ella?«, fragte Hilda vorsichtig.

Iida seufzte langsam. »Ehrlich gesagt, ich weiß es nicht. Sie ist heute unentschuldigt nicht erschienen«, entgegnete sie.

Hilda blickte erschrocken auf. *Doch nicht Ella*, schienen ihre Augen zu rufen. »Na ja, gerade gehen wieder alle möglichen Infekte rum«, presste sie hervor.

Iida nickte nur zögerlich. »Jedenfalls vielen Dank, dass Sie so spontan eingesprungen sind.«

»Kein Problem. Ich kam sogar noch fast rechtzeitig, habe das Auto genommen«, sagte Hilda und widmete sich wieder ihrem Essen.

Bei diesen Worten fiel Iida Nieminen etwas wieder ein. Wie in Trance stellte sie die Box mit den Nudeln ab, stand auf und nahm ihren Mantel vom Ständer.

»Ich muss kurz was überprüfen«, sagte sie und eilte die Treppe hinunter und auf die Straße hinaus, ohne auf Hildas

Reaktion zu warten. Es wehte ein kalter Wind. Sie schüttelte sich und zog den Mantel enger um ihren Körper. Schnellen Schrittes bog sie in eine Seitenstraße ein und blieb dann wie angewurzelt stehen. *Das darf nicht wahr sein*, dachte sie. Ella Mäkinens Auto parkte wie selbstverständlich an genau der Stelle, an der sie es am Freitag abgestellt hatte.

Dienstag

25. November 2014

1.

»Da können Sie wirklich sicher sein«, sagte Julius Märsen und lief in seinem Innenstadtbüro auf und ab. Er schüttelte seinen Arm und die silberne Uhr rutschte wieder an ihren Platz am Handgelenk. »Durch unsere speziell von Finanzexperten entwickelte Anlagetechnik garantieren wir Ihnen bis zu sechs Prozent Rendite.« Der Fisch hatte angebissen, das spürte Julius aus langjähriger Erfahrung.

»Natürlich können Sie das noch mit Ihrem Mann besprechen. Aber ich kann nur eine gewisse Anzahl von Anlegern annehmen. Es ist durchaus möglich, dass wir morgen schon voll sind.« Er kratzte sich mit der freien Hand über den leichten Stoppelbart und grinste. Julius Märsen war es gewohnt zu bekommen, was er wollte. Und anderen zu sagen, was sie zu wollen hatten.

»Was sagen Sie? Fünftausend Euro? Das ist doch mal ein Wort!« Er winkte seinem Assistenten Jaan, der im Vorzimmer saß. »Sie werden es nicht bereuen. Ich leite Sie jetzt an meinen Assistenten weiter. Der klärt die Formalitäten.« Er zeigte Jaan einen erhobenen Daumen und ein breites Grinsen. *Der Deal steht.* Dann ließ er die Holztür zu seinem Büro mit einem kraftvollen Schwung zufallen.

Julius war jetzt seit zwei Jahren selbstständiger Anlageberater. Und er war gut. Früher hatte er es mit einem normalen Bürojob versucht. Bei einer Versicherung. Aber das war ihm schnell zu langweilig geworden. Er liebte den Nervenkitzel. Und er liebte seine Freiheit. Gemächlich setzte er sich an seinen Schreibtisch, legte die Füße auf die Tischplatte und ließ den Kopf kreisen, bis es in seinem Nacken laut knackte. Er hob einen Arm und hatte sofort einen feinen Schweißgeruch in der Nase. Es war Zeit, Feierabend zu machen. Er hatte die ganze Nacht durchgearbeitet. Hatte sich in Onlineprognosen zu Bitcoins und anderen Kryptowährungen verloren. Und dabei zu viel getrunken. Manchmal fühlte er sich wie ein Glücksspieler im Casino. Jede Aktie, jede Währung verfolgte ihre eigene Logik. Der Nervenkitzel, diese vorherzusehen, bevor es ein anderer tat, war jedenfalls mit dem eines Spielers vergleichbar. Eines Spielers kurz vor dem großen Gewinn. Oder dem tiefen Fall.

Als Julius wenig später sein Büro verließ, belebte die kalte Luft seine Sinne. Obwohl es erst Vormittag war, herrschte eine düstere Stimmung. Der Himmel war dunkelgrau. Ein kleiner Junge drängelte sich aufgeregt an ihm vorbei, auf dem Weg zu seiner Mutter, die seine Handschuhe für ihn bereithielt. Die Innenstadtlage seines Büros brachte es mit sich, dass er immer unter Menschen war, wenn er aus der Tür trat. Manchmal machte ihm das weniger aus, manchmal mehr. Abschätzend beobachtete er die vielen Touristen in ihren dicken Jacken und Schals. Julius zündete sich eine Zigarette an und strich durch seine dunkle, stoppelige Kurzhaarfrisur. Der Mantel spannte über seinem enormen Bauch. *Zu viel Fast Food in letzter Zeit*, dachte er. Die gelungenen Abschlüsse zauberten ein Lächeln auf sein Gesicht. Dass er die versprochenen Renditen manchmal vom Geld anderer Anleger ausbezahlte, störte ihn nicht.

In einiger Entfernung stand eine Person in dunkler Regenkleidung, die Julius nur aus dem Augenwinkel wahrnahm. Irgendetwas an der gekrümmten Haltung der Gestalt ließ ihn den Kopf drehen, aber deren Gesicht war nicht zu erkennen. Als Julius sich auf den Weg zu seinem Auto machte, huschte die Gestalt in die andere Richtung davon und war kurz darauf in der Menschenmenge verschwunden.

2.

»Erde an Mik, ich friere!«

Mikael Kohonen stand am Fenster seines Büros. Es war weit geöffnet. Er atmete noch einmal tief die frische Luft ein, bevor er es langsam schloss. Anders wirkte erleichtert. Jeder schloss um diese Jahreszeit die Fenster und drehte die Heizung hoch. Mikael fragte sich manchmal, ob er der Einzige war, der dann das Gefühl hatte, nicht mehr atmen zu können. Die Presse war bereits voll mit Mitteilungen über einen brutalen Doppelmord in Helsinki. »Der Pärchenmörder« titelten die Onlineportale. Sobald mehr Details bekannt wurden, würde die Hölle losbrechen. Dessen war sich Mikael sicher. Noch hatte es keine große Pressekonferenz gegeben. Und wäre es nach Mikael gegangen, hätte er eine solche auch nicht so schnell anberaumt. Aber das hatte nicht er zu entscheiden. Die Stimme von Anders drang erneut an sein Ohr und riss ihn aus dem Nebel seiner Gedanken.

»Kaffee, Mik?« Er hielt ihm einen dampfenden Becher hin.

»Verdammt, die Sache gefällt mir nicht«, sagte Mikael, ohne auf das Kaffeeangebot einzugehen. Die hochgezogene Augenbraue von Anders entging ihm nicht.

»Ja, wir haben es mit einem äußerst brutalen Täter zu tun«, meinte Anders. Er spielte auf den frisch eingetroffenen vorläufigen Obduktionsbericht an, den beide in der Hand hielten.

»Das meine ich gar nicht«, fuhr Mikael fort. »Es sind mehr als vierundzwanzig Stunden vergangen.« Er seufzte. »Und wir haben keine heiße Spur.«

Sie hatten sich die halbe Nacht im Büro um die Ohren geschlagen. Nachdem die Toten zweifelsfrei identifiziert worden waren, hatten noch gestern Nachmittag die Eltern informiert werden müssen und die Befragungen im näheren Umfeld der Opfer begonnen. Familie, die engsten Freunde, Nachbarn, Arbeitskollegen. Sie mussten so viele Eindrücke und Fakten wie möglich sammeln. Was waren es für Menschen gewesen? Welche Angewohnheiten hatten sie gehabt, wie hatte ihr üblicher Tagesablauf ausgesehen? Hatte es Feinde gegeben? Wie war die Beziehung der beiden zueinander gewesen?

Sie waren alle Standardfragen durchgegangen und dabei zu keinen neuen Erkenntnissen gelangt. Die Ehe war trotz des größeren Altersunterschiedes von allen als harmonisch und liebevoll bezeichnet worden. Keine Feinde. Kein Motiv. Und genau das ließ Mikael keine Ruhe.

»Lass uns noch mal den vorläufigen Bericht der Rechtsmedizin durchgehen«, meinte Anders, der seine Tasse Kaffee längst geleert und mittlerweile auch Mikaels Portion in Angriff genommen hatte.

Mikael schwieg, blätterte aber in dem Papier. Der Bericht las sich eher wie ein Drehbuch zu einem Horrorfilm.

Die Frau war vor ihrem Tod brutal vergewaltigt worden. Sie hatte dabei massive, stark blutende Verletzungen im Genitalbereich erlitten. An den Händen war sie gefesselt gewesen. Aufgrund der Tiefe und Form der Einschnitte in der Haut vermutlich mit Kabelbindern. Nach einem langen Martyrium war sie schließlich stranguliert worden. Mit einem breiteren, festen Band. Eventuell einem Gürtel – was für einen kräftigen Täter sprach.

»Warum hat er die Frau erst gefesselt, später aber wieder losgeschnitten?«, fragte Mikael, der auf die Auffindeposition der Leiche anspielte.

»Vielleicht wollte er Spuren beseitigen«, gab Anders zurück. »Sie war wohl mit Kabelbindern an ein Heizungsrohr an der Wand gefesselt worden. Und Kabelbinder müssen immer irgendwo gekauft werden.«

»Hm«, raunte Kohonen, wie er es so oft tat.

»Dazu würde auch passen, dass der Täter die gesamte Kleidung der Frau mitgenommen hat«, sagte Anders.

»Aber warum dann nur bei ihr. Den Mann hat er so zurückgelassen, wie er gestorben ist. Sitzend auf dem Stuhl. Samt jeder Menge Klebeband. Und seinen Klamotten inklusive Ausweis.«

Anders nickte leicht. Er schien selbst nicht überzeugt von seiner Theorie. »Er zeigte Reue nach der Tat?«, überlegte er weiter. »Zumindest bei ihr? Oder kannte sie irgendwoher?«

»Vielleicht«, meinte Mikael.

»Hast du diesen Teil hier gelesen?« Er deutete auf eine Stelle weiter hinten im Bericht. »Er hat die Frau wohl erst nach ihrem Tod gänzlich entkleidet und auf die alte Matratze gelegt. Hat sich dafür wahrscheinlich einige Zeit genommen.«

»Wie kommen die da drauf?«, fragte Anders nach.

»Feine Rinnsale aus Blut sind von den Wunden an den Handgelenken die Arme entlang in Richtung Rumpf geronnen und festgetrocknet. Auf dem Oberkörper des weiblichen Opfers befinden sich keinerlei Blutspuren, sehr wohl aber an den Schultern und Armen. Das Blut stoppte quasi am Stoff ihres Oberteils beziehungsweise wurde von diesem dort aufgesaugt. Sie hatte ihre Sachen bei der Vergewaltigung – zumindest teilweise – noch an.«

»Könnte das nicht doch für eine Gelegenheitstat sprechen?«, meinte Anders vorsichtig. »Mal angenommen, die beiden hätten sich in der Lagerhalle auf ein kleines Stelldichein getroffen und hatten die Matratze selbst dabei? Und das sieht der Täter zufällig?«

»Hm.« Auch das hatte Mikael als Theorie schon in Betracht gezogen. »Dagegen spricht, dass auch das Klebeband nicht aus der Halle kam. Und dass das Ehepaar gar kein Auto besaß.«

Diesen Umstand hatte er aus erster Hand von den Eltern der beiden Opfer erfahren.

Mik wanderte unruhig im Raum hin und her, blieb schließlich vor der Tafel stehen, an der die wichtigsten Tatortaufnahmen hingen. In Gedanken rief er nochmals das Setting vor Ort ab. Die Matratze hatte in der Nähe eines Heizkörpers gelegen – die Frau mit dem Kopf zur Wand ausgerichtet.

»Der Mann«, sagte Anders, »hatte abgesehen von den massiven Wunden an den Händen keine weiteren Verletzungen. Röntgen und MRT haben auch keine inneren Traumata gezeigt.«

»Er hat sich selbst das Fleisch von den Fingern geschabt«, sagte Mikael. »Aber an diesen Verletzungen ist er nicht gestorben.«

»Nein«, bestätigte Anders. »Todesursache war Ersticken aufgrund des Klebebands über Mund und Nase.«

Mikael betrachtete wieder die Fotos. Der Stuhl stand nur etwa zwei Meter von der Matratze entfernt.

»Apropos Klebeband«, unterbrach Anders seine Gedanken. »Das wurde bereits überprüft. Ist Massenware. Bekommt man überall zu kaufen.«

Mikael hörte gar nicht richtig zu.

»Dem müssen wir natürlich trotzdem weiter nachgehen«, fügte Anders noch hinzu, weil Mikael keine Reaktion zeigte. Der hing wie meistens seinen eigenen Gedanken nach.

»Wie hat er es überhaupt geschafft, zwei gesunde Menschen in seine Gewalt zu bringen?«, fragte Mikael.

»Das endgültige Ergebnis der toxikologischen Untersuchung der Leichen steht noch aus«, antwortete Anders, woraus zu schließen war, dass er offenbar an eine Form der Betäubung dachte. Tatsächlich war es auch für Mikael kaum vorstellbar, dass sich jemand freiwillig in eine verlassene Lagerhalle locken ließ.

»Wir müssen dringend herausfinden, wo das Pärchen verschwunden ist«, murmelte Mikael mehr zu sich selbst. Diesbezüglich tappten sie trotz zahlreicher Befragungen noch im Dunkeln und das gefiel ihm nicht.

»Lass uns noch einmal die letzten bekannten Abläufe des Ehepaars durchgehen«, sagte Anders, der Mikael sehr wohl verstanden hatte. Dieser nickte nur langsam. Er wusste selbst, dass sie auf der Stelle traten. Ihre Hoffnung lag auf Hautschuppen, die unter den Fingernägeln des weiblichen Opfers gefunden worden waren. Ansonsten hatten sie kaum verwertbare Spuren entdeckt. Und der Druck stieg.

Mikael fuhr sich immer wieder durch die Haare. »Weißt du, was ich seltsam finde?«, fragte er. »Beide Opfer starben laut vorläufigem Bericht irgendwann in der Nacht von Samstag auf Sonntag. Die Frau allerdings bereits einige Stunden vor dem Mann«, las Mikael halblaut vor und starrte auf den Zettel in seiner Hand.

»Der oder die Täter waren also ganz schön lange in dieser Halle beschäftigt«, ergänzte Anders nachdenklich.

»Ich denke, der Täter hat den Mann zum Zusehen gezwungen«, sagte Mikael mit einem letzten Seitenblick auf die Fotos. »Und er musste lange zusehen.«

3.

Julius Märsen stand unter dem Vordach seiner Haustür. Regenwasser tropfte auf seine braunen Lederschuhe. Er seufzte laut und checkte noch ein letztes Mal sein Handy. Keine

41

nennenswerten Kursveränderungen, kein Handlungsbedarf im Moment. Er musste sich förmlich losreißen, um nicht noch die nächste und wieder die nächste Homepage aufzurufen. *Wie ein Spieler*, ging es ihm erneut durch den Kopf. Die Aktienkurse veränderten sich fortlaufend. Ein Ende gab es nicht. Er steckte sein Handy in die Manteltasche und trat endlich durch die Eingangstür seines Hauses, die er schon vor einer Weile aufgeschlossen hatte. Der Sinn stand ihm nach einer heißen Dusche. Und seinem Bett. Vor allem nach seiner Ruhe. Er verharrte einen Moment im Flur und eine kleine Pfütze aus Regenwasser bildete sich um ihn auf dem schönen Holzboden. Im Wohnzimmer brannte kein Licht und er atmete erleichtert auf. Er streifte seine Schuhe und den nassen Mantel ab und wollte gerade die Treppe in den ersten Stock hinaufgehen.

»Hallo, Schatz.« Er fuhr herum. Seine Frau Heidi saß auf dem bequemen Lesesessel im Wohnzimmer.

»Verdammt, hast du mich erschreckt. Warum sitzt du denn hier im Dunklen?«

»Ich habe auf dich gewartet«, flüsterte sie.

»Mein Gott, seit wann denn?«

Sie überging die Frage. Vermutlich absichtlich. Weil sie schon eine geraume Zeit auf ihn gewartet hatte. Ihn vielleicht sogar draußen stehen gesehen hatte.

»Wie war dein Tag? Oder sollte ich sagen, die Nacht?«, fragte sie. Der Unterton entging ihm nicht.

»Lang«, gab er zurück und wandte sich zum Gehen. »Dafür einige gute Abschlüsse. Falls es dich interessiert.« Er wusste, dass sie niemals nachfragte, wie genau er sein Geld verdiente. Das war ein Thema, über das einvernehmliches Schweigen herrschte. Das Haus und das Auto waren Trost genug für sie.

»Ich glaube, gestern war jemand draußen vor dem Fenster in unserem Garten«, sagte sie plötzlich. Julius hielt inne, drehte sich aber nicht noch einmal um.

»Ist ja nicht verboten«, meinte er, obwohl er genau gemerkt hatte, dass sie besorgt war.

Sie wohnten hier in Kulosaari, einer wirklich guten Wohngegend in Helsinki. Schöne Häuser, Familien, heile Welt. In der ganzen Nachbarschaft passierte nie irgendwas. Die meisten Leute schlossen nicht mal ihre Türen ab, wenn sie nur kurz weg waren.

Julius drehte sich nun doch um und sah in die verängstigte Miene seiner Frau.

»Vielleicht ist einem der Hund weggelaufen oder was auch immer. Vielleicht wollte auch jemand den Garten bewundern.«

»Garten bewundern? Im Winter?«, krächzte sie. Ihre Stimme hatte etwas Weinerliches angenommen.

»Reg dich nicht auf«, sagte er versöhnlich. »Wer sollte uns denn beobachten?«

Ein paar Sekunden lang überflog er im Geiste die Liste seiner Kunden. Natürlich hatte er sich durch seine Arbeit nicht nur Freunde gemacht. Einige Anleger hatten wirklich viel verloren. Und einige hatten ihm in der Vergangenheit auch gedroht. Aber er hatte immer alles geregelt, ohne viel Staub aufzuwirbeln. Und keiner dieser Leute war wirklich gefährlich gewesen. Oder? Seine Frau wirkte gedankenverloren. Jedoch alles andere als überzeugt.

»Hast du heute schon die Zeitung gelesen, Julius? Die Presse schreibt etwas von einem brutalen Doppelmord in Helsinki. An einem Ehepaar in unserem Alter.«

»Im Büro war heute die Hölle los«, erwiderte er seufzend. »Zum Zeitunglesen komme ich da eher weniger.«

Er ging einen Schritt auf sie zu und nahm sie mehr unbeholfen als liebevoll in den Arm.

»Ich gehe jetzt duschen«, verkündete er dann und verschwand im oberen Stock. Seine Frau ließ er allein zurück.

4.

Mikael Kohonen rieb sich die müden Augen. Er wusste, dass es Zeit war, Feierabend zu machen und nach Hause zu fahren. Zwei Dinge hielten ihn davon ab. Zum einen die Tatsache, dass er heute Morgen gezwungen gewesen war, das Auto zu nehmen und sich jetzt statt eines Spaziergangs hinters Steuer setzen musste. Zum anderen ließ ihn der Fall einfach nicht los. Er hatte sich vorher mit dem Profilerteam besprochen und dessen Einschätzung trug maßgeblich zu seiner alarmierten Stimmung bei. Insgesamt war man dort der Meinung, dass die Tat sexuell motiviert war und sich der Täter den entscheidenden Kick dadurch geholt haben könnte, dass er den Ehemann zum Zusehen zwang. *Und wenn er diesen Kick braucht, dann wird er ihn sich früher oder später erneut holen*, ging es Mikael durch den Kopf.

Auch wenn er mittlerweile zu müde war, um noch konstruktiv denken zu können, blätterte er weiter in der Akte. Sein Gedankenkarussell drehte sich beständig. Das Klebeband hatte sich nach Aussagen der Inhaber und des Hausmeisters keinesfalls schon in der Halle befunden. Ebenso wenig wie die Matratze. Beides musste also aktiv dorthin geschafft worden sein. Das hier war kein Mord im Affekt. Er war sadistisch und geplant. *Was, wenn der Mord an diesem Ehepaar erst der Anfang gewesen ist*, dachte er beklommen. Sie durften sich keine Fehler erlauben. *Also noch mal von vorne.*

Das Klebeband gab es in jedem gewöhnlichen Baumarkt zu kaufen, außerdem online auf verschiedenen größeren

Verkaufsplattformen. *Sackgasse*, dachte Mikael. Blieb die Matratze, ein älteres Modell aus den Neunzigerjahren, wie die Kollegen heute herausgefunden hatten. *Gedankliche Notizen für morgen: Wo war sie gekauft worden? Wo hatte sie zuvor gelegen? Mit welchem Auto war sie transportiert worden?*

Mikael streckte die Arme in die Höhe und ließ seine Finger knacken. Wahrscheinlich hätte er jemanden gebraucht, der ihm den Strom abgedreht oder ihn von seinem Stuhl hochgezogen hätte. Wie man ein kleines Kind gegen seinen Willen hochheben und ins Bett tragen muss. Aber es war keiner da, der diese Aufgabe hätte übernehmen können. Oder wollen. Alle umliegenden Büros waren längst dunkel. Mikael mochte die Stille. Zum x-ten Mal fuhr er sich mit der Hand durch die kurzen braunen Haare. Eine Geste, die typisch für ihn war. Er schaffte es noch immer nicht, von seinem Stuhl aufzustehen. Eine Mischung aus Magenschmerzen und Unbehagen hinderte ihn daran.

Was hatten sie übersehen? Mikael hatte am Nachmittag nochmals persönlich mit den Eltern der Opfer gesprochen, außerdem einige der engsten Bekannten telefonisch kontaktiert. Einen Hinweis auf ein mögliches Motiv hatte er dabei nicht gefunden. Gab es jemanden im näheren Umfeld, der doch etwas dazu wissen konnte? Die Zeit drängte, wie immer. Denn bald schon mussten sie Rede und Antwort stehen. Nicht nur den Angehörigen, sondern auch ihrer Chefin – und der Presse.

Mikael schob einige Fotos zur Seite, um an die Tastatur seines Laptops zu kommen. Dann öffnete er zum wiederholten Mal ein Online-Nachrichtenportal. Die Mitteilungen beschränkten sich auf wenige Mutmaßungen und die paar einzelnen Fakten, die der Pressesprecher bislang durchgegeben hatte. *Es war Mord. Es war ein Ehepaar. Die Ermittlungen laufen auf Hochtouren und wir hoffen, bald einen Verdächtigen präsentieren zu können.* Mikael sah den aalglatten Pressesprecher beinahe bildlich vor

45

sich. Einer, der immer die beste Antwort im richtigen Moment kannte. Schlagfertig und redegewandt. Ganz anders als er selbst, der in vielen Situationen lieber schwieg. Weil er nicht wusste, was er sagen sollte.

Schließlich blickte Mikael auf seine Uhr und sah ein, dass er es nicht mehr länger hinauszögern konnte. Leise schloss er die Tür seines Büros hinter sich. Als er draußen vor dem dunklen Toyota stand, zitterten seine Knie wie bei einem kleinen Jungen, der das erste Mal vom Zehnmeterbrett springen soll. *Reiß dich zusammen, Mik! Was bist du für ein Ermittler?* Er stampfte kraftvoll mit dem Fuß auf. Da bemerkte er aus dem Augenwinkel, dass ein junger Kollege an der Seitentür des Gebäudes stand und ihn beobachtete. Peter Hakala. Anfang dreißig, unverheiratet, motiviert, manchmal etwas ungeschickt. Aber modern. Und neugierig. Mikael hob die Hand zum Gruß und bemühte sich, zügig in sein Auto einzusteigen. Er wollte nicht wie jemand wirken, der Selbstgespräche vor seinem Auto führte. Sein Herz schlug wild in seiner Brust und seine Hände waren schweißnass. *Du kannst das, du musst das*! Mikael drückte den Startknopf. Der Motor erwachte leise summend zum Leben. Ein letztes Mal atmete Mikael geräuschvoll aus, bevor er losfuhr. Im Rückspiegel konnte er sehen, dass Hakala noch an der gleichen Stelle stand und ihm nachblickte.

5.

Endlich Feierabend. Iida Nieminen hatte mittlerweile ihren Hosenanzug gegen eine bequeme Jogginghose und ein weites T-Shirt getauscht. Generell war sie außerhalb der Helfenden Hand meist in legeren Kleidungsstücken anzutreffen. Sie stand in der Küche und schnitt Tomaten. In einem Topf kochten bereits Spaghetti.

»Mama, darf ich mal kurz dein Handy haben, nur ganz kurz!« Iida Nieminens achtjährige Tochter machte ein süßes Gesicht, wie immer, wenn sie etwas wollte. Im Übrigen wurde der Umgang mit ihr gerade etwas schwieriger. Iida war früher nicht klar gewesen, wie schnell Mädchen groß werden. Und pubertär.

»Na gut. Aber nur zehn Minuten. Das Essen ist gleich fertig.« Sie wischte sich die Hände an einem Küchentuch ab.

»Ich spiele nur eine Runde, Mama.«

Das war eine glatte Lüge und sie fluchte innerlich, als sie daran dachte, wie sie ihrer Tochter nachher das Handy unsanft würde entreißen müssen. Diese Spiele waren eine Sucht. Sie zogen schon die Kleinsten in ihren Bann. Gerade deswegen weigerte sie sich, ihrer Tochter ein eigenes Handy zu kaufen. Auch wenn das bei dem Kind zunehmend auf weinendes und jammerndes Unverständnis stieß.

Iida schob die Tomaten beiseite und begann Zwiebeln zu schneiden. Dabei kreisten ihre Gedanken einzig um ihre Mitarbeiterin Ella Mäkinen und deren Verschwinden. Noch gestern Abend hatte sie Vermisstenanzeige erstattet. Tief im Inneren hatte sie gehofft, dass sich die Sache ganz schnell aufklären würde. Dass Ella einfach krank zu Hause im Bett lag. Zu müde, um Anrufe entgegenzunehmen oder sich krank zu melden. Aber eigentlich hätte sie es besser wissen müssen. Sie kannte Ella gut genug, um zu wissen, dass sie in jedem Fall angerufen hätte. Die Polizei hatte Iida heute darüber informiert, dass man Ella nicht in ihrer Wohnung angetroffen hatte. Diese war ordentlich versperrt und aufgeräumt vorgefunden worden. Allem Anschein nach hatte sie auch keinen Unfall gehabt. Zumindest lag sie in keinem Krankenhaus. Wo konnte sie nur sein? War ihr der Job zu viel geworden? Brauchte sie eine Auszeit? Oder hatte es doch etwas mit dem Vorfall vom Freitagabend zu tun? *Ich hätte nicht gehen dürfen*, dachte Iida erneut. Sie hatte ganz klar ihre eigenen Vorgaben missachtet. Die Selbstvorwürfe nagten an ihr und ließen ihre Gedanken immer wieder um ihre eigene Schuld kreisen. »Das sieht ihr einfach nicht ähnlich«, flüsterte sie.

Die Spaghetti waren längst fertig. Sie war so in Gedanken versunken, dass sie den Klingelton ihres Handys erst Sekunden später wahrnahm. Es klingelte genau zwei Mal, dann war das Handy auf einmal wieder leise.

»Schatz?«

Ihre Tochter reagierte nicht, war viel zu sehr in ihr Spiel vertieft.

Iida musste sie drei Mal lautstark ansprechen, bis sie den Kopf hob.

»Hat da eben jemand angerufen?«, fragte sie ihre Tochter.

»Keine Ahnung, Mama. Ich spiele doch gerade.«

Iida riss ihrer Tochter das Handy aus der Hand. Tatsächlich, ein Anruf von einem guten Freund, der weggedrückt worden war.

»Jetzt mal ehrlich, Kind – warum hast du den Anruf weggedrückt?«

»Ich wollte halt spielen«, kam es patzig zurück. Da kam Iida plötzlich ein Gedanke.

»Hast du das schon öfter gemacht?«

Schweigen. Dann ein leises »Vielleicht«.

Iida scrollte weiter in ihrer Anruferliste. Da war er. Ein Anruf von Ella am späten Freitagabend. Freitag hatte ihre Tochter länger aufbleiben dürfen.

»Verdammt!«, rutschte es ihr heraus.

»Was ist denn Mama?« Ihre Tochter wirkte auf einmal schuldbewusst.

Iida reagierte nicht, ging stattdessen ihre SMS durch. Die ersten vier Nachrichten waren nur belanglose Mitteilungen ihres Netzbetreibers, die sie stets ignorierte. Aber ihr Herz setzte einen Schlag aus, als sie die letzte Nachricht sah. »Sie haben eine neue Nachricht auf ihrer Sprachbox.« Die Nachricht war von Freitagabend, 21.38 Uhr. Und sie stammte von Ellas Nummer.

Mittwoch

1.

Verdammt, wieso gibt es auf dem Gelände keine funktionieren-den Überwachungskameras?, dachte Mikael Kohonen und fuhr sich mit der Hand durch die Haare. Es war noch früh am Morgen. Keine klappernden Schritte auf den Gängen, keine Konversationen vor dem Kaffeeautomaten. Nur das leise, schleifende Geräusch, wenn man eine Seite der Akte umblätterte. Und der eigene Herzschlag.

Die Aufnahmen der uralten Kamera am Eingang des Bürogebäudes der Firma Huttunen und Söhne konnte man getrost vergessen. Sie hatten weder den relevanten Bereich aufgezeichnet, noch waren sie von solcher Qualität, dass man überhaupt etwas Brauchbares hätte erkennen können. Kollegen waren seit Tagen dabei, die Verkehrskameras der A51 im Bereich der Verbindungsbrücke zu sichten. Bisher ohne nennenswerten Erfolg. Sie hatten nichts. Die DNA-Spuren unter den Fingernägeln des weiblichen Opfers hatten zu keinem Treffer in der Datenbank geführt. Es gab keine Zeugen. Kein Motiv. Es war, als wären die beiden Opfer einfach verschwunden und gestorben, ohne dass jemand etwas bemerkt hatte. Mikael seufzte.

»Mikael, was ist da los?« Der auffallend forsche Ton seiner Vorgesetzten riss ihn aus den Gedanken. Susanna Anttila stand mit der Zeitung in der Hand in der Tür. Wie immer trug sie einen ordentlichen Hosenanzug und hohe Schuhe. Trotzdem war sie mindestens einen Kopf kleiner als er. Was ihr an Körpergröße fehlte, machte sie mit ihrem kompetenten Führungsstil wett. Mikael war stets gut mit ihrer Art zurechtgekommen. Umgekehrt legte auch sie nicht jede seiner Marotten auf die Goldwaage.

»Das sind Tatortfotos! Und lauter Einzelheiten zu den Morden. Das ist untragbar.« Bei diesen Worten wedelte sie wild mit der Zeitung vor Mikaels Kopf hin und her, bis dieser das Blatt in Empfang nahm.

»Psychokiller immer noch auf freiem Fuß. Wer sind die nächsten Opfer?« lautete die plakative Überschrift. Schnell überflog Mikael den Artikel und musste schlucken. Zu viele Details. Zu allem Überfluss waren zwei Fotos abgedruckt, die offensichtlich Einzelheiten des Tatorts zeigten.

»Wissen Sie, wie viele Spinner jetzt anrufen werden, Mik?«, zischte Anttila. Sie schob ihre rahmenlose Brille Richtung Stirn. Ihr Kopf war rot vor Aufregung.

»Verdammter Mist!«, raunte Mikael. Er wusste, dass ihnen das die Arbeit wesentlich erschwerte. Die halbe Stadt kannte nun Einzelheiten, die eigentlich nur der Täter wissen konnte. Mikaels Gehirn arbeitete auf Hochtouren. Wo kamen die Fotos her? *Denk nach, Mik.* Wer hatte Gelegenheit gehabt, Fotos zu machen, bevor die Spurensicherung am Tatort gewesen war? *Eigentlich nur der Täter*, ging es Mik durch den Kopf. Es sei denn, die undichte Stelle befand sich tatsächlich innerhalb der Polizei selbst.

Diese Sache erhöhte den Druck ungemein. Es mussten Resultate her. Und Erklärungen. Wie zur Bestätigung seiner

Gedanken grunzte seine Vorgesetzte hinter ihm leise. Es hörte sich an wie ein grimmiges Tier.

»Drehen Sie jeden Stein um. Es *muss* etwas geben, das uns zum Täter führt. Für morgen habe ich eine große Pressekonferenz anberaumt. Und da will ich etwas zu erzählen haben.«

Sie taxierte Mikael ungewohnt streng und wandte sich erst zum Gehen, als dieser langsam nickte. Mikael konnte sie noch den ganzen Gang entlang leise schimpfen hören. Er hielt Anttila für eine fähige Leiterin. Sie hatte allerdings keine einfache Stellung im Team, weil man ihr so schnell nichts vormachen konnte. Sie durchschaute Faulheit ebenso schnell wie Logikfehler in der Ermittlung. Und das kam nicht bei allen Kollegen gut an.

Mikael versuchte, alle Geräusche auszublenden, indem er die Augen schloss. Im Geiste verglich er die Fotos aus der Zeitung mit den Tatortfotos in seiner Akte. Irgendetwas stimmte da nicht an der Perspektive. »Das sind keine Polizeibilder«, sagte er leise.

Er griff nach seiner Jacke, die über dem Stuhl hing, und stürmte aus seinem Büro. Im Flur wäre er fast in Sofia hineingelaufen.

»Mikael, wohin so schnell?«

»Ich muss etwas klären«, murmelte er. Sie blickte ihn stumm an. Zog sich dabei einen Ärmel ihres Blazers nach unten.

»Mikael, hören Sie«, begann sie. »Ich weiß, dass ein enormer Druck …«

»Lassen Sie mich meine Arbeit machen. Ich muss los!«

Und dann ließ er sie einfach stehen.

2.

Julius Märsen saß in seinem kleinen Büro mit Blick auf den zentrumsnahen Südhafen. Von hier aus konnte er die zahlreichen

Ansammlungen von Touristen überblicken, die sich – klein wie Ameisen – auf dem Marktplatz gruppierten. Die meisten beabsichtigten, ein Foto des Senatsplatzes oder Doms zu schießen. *Fröhliche Menschen mit fröhlichen Leben,* dachte er. Eine Fähre legte gerade ab. Nachdenklich blickte er aus dem Fenster. Und dann wieder auf den Computerbildschirm mit den neuesten Kursentwicklungen vor sich. Sein Erfolg beruhte auf einer Mischung aus Können, Mut, Glück und der nötigen Dreistigkeit.

»Herr Kallio ist schon wieder in der Leitung«, rief ihm sein Assistent Jaan vom Vorzimmer aus zu. »Ich weiß nicht, wie lange ich ihn noch abwimmeln kann, bis er hier bei uns auf der Matte steht.«

Julius dachte angestrengt nach. Manche Anleger waren anstrengender als andere. Deren Betreuung erforderte Fingerspitzengefühl und beinahe schauspielerische Fähigkeiten. Herr Kallio war einer von dieser Sorte. Als Julius vor einigen Wochen den Deal mit ihm abgewickelt hatte, war Sekt geflossen. Herr Kallio hatte viel investiert. Ein schneller Blick auf seine Onlinekonten verriet Julius, dass es ihm im Moment nicht möglich war, die entsprechende Rendite auszubezahlen. Was bedeutete, dass er Zeit schinden musste. Die Frage war nur, wie er das machen sollte. Nervös knetete er seine Nasenspitze. *Ich wäre nicht Julius Märsen, fiele mir nicht wieder etwas Schlaues ein,* dachte er.

»Stellen Sie ihn durch«, sagte er schließlich. »Ich regle das.«

Fünf Minuten später musste Julius sich eingestehen, dass er es nicht geregelt hatte. Er hatte sich den Mund fusselig geredet. Hatte das Blaue vom Himmel versprochen. Alles nur, um mehr Zeit herauszuschlagen. Aber am Ende hatte er den Hörer des Telefons weit von seinem Ohr fernhalten müssen.

»Ich warne Sie. Ich will bis spätestens morgen meine versprochene Rendite auf dem Konto haben. Sonst kriegen wir beide richtig Ärger. Und das würde ich an Ihrer Stelle lieber nicht riskieren. Sie wollen doch nicht ihr schönes Häuschen und ihr schönes Frauchen verlieren.« Und dann hatte Kallio einfach aufgelegt. Einfach so. Das Gespräch machte Julius mehr zu schaffen, als ihm lieb war. Er hasste es, wenn er die Dinge nicht unter Kontrolle hatte. Und die Tatsache, dass ein Anleger sein Haus und seine Frau kannte und erwähnte, war neu. Ein Plan musste her und zwar schnell. Julius drehte den schweren silbernen Ring an seinem Finger hin und her. Und biss nachdenklich auf seiner Lippe herum. »Das kann ich mir nicht bieten lassen«, flüsterte er und stand auf.

»Sie sind gleich mit Ihrer Frau zum Mittagessen verabredet«, gab Jaan noch von sich, bevor Julius Märsen seine Bürotür mit einem wütenden Schwung zuknallen ließ. Er grübelte. Heute zusammen essen zu gehen, hatten sie schon vor drei Wochen vereinbart, weil Heidi einen Arzttermin in der Stadt hatte. Andererseits war sie vorhin richtig sauer gewesen, weil er sie gestern Abend einfach hatte stehen lassen. Und wenn seine Frau sauer war, strafte sie ihn stets damit, ihn komplett zu ignorieren.

Erst eine ganze Stunde später blickte Julius erneut auf die Uhr und runzelte die Stirn. Kein Anruf von seiner Frau. Auch im Büro war sie nicht aufgetaucht. *War zu erwarten*, dachte er. Sein Magen knurrte und er öffnete seine Bürotür. Jaan war ebenfalls in der Mittagspause. Sein Assistent war ein wahrer Glücksgriff gewesen. Der Student war für ihn zu einer Mischung aus Sekretärin und Bodyguard geworden. Vor allem hielt er ihm unangenehme Anrufe vom Leib. Und davon gab es einige. »Na gut, dann hole ich mir eben nur schnell was aus dem K-Market«, sagte er leise und nahm seinen Mantel vom Haken der Garderobe. Ein Blick nach draußen ließ ihn außerdem noch nach seinem Regenschirm greifen.

Während er an der Supermarktkasse anstand und geduldig darauf wartete, seine Sachen auf das Band legen zu können, kreisten seine Gedanken um seine Frau und um das, was sie gestern zu sehen geglaubt hatte. War da wirklich jemand in ihrem Garten gewesen? Konnte es etwas mit diesem Kallio zu tun haben? Die Drohung vorhin hatte jedenfalls gesessen. Und er hatte seine Frau erwähnt. Für Julius gab es eine magische Grenze. Zwischen seinem Job und seinem Zuhause. Die hatte Kallio überschritten. Und das war Julius überhaupt nicht recht.

Neben der Supermarktkasse war ein Regal, in dem einige Zeitschriften und Zeitungen lagen. Er konnte nicht umhin, die Schlagzeilen zu lesen.

BESTIALISCHER PÄRCHENMORD – POLIZEI TAPPT IM DUNKELN. SCHLÄGT DER PSYCHO-KILLER BALD WIEDER ZU?

Er wandte den Blick ab und starrte durch die große Scheibe auf die Straße. Menschen huschten vorbei, mal mit und mal ohne Schirm. Mehr oder weniger durchnässt. Da sah er auf der anderen Straßenseite jemanden im Regen stehen. Die Gestalt hatte eine dunkle Regenjacke an. Die Kapuze war weit ins Gesicht gezogen. Ein Mensch unter vielen, die er beobachtet hatte. Dennoch richteten sich feine Härchen auf seinem Rücken auf. Hatte er diese Person nicht schon einmal gesehen? *Meine Frau treibt mich noch in den Wahnsinn*, dachte er.

»Hallo, gehen Sie mal weiter, bitte. Ich habe nicht den ganzen Tag Zeit«, sagte ein junger Mann hinter ihm in der Schlange und tippte ihm dabei unsanft auf die Schulter.

»Ist ja schon gut«, antwortete er. Als er erneut aufblickte, war die Gestalt verschwunden.

»Wie viel haben Sie von der Presse für die Fotos bekommen?«

Mikael Kohonen stand Eero Rantanen gegenüber, der einen schweren Schlüsselbund in seiner Hand hin- und herschwang. Nach dem Gespräch mit seiner Chefin war Mikael ohne Verzögerung zur Firma Huttunen und Söhne gefahren. Und hatte den Hausmeister dort bei der Arbeit angetroffen. Eero Rantanen wirkte schuldbewusst.

»Ich wollte die Halle aufschließen. Wie ich es Ihnen erzählt habe. Die Tür war aufgebrochen worden. Eigentlich hätte ich da schon umkehren müssen. Aber ich war noch nie ein Feigling. Dachte, ich erwische vielleicht ein paar Kids beim Jointrauchen. Aber dann … ich hab so etwas noch nie gesehen«, sagte er und rieb sich mit einem Taschentuch den Schweiß von der Stirn. »Im ersten Moment hab ich gedacht, ich muss kotzen.«

»Und im zweiten?«, fragte Mikael.

»Ich dachte, ich könnte mir was dazuverdienen.« Rantanen trat von einem Bein auf das andere und starrte auf den Boden. »Krieg ich Ärger wegen der Fotos?«

»Und ob«, schrie Mikael lauter als beabsichtigt. Sein Gegenüber zuckte zusammen. »Sie behindern laufende Ermittlungen in einem Mordfall. Außerdem rückt Sie das nicht in das beste Licht.«

»Ich hab mit der Sache nichts zu tun«, sagte Rantanen schnell. Seine Augen weiteten sich. »Das müssen Sie mir glauben.«

Das tat Mikael auf eine nicht erklärbare Art und Weise. Der Typ war mies, aber sein Gefühl sagte ihm, dass er mit dem Mord nichts zu tun hatte. Trotzdem musste er ihn im Auge behalten. Er durfte keine potenziell Verdächtigen ausklammern.

»Wo waren Sie in der Nacht von Samstag auf Sonntag, Herr Rantanen?«

»Bin ich jetzt etwa verdächtig?«, fragte Rantanen und warf wieder den schweren Schlüsselbund zwischen seinen Händen hin und her. »Mann, ich hab mit der Sache nichts zu tun. Und ich sollte jetzt wirklich wieder an die Arbeit.«

Er blickte sich nervös um. Mikael war klar, dass der Kerl sich nachher vor seinem Chef würde erklären müssen. Und vor einigen Mitarbeitern, die neugierig die Ohren spitzten. Aber ein bisschen Druck konnte nicht schaden.

»Beantworten Sie bitte einfach die Frage.«

Rantanen blickte sich erneut um.

»Ich war zu Hause, alles klar? Und zwar allein, wenn Sie es genau wissen wollen«, sagte er und klang dabei so, als wäre ihm selbst eine andere Antwort lieber gewesen. »Außer, Bier und der Fernseher zählen als Gesellschaft.«

»Sie werden mir jetzt sämtliche Fotodateien aushändigen, die Sie besitzen, am besten freiwillig«, sagte Mikael. Rantanen rieb sich die Nase. Er schien aufgegeben zu haben und trottete lammfromm voraus.

»Kommen Sie mit.«

Mikael folgte ihm. Sie verließen das Bürogebäude und befanden sich wieder auf dem großen Gelände, auf dem auch die Lagerhalle stand, in der die Leichen gefunden worden waren. Ihr Weg führte sie zu dem der Halle gegenüberliegenden Gebäude. Darin befanden sich Spinde für die Mitarbeiter. Und davon gab es einige.

Was nicht verwunderte, hatte der Chef der Firma doch ausgesagt, dass insgesamt mehr als hundert Menschen für Huttunen und Söhne arbeiteten.

Der Gedanke lag nahe, dass der Täter sich hier auskannte oder das Gelände über längere Zeit beobachtet hatte. Er hatte die Halle bewusst ausgewählt, weil er wusste, dass hier bis

Montag niemand sein würde. Kollegen waren bereits dabei, sämtliche Mitarbeiter zu durchleuchten und Dienstpläne zu vergleichen. Aber ohne einen konkreten Anhaltspunkt war das wie die sprichwörtliche Suche nach der Nadel im Heuhaufen. Rantanen öffnete einen der Spinde und holte einen USB-Stick hervor.

»Sind das wirklich alle?«

»Ja, wirklich. Ich schwör's«, sagte dieser und übergab den Stick. »Wie geht es jetzt weiter?«, fragte er ängstlich.

»Sie hören von uns, da können Sie sicher sein«, raunte Mikael und verließ die Halle.

Bevor er in sein Auto einstieg, blieb er noch einmal kurz stehen und atmete tief durch. Vorher war er so in Rage gewesen, dass er überhaupt nicht über die Autofahrt nachgedacht hatte. Jetzt war seine erste Wut verflogen und das altbekannte Herzklopfen stellte sich wieder ein. Wieso hatte er nicht einfach Anders mitgenommen, der hätte fahren können. Er rieb seine trotz der Kälte schwitzenden Hände an der Jacke ab und hätte sich selbst ohrfeigen mögen. Ein Hauptkommissar, der vor der Autofahrt in mittlerweile ritualisierte Panikmomente verfiel, war kein Vorzeigebeamter. Er war eher *untragbar*, wie seine Chefin es formuliert hätte. Ein Grund mehr, warum er mit Sofia nicht sprechen wollte. Eins würde zum anderen führen und er hätte verdammt viele Fragen zu beantworten. Wenn Anders oder einer seiner anderen Kollegen etwas bemerkt hatte, so hatten sie alle zumindest den Anstand besessen, nichts zu sagen. *Okay, Mik, reiß dich zusammen, du kannst das*, dachte er. Noch immer stand er wie angewurzelt da. Plötzlich klingelte sein Diensthandy.

»Hauptkommissar, Sie wollten über alle aktuellen Vermisstenfälle in Helsinki und Umgebung informiert werden, in denen ein Verbrechen nicht ausgeschlossen werden kann«, sagte ein junger Kollege.

»Ja?«, antwortete Mikael und ahnte nichts Gutes dabei.

»Eine Sache hier hat gerade an Brisanz gewonnen. Die Vermisste heißt Ella Mäkinen, dreiundvierzig Jahre alt, psychologische Mitarbeiterin bei der Opferschutzorganisation Helfende Hand. Vermisst seit Freitag.«

»Warum höre ich erst jetzt davon?«, fragte Mikael und setzte sich endlich in sein Auto. »Das hat unsere Abteilung als normalen Vermisstenfall bearbeitet. Es gab zunächst keine Hinweise auf ein Verbrechen.«

»Und jetzt?«, fragte Mikael nach.

»Jetzt haben sich die Umstände verändert«, meinte sein Kollege am anderen Ende der Leitung.

4.

»Was ist das für ein Vermisstenfall, Mik?«, fragte Anders eher beiläufig. *Und warum lässt du dich überhaupt darüber informieren*, schwang dabei unterschwellig mit.

Er lehnte seitlich mit einer Schulter an der Wand von Mikaels Büro und hatte beide Hände in die Hosentaschen gesteckt. Mikael kam nicht umhin, ihn gedanklich mit der Eigenschaft *lässig* zu beschreiben. Anders strahlte eine innere Zufriedenheit und Ruhe aus, die Mikael bei sich selbst schmerzlich vermisste. Ganz sicher lag es an der intakten Familie mit zwei kleinen Kindern, die nach Feierabend zu Hause auf ihn warteten.

»Ella Mäkinen ist Mitarbeiterin einer Opferschutzorganisation. Verschwunden seit Freitagabend«, sagte Mikael schließlich. »In ihrer Wohnung konnte kein Einbruch festgestellt werden. Ihr Handy ist ausgeschaltet.«

»Wie kommt der Fall jetzt zu uns?«

»Mittlerweile kann ein Verbrechen nicht mehr ausgeschlossen werden. Und Ella Mäkinen hat ein ähnliches Alter wie unser weibliches Opfer.«

»Aber sie ist allein verschwunden?« Anders sah Mikael fragend an. Sein hellblauer Pullover sah akkurat gebügelt aus.

»Ja. Soweit wir wissen, hat Ella Mäkinen keinen Partner, wenn du das meinst. Aber ganz ausschließen können wir nicht, dass sie jemanden gedatet hat. Es war immerhin Freitagabend, als sie verschwand.«

Mikael konnte die Zweifel in Anders' Augen sehen. *Was hat das mit dem laufenden Doppelmord zu tun*, schien er zu denken. Anders öffnete den Mund, wollte etwas entgegnen, aber Mikael war schneller.

»Du kennst den Bericht des Profilers, Anders. Wenn der Täter diesen speziellen sexuellen Kick braucht, dann wird er ihn sich früher oder später erneut holen«, sagte Mikael. »Es ist ein Wettlauf gegen die Zeit.«

Im Raum war es für kurze Zeit vollkommen still.

»Im Moment wird bereits überprüft, ob es passende männliche Vermisstenmeldungen gibt.« Mikael hatte sich gesetzt und bedeutete Anders, das Gleiche zu tun.

»Nun zum eigentlichen Grund, warum der Fall bei uns gelandet ist. Ella Mäkinens Chefin hat der Polizei eine Nachricht übermittelt, die auf ihrer Mailbox eingegangen ist.«

Anders sah konzentriert aus und antwortete nicht. Er wartete darauf, dass Mikael die Nachricht abspielte. Dieser kämpfte noch mit der Technik. Er rief erneut die entsprechende Mail auf und klickte auf den Anhang. Eine Tondatei öffnete sich in einem anderen Programm. »Hab's gleich«, raunte er. Zunächst ertönte ein Rauschen und es herrschte ein paar Sekunden lang Stille. Gerade so lange, dass man sich nicht sicher war, ob der

Anruf beabsichtigt gewesen war. Dann folgte eine weibliche Stimme, begleitet von Stöckelschuh-Schritten.

»Iida, ich gehe gerade aus dem Büro. Alles okay. Ist später geworden als gedacht. Wir sehen uns am Mo... hey, wer sind ... hey ...!«

Dann hörte man ein paar seltsame Geräusche, die schwer einzuordnen waren. Eine Mischung aus Krachen und Flüstern. Und die Nachricht brach abrupt ab.

»Die Nachricht ist schon in der Technik«, sagte Mikael. »Im Übrigen läuft eine Suchaktion.«

Anders, der sich nicht hingesetzt hatte, trat einen Schritt auf Mikael zu. »Okay«, kommentierte er. »Aber du willst doch noch etwas sagen, oder?«

»Na ja«, meinte Mikael kryptisch.

Was er verschwieg, war dieses feine Gefühl des Unbehagens, das er nicht zu beschreiben fähig war. Dieser Instinkt, etwas Wichtiges entdeckt zu haben, der ihn manchmal gerettet, manchmal aber auch schon verraten hatte. Früher hätte er diesem Gefühl blind vertraut. Früher, das war vor dem Unfall gewesen, der alles verändert hatte. Aber jetzt? Konnte er sich überhaupt noch auf sich selbst verlassen?

Loris Anders starrte ihn einen Moment lang an, als würde er seine Gedanken erraten.

»Was ist mit dieser Klientin vom Freitagabend, die Ella Mäkinen in der Nachricht erwähnt?«, fragte er laut.

»Die konnte noch nicht ermittelt werden«, sagte Mikael. »Bisher keine passenden Anzeigen bei der Polizei. Offenbar hat sich die Frau doch gegen eine Anzeige entschieden. Was auch immer vorgefallen sein mag.«

Die Frau war der Schlüssel. Sie musste gefunden werden.

»Es wird heute noch einen öffentlichen Zeugenaufruf geben. Haben die Kollegen bereits veranlasst«, sagte Mikael. Dann gab er einen lang gezogenen Seufzer von sich.

»Im Übrigen kann doch unser junger Mitarbeiter Peter Hakala sich um die Sache kümmern.« *Den wollte ich ohnehin etwas im Auge behalten*, fügte er in Gedanken hinzu.

5.

Julius Märsen hatte den ganzen Nachmittag an seinem Schreibtisch verbracht. Mittlerweile war es draußen stockdunkel. Die Touristen waren weniger geworden. Die meisten von ihnen befanden sich nun in einem der zahlreichen Restaurants oder Hotels. Julius hatte nachgedacht, telefoniert und wieder nachgedacht. Sich dabei so lange die Nasenspitze geknetet, dass sie schmerzte. Der Bildschirm flackerte vor seinen Augen und begann, langsam zu verschwimmen. Einer glücklichen Kursentwicklung der letzten zwei Stunden war zu verdanken, dass sich der Stand eines seiner Konten signifikant erhöht hatte. Zum ersten Mal an diesem Tag lehnte er sich zurück und atmete erleichtert auf. Er würde den furchtbaren Kallio auszahlen können. Einsatz und Rendite. Und dann wollte er mit dem Kerl nichts mehr zu tun haben. Die ganze Aktion würde ein Riesenloch in sein Budget reißen. Aber Hauptsache, er wurde den Typen schnell wieder los, der ihm in seinen Augen wirklich gefährlich werden konnte.

Seine Frau hatte den ganzen Nachmittag lang nichts von sich hören lassen. Er musste sich etwas überlegen, um sie zu besänftigen. So kam es, dass er an diesem Tag früher als gewohnt daran dachte, Feierabend zu machen. Es war gerade erst achtzehn Uhr, wie ihm ein Blick auf seine Uhr verriet. Dennoch stand er entschlossen auf.

»Ich fahre nach Hause«, sagte er zu seinem Assistenten, der überrascht von seinem Computer aufsah. »Ach ja, und sollte dieser Kallio noch mal anrufen. Sagen Sie ihm, das Problem sei gelöst.«

»Alles in Ordnung, Chef?«, fragte Jaan.

»Jaja, alles klar.« Julius sah seinen Assistenten an. »Machen Sie doch auch Schluss, Jaan. Ich finde, wir haben uns mal einen früheren Feierabend verdient.«

Jaans Blick blieb zwar skeptisch, trotzdem ließ er sich nicht zweimal bitten und begann, seine Sachen einzupacken. *Vielleicht sollte ich ihm öfter mal früher freigeben*, kam es Julius in den Sinn. Er legte bei Jaan den gleichen Maßstab an wie bei sich selbst. Nur dass Jaan bei Weitem nicht so viel verdiente. Aber er war loyal und scheute sich nicht vor den groben Tätigkeiten.

»Gute Arbeit, Jaan«, raunte Julius noch und öffnete die Tür, um das Büro zu verlassen. Zu mehr Freundlichkeiten fühlte er sich nicht imstande. In der hinteren Ecke des Vorzimmers liefen leise die Abendnachrichten im Fernsehen.

»... *bitten wir alle Zeugen, die etwas zu dem Verschwinden von Ella Mäkinen sagen können, sich dringend bei der Polizei zu melden* ...«, sagte der Nachrichtensprecher gerade. Ein Bild der vermissten Ella Mäkinen war dabei eingeblendet.

Bei diesen Worten drehte Julius sich plötzlich um und trat zurück in das Vorzimmer. »Machen Sie das mal lauter, Jaan«, sagte er und klopfte seinen Mantel auf der Suche nach seiner Brille ab. Er kannte keine Ella Mäkinen. Aber irgendetwas ließ ihn beim verschwommenen Anblick des Fotos stutzen. Er wusste nur nicht, was. Als er endlich seine Brille in der Innentasche fand, lief bereits der nächste Beitrag.

»Soll ich auf einen anderen Sender schalten, Chef? Vielleicht laufen noch irgendwo anders Nachrichten.«

»Ach, vergessen Sie es.« Julius winkte ab. Das konnte warten. Er wollte erst mal nach Hause und nach seiner Frau sehen. Das war wichtiger. Julius trat aus dem Büro. Im selben Moment hatte er den Fernsehbeitrag bereits wieder vergessen.

6.

Mikael Kohonen starrte in den dunklen Abend hinaus. Es war die erste Pause, die er sich seit Stunden gönnte. Zuvor hatte er ununterbrochen Namenslisten von Mitarbeitern der Firma Huttunen und Söhne durchgearbeitet und Telefonate geführt. Immer auf der Suche nach Ungereimtheiten – oder einem möglichen Motiv. Dabei hatten ihn nicht nur die derzeitigen Mitarbeiter, sondern auch alle ehemaligen interessiert. Eine vollständige Aufstellung zu erlangen, hatte sich als schwieriger herausgestellt als zunächst gedacht, denn die Buchhaltung der Firma war gelinde gesagt verbesserungswürdig. *Eine einzige Katastrophe*, ging es Mikael durch den Kopf. Teilweise fehlten Arbeitsverträge in den Unterlagen ganz, was durchaus auch auf Schwarzarbeit hindeuten konnte. Aber das Schlimmste war: Irgendwann hatte der Chef der Firma auf stur geschaltet. Nichts mehr ohne richterliche Anweisung.

Mikael seufzte. Das bedeutete eine Menge an zusätzlicher Papierarbeit.

Heute Nacht ließ sich allerdings nichts mehr bewegen, er konnte zu dieser Tageszeit weder weitere Zeugen befragen noch sich mit der Staatsanwaltschaft kurzschließen.

Außerdem gab es noch etwas anderes, was ihm nicht aus dem Kopf ging. Er hatte ein schlechtes Gewissen. Wegen Sofia. Er stand auf und legte seine Hand auf das kalte Glas der Fensterscheibe. Er sah den tanzenden Lichtern von Autoscheinwerfern zu. Er hätte Sofia nicht einfach so stehen lassen dürfen. Sie wusste nichts von der Standpauke seiner Chefin wegen der Tatortfotos. Sie hatte nur nett sein wollen. Mikael atmete seufzend aus, schnappte sich seine Jacke und löschte das Licht. Dann nahm er sich ein Herz und schlug den Weg zum Konferenzraum ein. Er hatte Glück. Sie war noch da und tippte gerade etwas auf ihrem Laptop ein.

Einen Moment lang stand er vor der halb geöffneten Tür und fühlte sich unwohl. Solche zwischenmenschlichen Dinge lagen ihm überhaupt nicht. Unruhig drehte er an dem goldenen Ehering an seinem Finger. Dann klopfte er doch an und drückte die Tür weiter auf.

»Mikael, kommen Sie rein«, sagte sie und setzte dabei ihre Lesebrille ab. Sie rieb sich die Augen und blickte ihn dann erwartungsvoll an. Wenn sie überrascht war, so ließ sie es sich erstaunlich wenig anmerken. Die Fassade ihrer Professionalität bröckelte nie.

»Ich habe noch Licht gesehen«, sagte Mikael.

»Ja, ich wollte einen Bericht zu Ende bringen«, antwortete sie und blickte dabei in Richtung Fenster. Wenn sie in der Polizeistation war, benutzte sie für ihre Arbeit stets den Konferenzraum.

»Ich bin froh, dass Sie gekommen sind, Mikael.« Irgendetwas am Klang ihrer Stimme ließ ihn durchatmen. Das erste Mal an diesem Tag hatte er das Gefühl, als nehme ihm jemand eine Last von der Brust.

»Was macht Ihr Fall?«, fragte sie.

»Leider drehen wir uns im Kreis«, antwortete er. »Die entscheidende Spur fehlt uns.« Nachdenklich blickte sie ihn an.

»Trotzdem sind wir alle nur Menschen«, antwortete sie. »Und als solche sollten wir auch mal nach Hause gehen und an etwas anderes denken dürfen. So schwer das klingen mag.« Ihr Blick fiel auf seinen Ehering. Oder blickte sie einfach nur zu Boden?

»Wissen Sie, bei mir macht es keinen großen Unterschied, ob ich früher oder später nach Hause gehe«, sagte er, ohne groß über seine Worte nachzudenken. »Ich schlafe nicht sonderlich gut.« Sie sah ihn einfach nur an und nickte leicht. Stellte keine Fragen.

»Ich träume von dem Unfall. Und von Christoph«, fuhr er fort. Verlegen rieb er sich den Nacken. »Aber deswegen bin ich nicht gekommen.« Sie räusperte sich und der Moment der Vertrautheit war verflogen.

»Weswegen dann?«, fragte sie.

»Ich wollte mich bei Ihnen entschuldigen. Für meine Wortwahl heute Nachmittag.«

»Nicht der Rede wert«, sagte sie. Wenn sie sich über seine Entschuldigung freute, so sah man es ihr nicht an. Abwartend saß sie da. Als er nichts weiter sagte, stand sie auf.

»Es ist spät geworden. Ich gehe jetzt nach Hause. Soll ich Sie irgendwo absetzen?« Sie wusste, dass er ungern Auto fuhr und es bei jeder Gelegenheit vermied. Obwohl er nie wirklich darüber gesprochen hatte.

»Nein danke, ich laufe.« Mikael hob die Hand zum Gruß und verließ das Zimmer. Er ertappte sich bei dem Gedanken, dass er gerne mitgefahren wäre.

7.

Als Julius Märsen zu Hause eintraf, wirkte das Haus dunkel. Das Auto seiner Frau stand allerdings in der Garage. Er drückte den Knopf, um das automatische Garagentor zu schließen. Es bewegte sich langsam und quietschend. *Muss dringend mal geölt werden*, dachte er. Zügig ging er die wenigen Schritte bis zur Eingangstür. Seine Finger zitterten leicht, als er den Schlüssel ins Schloss stecken wollte. Er entglitt seinen trockenen, kalten Händen und fiel klirrend zu Boden. Erst beim zweiten Versuch schaffte er es, die Tür aufzuschließen.

»Heidi?«, rief er beinahe zaghaft in die Dunkelheit hinein. Keine Antwort. Er schloss die Tür hinter sich und warf einen Blick in die Küche. Sie sah makellos aufgeräumt aus, wie immer. Die silbernen Hochglanzfronten waren poliert, die Obstschüssel auf der Kücheninsel befüllt mit frischen Früchten. Bei Heidi stand nie etwas lange herum. Alles musste seine Ordnung haben. *Vielleicht fehlt ihr wirklich eine echte Aufgabe*, dachte er. Auf Zehenspitzen schlich Julius ins Wohnzimmer, wo der flauschige beige Teppich seine Schritte noch mehr dämpfte. »Heidi?«

Wieder bekam er keine Antwort. Der bequeme Lesesessel war leer. Erneut im Flur angekommen, wanderte sein Blick die Treppe hinauf ins obere Geschoss. Auch oben schien kein Licht zu brennen. *Erst einmal die nassen Schuhe ausziehen, bevor du nach oben gehst*, konnte er sie beinahe sagen hören. Aber es waren nur seine eigenen Gedanken. Da wurde die Stille plötzlich vom Klingeln seines Handys zerrissen. *Unbekannter Teilnehmer.* Das unerwartete Geräusch erschreckte ihn so sehr, dass ihm das Gerät aus den Händen und auf den hellen Fliesenboden fiel, den Heidi für den Flur ausgesucht hatte, weil er sich so gut reinigen ließ.

»Verdammt«, fluchte Julius und fuhr mit seinem Finger über den entstandenen Riss am Display. Bedienen ließ es sich zum Glück noch ganz normal. Trotzdem fluchte er leise vor sich hin. »Das war neu. Und teuer.«

Der Anruf war ihm entgangen. Ohne weiter darüber nachzudenken, ging Julius nochmals zur Eingangstür und drehte den Schlüssel zweimal von innen herum. *Sicher ist sicher*, dachte er. Dann machte er sich langsam auf den Weg nach oben. Seine Schuhe hatte er nicht mehr ausgezogen. Sie erzeugten ein knarzendes Geräusch auf der alten Holztreppe, die sie nach dem Kauf des alten Hauses lediglich weiß streichen, aber nie austauschen lassen hatten. Er fühlte sich plötzlich wie ein Verbrecher im eigenen Haus. Heidis Roman, von dem sie jeden Abend vor dem Schlafengehen ein paar Seiten las, lag aufgeklappt auf dem Bett. Ansonsten war auch im Schlafzimmer alles vorbildlich aufgeräumt. Unter der Badezimmertür sah er einen leichten Lichtschimmer. Er lauschte, konnte aber keinerlei Geräusch ausmachen. Julius trat ganz knapp an die geschlossene Tür heran und presste sein Ohr daran. Er hörte nichts. Aus einem plötzlichen Gefühl der Dringlichkeit heraus legte er seine Hand auf die Klinke und wollte die Tür ruckartig aufziehen. Sie war abgeschlossen. Panik überfiel ihn. »Heidi! Mach die Tür auf, ich bin es«, rief er. Als darauf noch immer keine Reaktion kam, lief er wie ein Irrer durchs Schlafzimmer und suchte etwas, mit dem er die Tür aufbekam. *Du Idiot!*, dachte er schließlich. Er griff in seine Hosentasche, kramte eine Münze hervor und drehte damit von außen an dem Schloss, das sich zum Glück recht einfach öffnen ließ. Seine Frau lag in der Badewanne. Den Kopf hatte sie unter Wasser. Ein paar Kerzen erhellten den Raum spärlich. Für einen Moment blieb sein Herz stehen. *Was hatte sie nur getan? Heidi, nein! Heidi!*

Als er nähertrat, richtete sie sich ruckartig auf, wobei ein Schwall Wasser über den Rand der Wanne auf den Boden klatschte. Er konnte sich einen Seufzer der Erleichterung nicht verkneifen. *Heidi lebt. Natürlich lebt sie. Was hast du denn gedacht, Julius?*

»Warum hast du unser Mittagessen heute ausfallen lassen?«, fragte er mit klopfendem Herzen.

»Warum schleichst du dich so an?«, gab sie zurück und ließ sich wieder tiefer in das Schaumwasser sinken. Er wusste, dass sie wütend war. Konnte es an ihrem Gesichtsausdruck und der Art, wie sie sprach, zweifelsfrei erkennen. Wahrscheinlich hatte sie ihn längst gehört gehabt. Und hatte ihn erschrecken wollen. Es war ihr geglückt.

Warum war sie so aufgebracht? Er konnte die Frage selbst beantworten. Weil er ihr gestern keinen Glauben geschenkt hatte. Weil er nie da war. Vielleicht war da gestern tatsächlich jemand im Garten gewesen. Als sie so in der Wanne vor ihm

68

lag, konnte er nicht umhin, sie anzusehen. Sie war immer noch wunderschön. »Das ganze Haus war dunkel«, begann er. »Ich habe mir Sorgen gemacht, Heidi.«

»Julius, heute war wieder jemand in unserem Garten«, antwortete sie unvermittelt. Sie strich sich eine Strähne ihres Haares hinter das Ohr und blickte ihn direkt an. Und plötzlich sah er die Sehnsucht. Sehnsucht nach Nähe und Zuspruch. Nach einer Beschäftigung. Er zog sich aus und stieg vorsichtig zu ihr in die Wanne. »Lass uns jetzt nicht darüber reden.«

8.

Mikael Kohonen lief nicht nach Hause. Stattdessen nahm er sich ein Taxi und nannte dem Fahrer eine Adresse im Norden der Stadt. Während der Fahrt blickte er stumm aus dem Fenster. Irgendwo da draußen war der Täter. Und wiegte sich in Sicherheit, weil die Polizei in den ersten kritischen Tagen noch nicht einmal annähernd in seine Richtung ermittelt hatte.

Nachdem er den Fahrer bezahlt hatte, ging er langsam die Einfahrt zu dem schönen Einfamilienhaus entlang. Der gepflasterte Weg fühlte sich rutschig an. Ein letztes Mal blies er eine Wolke aus warmem Atem in die kalte Novemberluft. Dann klopfte er an die hellblaue Tür. Die Frau, die ihm öffnete, sah müde aus. Und blass.

»Komm rein, Mik.« Wenn sie überrascht war, ihn so spät noch zu sehen, so ließ sie es sich nicht anmerken. »Es geht ihm heute nicht sonderlich gut.«

Er trat ins Haus und streifte seine Stiefel ab. An den Wänden hingen alte Familienfotos aus glücklichen Tagen in goldenen Rahmen. Mikael richtete seinen Blick Richtung Wohnzimmer und ging die wenigen Schritte bis dorthin, ohne einen Blick auf die Bilder zu werfen. Wo man sonst eigentlich eine gemütliche

Couch erwartet hätte, stand ein Krankenbett mitten im Raum. »Guten Abend, Christoph«, sagte Mikael und setzte sich zu dem Mann an die Bettkante.

»Möchtest du einen Tee, Mik?« Christophs Mutter stand hinter ihm und rieb sich die Hände an ihrer Schürze ab. Sie sah alt und abgekämpft aus. Lediglich die vielen feinen Falten rund um die Augen zeugten davon, wie gern sie früher gelacht hatte.

»Nein, danke. Entschuldige die späte Störung.«

»Er freut sich immer, dich zu sehen. Ich gehe dann mal wieder in die Küche«, sagte sie und verschwand.

»Christoph, wie geht es dir heute?«, fragte Mikael und legte eine Hand auf seinen Arm. Eine Antwort blieb aus. Stattdessen ertönte nur das monotone Piepsen der diversen medizinischen Geräte, an die Christoph angeschlossen war. Er befand sich jetzt seit drei Jahren im Wachkoma. Und trotzdem hatte Mikael schon manches Mal das Gefühl gehabt, dass sein alter Freund und Kollege auf seinen Besuch reagierte. Obwohl er nicht hätte benennen können, woran er das ausmachte.

»Ich hab einen ziemlich üblen Fall an der Backe, weißt du.« Er ertappte sich selbst dabei, wie er auf ein Zeichen wartete. Ein kleines Zucken, dass sein Freund ihn verstand. Ein Flattern seiner Augenlider, eine Bewegung seines Fingers. Aber Christoph blieb regungslos, wie immer.

»Der Täter hat sich ein Pärchen geschnappt. Er hat die Frau gefesselt, vergewaltigt und erwürgt, mit bloßen Händen. Ihren Ehemann hat er währenddessen an einem Stuhl festgeklebt. Der arme Kerl musste alles mitansehen.« Er trug den Fall genauso vor, wie er es früher im Büro getan hätte. Nach einer Pause ergänzte er: »Ich habe das Gefühl, du wüsstest, was als Nächstes zu tun wäre.«

Im Raum blieb es still. Nur das Piepsen der Geräte war zu hören. Heute schien er keine Verbindung aufbauen zu können.

Er hatte das Gefühl, ganz allein zu sein. »Morgen steht die Pressekonferenz an, drück mir die Daumen.«

Mikael stand auf und machte sich auf den Weg zur Tür. In der Küche hörte er Teller klappern. Verabschieden wollte er sich nicht.

Donnerstag

27. November 2014

1.

Mikael stand an seinem offenen Schrank und kramte nach einem sauberen Hemd. Das Fenster war seit einer guten halben Stunde geöffnet. Im Raum war es mittlerweile so kalt, dass sogar er fror.

»Hier drin kann man Eiswürfel produzieren«, meinte Anders, der gerade hereinkam. Ohne weiteren Kommentar steuerte er das Fenster an und schloss es.

»Ich muss gleich zu einer Zeugenvernehmung«, meinte Mikael. »Hast du ein Hemd für mich?«, fragte er und Anders verzog den Mund zu einem Lächeln. »Mein Kleiderschrank befindet sich zu Hause, weißt du …« Er stoppte mitten im Satz. »Trägst du noch denselben Pulli wie gestern?«, fragte er dann überrascht.

»War eben kein anderer da«, erwiderte Mikael.

»Was denn für eine Zeugenvernehmung?«, wollte Anders wissen. Der Themenwechsel war Mikael nur allzu recht.

»Der Zeugenaufruf gestern Abend brachte zahlreiche Reaktionen«, antwortete Mikael. »Eine davon interessiert mich besonders.«

»Ich dachte, den Fall sollte Hakala im Auge behalten«, sagte Anders verwundert.

»Tut er ja auch.« Mikael strich seinen Pulli glatt. Sein Blick fiel auf die frische Gelfrisur von Anders und er straffte die Schultern. »Aber diese Zeugin werde ich persönlich vernehmen.«

»Und warum?«

»Sie hat angegeben, eine Klientin von Ella Mäkinen zu sein.«

»Und?«, fragte Anders. »Du meintest doch, sie sei Opferschutzmitarbeiterin gewesen.«

»Ja, aber ich habe da so einen anderen Verdacht«, erwiderte Mikael. Er drückte sich an Anders vorbei, der einen frischen Geruch nach Duschgel verströmte. »Wir sehen uns nachher!«

Wenig später saß ihm in einem kleinen Zimmer im Erdgeschoss des Polizeipräsidiums eine junge Frau gegenüber. Die Rollläden waren heruntergelassen und für Mikael fühlte sich die Zimmertemperatur an wie eine Sauna.

»Ich habe den Aufruf gestern Abend im Fernsehen gesehen«, sagte sie und biss dabei auf ihrem Daumennagel herum.

Sie sah mitgenommen aus. Ihre dunklen Haare waren fettig und ungekämmt. Beide Mundwinkel zuckten leicht, auch noch nachdem sie den Satz beendet hatte.

Mikael hatte es sich nicht nehmen lassen, dieses Gespräch persönlich zu führen. Sehr zur Verwunderung seiner Kollegen, die sich aber ohnehin schon länger hinter seinem Rücken über ihn unterhielten. Da kam es auf eine schräge Aktion mehr auch nicht mehr an.

»Sie haben gestern um 2.32 Uhr nachts die Kollegen angerufen«, setzte Mikael an. Sie betrachtete ihn zunächst skeptisch, senkte den Kopf dann ein wenig in Richtung Boden.

»Ja.«

»Und Sie waren eine Klientin von Ella?«

»Sie hat mir geholfen«, kam es leise zurück. *Bingo*, dachte Mikael, der überlegte, ob er einen Vorstoß wagen sollte.

»Sie waren am Freitagabend bei Ella Mäkinen, bevor diese verschwunden ist, habe ich recht?«, fragte er ins Blaue hinein. Die junge Frau hob den Blick und ihre Augen weiteten sich kaum merklich.

»Woher …?«, setzte sie an. Dann seufzte sie.

»Ja, das stimmt.«

»Es scheint so, als wären sie eine der letzten Personen, die Ella Mäkinen gesehen haben, bevor sie verschwand.«

Die junge Frau blickte an Mikael vorbei in Richtung des Fensters hinter ihm und vermied es, ihn anzusehen. »Deswegen bin ich hier«, sagte sie zaghaft. »Auch wenn ich nicht glaube, dass ich helfen kann.«

Mikael schlug ein Bein über das andere und lehnte sich leicht nach vorne. Er wartete eine ganze Weile, bis sie ihn schließlich direkt ansah. »Erzählen Sie mir von dem Abend«, forderte er sie in ruhigem Ton auf.

Sie presste ihre Lippen aufeinander, bewegte sie dann leicht hin und her, um sie zu befeuchten. Ihre Stimme zitterte leicht, als sie anfing zu sprechen.

»Ich war ziemlich fertig an dem Tag. Hatte mich von meinem Freund getrennt.« Wieder war sie dazu übergegangen, an Mikael vorbei ins Leere zu starren. Ihre Arme hatte sie schützend vor der Brust verschränkt.

»Und da gehen Sie zu einer Opferschutzeinrichtung?«

Die junge Frau veränderte ihre Sitzposition. Sie löste ihre Arme aus der Verschränkung und kaute wieder auf ihrem rechten Daumennagel herum. Ein Blick auf ihre Finger verriet Mikael, dass fast alle Nägel abgekaut waren. Eine Angewohnheit, die sie wohl schon länger begleitete.

»Eine Freundin hatte mir die Helfende Hand empfohlen. Ich brauchte jemanden zum Reden.«

»Reden worüber?«

Ein kurzes Zucken ging durch ihren Körper. Sie nahm den Finger aus dem Mund und setzte sich etwas aufrechter hin.

»Na eben über die Trennung und wie es jetzt weitergeht.«

»Hätte das nicht eine Freundin übernehmen können?«

»Meine Freundinnen hielten ohnehin nie was von ihm. Zu denen hätte ich nicht gehen können.« Sie seufzte. »Jonne war eigentlich so reif. Das machte seine Faszination aus.«

»Jonne? Wie heißt ihr Ex-Freund denn mit ganzem Namen?«

»Jonne Sanders, so heißt er«, sagte sie und schwieg dann wieder. Mikael scharrte leise mit seinem rechten Schuh über den Fußboden unter dem Tisch. Er erzeugte eine kleine künstliche Pause, statt weitere Fragen zu stellen. Manchmal war es besser, die Leute einfach reden zu lassen.

»Jonne hatte etwas Trauriges an sich. Vielleicht mag ich traurige Männer«, sagte sie nachdenklich und starrte ihn dabei ein paar Sekunden lang direkt an. Oder bildete er sich das nur ein? Mikael räusperte sich.

»Und wie war Jonne Sanders später?«, fragte er. Wieder sah sie an ihm vorbei aus dem Fenster.

»Meine Freundinnen haben mich vor ihm gewarnt«, sagte sie ein weiteres Mal.

Mikael merkte, wie er die Geduld mit ihr verlor. Aber er durfte sie nicht drängen.

»Hören Sie. Eine Frau ist verschwunden«, versuchte er, ihr klarzumachen. *Und draußen läuft ein Mörder herum*, fügte er in Gedanken hinzu. »Warum genau waren Sie am Freitag noch spätabends bei der Helfenden Hand?« Er schnaufte einmal heftig durch die Nase aus. Es klang genervter als beabsichtigt. Aber die kleine Geste verfehlte ihre Wirkung nicht.

»Wir haben uns gestritten«, sagte sie. »Wir haben uns heftig gestritten, okay?« Ihr Blick haftete auf dem Boden. »Er war so zuvorkommend, am Anfang.«

75

»Und später?«

»Er hat mich geschlagen«, sagte sie halblaut. »Sind Sie jetzt zufrieden?«

Mikael schwieg. Aber sie schien nicht von sich aus weiterreden zu wollen.

»Warum sind Sie nicht zur Polizei gegangen?«, fragte er daher vorsichtig.

Sie starrte auf den Boden zwischen ihren Füßen. Schien einige Momente über die Antwort nachzudenken. »Ich hatte es vor, am Montag. Aber dann habe ich das ganze Wochenende nichts von dem Mistkerl gehört. Ich dachte, er hat es jetzt endlich kapiert und lässt mich in Ruhe. Ich wollte nur meine Ruhe.«

Mikael Kohonen spürte eine plötzlich aufkommende Unruhe, die seine Fingerspitzen kribbeln ließ. Er verschränkte die Finger vor seinem Bauch, wollte sich die Nervosität nicht anmerken lassen. »Hat er Sie denn auch weiterhin in Ruhe gelassen?«

»Ja, das hat er. Ich habe seit Freitagabend nichts mehr von Jonne gehört. Er ist wie vom Erdboden verschluckt. Und wissen Sie was? Das ist gut so!«

Mikael war inzwischen aufgestanden. »Haben Sie schon einmal darüber nachgedacht, warum er sich nicht mehr gemeldet hat?«

Ihre Augen weiteten sich für den Bruchteil einer Sekunde etwas mehr. »Sie meinen …?«

»Ich meine noch gar nichts«, unterbrach Mikael sie. Auch wenn das so nicht ganz stimmte. In seinem Kopf formte sich eine vage Theorie. Was, wenn Ella in dieser Nacht noch auf den aggressiven Jonne Sanders getroffen war? Und es ihm so gar nicht gepasst hatte, dass jemand über die Dinge, die er zu Hause seiner Freundin antat, Bescheid wusste?

2

Saskia Ojala atmete tief durch, als sie aus dem Flieger stieg. Auf dem Rollfeld herrschte geschäftiges Treiben. Ihre Maschine wurde bereits gereinigt und neu betankt. Kleine Gepäckwagen mit unzähligen Anhängern rollten vorbei. Männer in gelben Warnwesten winkten eilig und wiesen ein. Saskia füllte ihre Lungen mit nur einem einzigen, tiefen Zug randvoll. Die kalte Luft tat gut. Sie zog ihren kleinen Rollkoffer neben sich her und bewegte sich Richtung Shuttlebus, der sie zum Flughafengebäude bringen würde. Mit einem Zischen schlossen sich die automatischen Türen. *Es ist gut, zurück in der Heimat zu sein,* dachte sie und wickelte sich ihren dicken Schal enger um den Hals.

Im Flughafengebäude wuselte es an allen Ecken. Kinder sprangen aufgeregt herum. Menschen begrüßten sich lachend und verabschiedeten sich schweigend. Saskia wollte sich zuerst einen Kaffee besorgen. Während sie darauf wartete, dass das heiße Getränk in den Becher lief, sah sie sich in dem Kiosk um. Die Titelseiten der Zeitungen waren ihr nicht neu. Auch außerhalb von Finnland hatte der Doppelmord an dem Ehepaar hohe Wellen geschlagen. Aber eine andere Meldung im *Helsingin Sanomat* ließ ihren Mund offen stehen. Ein ihr bekanntes Foto, darunter ein Name. *Ella Mäkinen wird vermisst? Das gibt's doch nicht,* dachte Saskia und schnappte sich die Zeitung und den Kaffee. Sie warf einen Geldschein auf den Tresen und ging nun schnellen Schrittes zur Gepäckausgabe. Sie musste sich umgehend ein Taxi nehmen.

Auf dem Weg zu Ella Mäkinens Wohnung dachte Saskia über ihre Freundin nach. Sie sahen sich nicht oft. Aber sie mochte Ella. Und diese hatte ihr netterweise angeboten, die ersten Tage in Helsinki bei ihr wohnen zu dürfen. Den Schlüssel hatte Saskia in ihrer Tasche.

Als sie die Treppen zu Ellas Wohnung hinaufging, dachte sie zum ersten Mal darüber nach, ob sie überhaupt durfte, was sie da gerade tat. An der Tür gab es zum Glück kein Siegel der Polizei, wie man es in Filmen oft sah. »Das ist wohl ein gutes Zeichen«, sagte Saskia halblaut. Sie schloss die Tür auf und trat einen Schritt in die dunkle Wohnung.

»Ella?« Auch wenn sie wusste, dass ihre Freundin als vermisst galt, wollte sie den Gedanken einfach nicht wahrhaben. Sie blickte sich um. Alles war ordentlich aufgeräumt. Ihr Blick schweifte vom Sofa über den Esstisch bis hin zur Küchentür. Beim Öffnen des Kühlschrankes schlug ihr ein etwas modriger Geruch entgegen. Hier vergammelte irgendetwas langsam.

»Was machen Sie da?«, rief plötzlich eine ältere Stimme aus dem Treppenhaus. »Ich rufe jetzt die Polizei.«

»Warten Sie, ich bin eine Freundin von Ella.« Saskia sprintete Richtung Wohnungstür. Aber es war schon zu spät. Die ältere Nachbarin telefonierte bereits leise. *Sei es drum*, dachte Saskia. *Dann kann ich die Polizei immerhin gleich fragen, was hier eigentlich los ist.*

Beim Hinausgehen fiel ihr Blick auf einen kleinen Kalender an der Wand. Es war einer von der Sorte, bei dem man jeden Tag einen Zettel abreißen musste, ehe man darauf eine neue Lebensweisheit für den bevorstehenden Tag fand. Der Kalender zeigte Samstag, den 22. November 2014, an. *Seltsam*, dachte Saskia. *Stand nicht in der Zeitung, dass Ella seit Freitag vermisst wird?*

3.

Mikael Kohonen klammerte sich mit der Hand an der Armstütze seines Stuhls fest. Er befand sich im Büro seiner Vorgesetzten Susanna Anttila. Gefühlsmäßig hätte er auch auf einem Zahnarztstuhl sitzen können. Kurz vor dem Bohren.

Neben Mikael saß der Pressesprecher. Er hatte die Beine übereinandergeschlagen und bemühte sich, professionell auszusehen.

»Mik, was gibt's Neues?«, fragte seine Chefin. Vor der bevorstehenden Pressekonferenz wollte sie noch einmal alle Fakten durchgehen.

»Leider nicht viel«, erwiderte Mikael eine Spur leiser als sonst. »Keine Treffer in der Datenbank. Wir haben sämtliche Dienstpläne verglichen, aber es gibt keinen verdächtigen Mitarbeiter bei der Firma Huttunen und Söhne.«

»Familiäres Umfeld?«, fragte seine Chefin knapp.

»Das Ehepaar war beliebt. Und bereits lange verheiratet. Keine Ex-Freunde, keine Affären, von denen wir wüssten. Fast schon kitschig.«

»Kameras? Handydaten?«

»Nichts Verdächtiges. Die beiden Handys waren das letzte Mal im Bereich der Wohnung des Pärchens eingeloggt. Dort wurden sie später auch gefunden.« Mikael seufzte leise. »Was immer die beiden am Freitagabend gemacht haben, taten sie ohne ihre Telefone.«

Susanna Anttila legte ihre linke Hand flach gegen das Fenster. Sie sah hinaus und hatte Mikael den Rücken zugewandt. Mit ihrem auffälligen silbernen Ring erzeugte sie ein langsames, klopfendes Geräusch auf dem Glas.

»Was sagt das Team rund um den Profiler?«, fragte Anttila schließlich.

»In Zusammenschau mit unseren bisherigen Erkenntnissen handelt es sich wohl um einen Einzeltäter. Männlich, zwischen fünfundzwanzig und fünfzig Jahre alt. Braune Haare, Mitteleuropäer. Schuhgröße 46. Er ist wahrscheinlich gebildet und hat die Tat geplant. Das Motiv war sexueller Natur.«

Mikael bemerkte, dass der Pressesprecher anfing, sich Notizen zu machen. Der Stift kratzte unnatürlich laut über das

Papier. *Oder bin ich einfach so empfindlich,* dachte Mikael. Ihm war schon wieder viel zu heiß.

»Warum auch der Ehemann?«, fragte der Pressesprecher und wandte sich Mikael aufmerksam zu. Er sah wie immer aalglatt aus. Gelfrisur, adrette Kleidung. Redegewandt. Selbstbewusst. Das perfekte Vorzeigeschild. Das genaue Gegenteil von ihm.

»Der Ehemann musste das alles mitansehen. Stundenlang. Es hat ihn um den Verstand gebracht. Seine Hände spiegeln sein pures Entsetzen wider. Blutig und kaputt.«

Die volle Aufmerksamkeit wurde Mikael zuteil. Langsam sprach er weiter.

»Als der Täter mit der Frau fertig war, hat er dem Ehemann noch eine Extraportion Klebeband um Mund und Nase gewickelt, bevor er ging. Daran ist der Mann erstickt.«

Im Raum war es still. Susanna Anttila räusperte sich schließlich. »Danke für den Bericht, Mikael. So detailreich darf es bei der Pressekonferenz nicht werden. Wir treffen uns dort.« Ihre Hand wies Richtung Tür.

»Es gibt da diesen Vermisstenfall rund um Ella Mäkinen«, begann Mikael, obwohl er schon vom Stuhl aufgestanden war.

»Es geht mir im Moment ausschließlich um den Doppelmord«, unterbrach ihn seine Chefin sofort. Die Anspannung konnte man an ihrer Körperhaltung und ihrem Gesichtsausdruck ablesen.

»Ich denke, dass der Vermisstenfall mit dem Doppelmord zusammenhängen könnte«, fuhr Mikael vorsichtig fort.

Anttila blickte auf und wirkte alles andere als glücklich mit dieser Aussage.

»Wie kommen Sie darauf?«

Jetzt galt es, sein Bauchgefühl in Worte zu fassen. Und dabei möglichst überzeugend zu sein. Was aber nicht ganz einfach war, da ihn seine Chefin ständig unterbrach.

»Gleiches Alter des Opfers. Zeitliches Nahverhältnis«, sagte Mikael. Er bemühte sich, kurz und prägnant zu sprechen. »Die Vermisste arbeitete für eine Opferschutzorganisation. Zeitgleich mit ihrem Verschwinden ist der offenbar gewaltbereite Ex-Freund ihrer letzten Klientin ebenfalls verschwunden.«

Seine Chefin kniff die Augen zu kleinen Schlitzen zusammen. Der durchdringende Blick verriet Mikael, dass sie kurz davor war, eine ihrer berühmten Standpauken zu halten. Fast unmerklich trat er einen Schritt zurück.

»Dann finden Sie diesen Ex-Freund. Aber lassen Sie das Ganze hier raus. Die Sache ist schlimm genug. Wir haben nichts! Sie haben nichts! Und deshalb werden wir uns hüten, weitere potenzielle Opfer mit dem Doppelmord zu verknüpfen, solange wir das nicht sicher wissen«, zischte sie.

Ich hoffe, mit Ihrer Sicherheit kommen Sie nicht zu spät, dachte Mikael noch. Er war bereits halb aus dem Büro getreten.

4.

Der junge Streifenpolizist war mit der Situation sichtlich überfordert. Saskia Ojala konnte es ihm nicht verdenken. Vor ihm im Treppenhaus stand eine Frau, die in die Wohnung einer Vermissten wollte. Und offenbar auch den Schlüssel dazu hatte. Er blickte sie mit einer Mischung aus Neugierde und Skepsis an. Sie zupfte an dem bunten Schal, den sie um den Hals trug.

»Und woher haben Sie den Schlüssel zur Wohnung?«, fragte er. Dabei legte er eine Hand an seinen Gürtel.

»Das sagte ich doch bereits. Den hat mir meine Freundin Ella Mäkinen gegeben.«

»Ist das die vermisste Person?«

»Ja«, antwortete sie und konnte sich ein Augenrollen nicht verkneifen. »Sie hat mir den Schlüssel schon vor Wochen gegeben, bevor ich auf die Kanaren geflogen bin.« Saskia bemühte sich, ruhig zu bleiben. »Sie hat mir erlaubt, hier zu schlafen. Dass sie vermisst wird, weiß ich erst seit vorhin.«

»Sie haben die ganze Zeit über nie mit ihrer Freundin kommuniziert?«

Saskia rümpfte die Nase. *Was geht dich das an*, sollte die Geste bedeuten. Vielleicht war auch ein wenig Verlegenheit dabei. Sie hatte tatsächlich keinen Kontakt mehr zu ihrer Freundin gesucht, war viel zu sehr mit ihrer Reise und den neuen Eindrücken beschäftigt gewesen. Auf Ella hatte man sich stets verlassen können. Warum also nachfragen?

»Nein! Das heißt, ich hab versucht, sie vor dem Rückflug anzurufen. Da war aber nur die Mailbox dran. Hab mir dabei nichts gedacht, ich hatte ja den Schlüssel zur Wohnung.«

Hinter ihrem Rücken gab es ein Geräusch. Bestimmt belauschte diese Nachbarin, die ihr den ganzen Ärger eingebrockt hatte, alles ganz genau. Auch der Polizist schien davon auszugehen. »Okay, am besten begleiten Sie uns jetzt kurz aufs Revier und machen eine Aussage«, sagte er. Sein Kollege, der die ganze Zeit über geschwiegen hatte, stand ein paar Stufen unter ihnen und hatte sich zum Gehen gewandt.

»Nichts lieber als das«, antwortete Saskia zynisch. »Obwohl eine Dusche nach dem langen Flug auch nicht verkehrt gewesen wäre«, ergänzte sie noch.

Die Polizisten waren bereits auf dem Weg nach unten. Nebenan lugte tatsächlich diese nervige alte Nachbarin aus der Tür.

Neugierig und froh über jede Abwechslung in ihrem ereignislosen Leben, ging es Saskia durch den Kopf. Die weißen Haare der alten Frau wiesen einen Stich von Rosa auf. Die Tür war gerade so weit geöffnet, dass ihr halbes Gesicht zu sehen war. Saskia fragte sich, was die Alte sonst noch so alles gesehen hatte. Kurz spielte sie mit dem Gedanken, die Frau einfach danach zu fragen. Aber noch bevor Saskia in der Nähe der Wohnungstür war, wurde diese ins Schloss gedrückt.

5.

Der Raum für die Pressekonferenz war bereits gut gefüllt mit Journalisten und Kamerateams. Mikael Kohonen stand an der Tür und ließ das geschäftige Treiben auf sich wirken. Die meisten Journalisten schienen sich zu kennen und außerdem genau zu wissen, was zu tun war. Routiniert trafen sie ihre Vorbereitungen und machten dabei sogar noch Witze. Mikael zupfte an seinem Hemdkragen. Er war kein Freund großer Worte. Die Nervosität fraß sich durch seine Eingeweide wie ein hungriger Wurm. Beschleunigte seinen Puls. Ließ ihn trocken und hart schlucken. Da tippte ihm jemand von hinten auf die Schulter. Er trat einen Schritt beiseite und ließ seine Chefin Susanna Anttila als Erste in den Raum gehen. Das stetige Rascheln von Papier verstummte schlagartig. Anttila trat forschen Schrittes ein, hinter ihr der Pressesprecher mit ein wenig Abstand. Zuletzt folgte Mikael. Er musste sich beeilen, um Schritt zu halten und nicht zu viel Abstand zu den beiden aufkommen zu lassen. Sie nahmen Platz. Dank der Namensschilder, die sie vor sich stehen hatten, gab es keine Verwechslungen. Mikaels Herz schlug hart gegen seine Rippen. So unwohl wie im Moment fühlte er sich an keinem Tatort. *Vermassle es nicht*, ermahnte er sich selbst.

Zuerst ergriff der Pressesprecher das Wort. *Adrett gekleidet wie immer*, dachte Mikael. Er wirkte charmant und selbstbewusst. In natura genauso wie im Fernsehen.

»Guten Morgen, meine sehr verehrten Damen und Herren. Wir werden Sie heute über den aktuellen Sachstand bezüglich des Doppelmordes in Helsinki vom letzten Wochenende informieren. Zunächst wird Hauptkommissar Mikael Kohonen seinen Bericht abgeben, anschließend gibt es noch Zeit für Fragen.«

Mikael wollte noch einen Schluck trinken. Seine trockene Kehle befeuchten. Versehentlich stieß er dabei an sein Glas, sodass Wasser auf seine Unterlagen schwappte. *Verdammt!* Hektisch schüttelte er die feuchten Zettel aus. Die geschriebenen Worte verschwammen, genauso wie die Gedanken in seinem Kopf. Ein Hüsteln ging durch den Raum.

»Mik«, zischte Anttila. Die Sekunden schienen sich zu Stunden zu dehnen, bevor er endlich mit seinem Bericht starten konnte.

»Wie Sie bereits wissen, wurden am Montag, dem 24. November 2014, in einer Halle der Firma Huttunen und Söhne zwei Leichen gefunden«, begann Mikael. Die Nervosität legte sich langsam, trotzdem kratzte er mit seinem Schuh auf dem Boden hin und her.

»Es handelt sich dabei um ein Ehepaar, Janis und Maya Mäkela. Die Auffindesituation lässt keinen anderen Schluss zu, als dass es sich um Mord handelt. Laut unseren umfangreichen Ermittlungen starben beide Opfer in der Nacht von Samstag auf Sonntag. Beide sind erstickt, die Frau wurde zudem vor ihrem Tod vergewaltigt. Wir gehen laut Spurenlage von einem Einzeltäter aus. Männlich, zwischen fünfundzwanzig und fünfzig Jahre alt. Braune Haare, Mitteleuropäer. Er ist äußerst brutal vorgegangen. Wir bitten dringend alle Zeugen, die irgendetwas zur Klärung beitragen können, sich zu melden. Insbesondere auch Personen, die Auskunft darüber geben können, wo sich das Ehepaar am Samstagabend zuletzt aufgehalten hat.«

Im gesamten Saal war es leise. Auch nachdem Mikael seinen Vortrag beendet hatte, herrschte noch für ein paar Sekunden Schweigen. Mikael wäre am liebsten aus dem Raum gestürmt. Aber er riss sich zusammen. Zwischenzeitlich meldete sich

Anttila zu Wort. »Ich möchte Ihnen versichern, dass der Fall momentan oberste Priorität hat und alle verfügbaren Kollegen mit Hochdruck auf die Ergreifung des Täters hinarbeiten.«

»Falls es Fragen gibt, können Sie diese jetzt stellen«, sagte der Pressesprecher und deutete gleich darauf auf die erhobene Hand eines Journalisten, den er offenbar bestens kannte.

»Gibt es Überwachungskameras auf dem Gelände?«

»Ja, die gibt es. Allerdings nur rund um das Bürogebäude. Im Bereich der Lagerhalle, in der die Leichen gefunden wurden, leider nicht.«

»Gibt es bereits Hinweise auf ein Motiv?«

»Das Motiv war sexueller Natur.«

»Gibt es einen konkret Verdächtigen?«

»Bisher nein.« Ein Raunen ging durch den Raum. Die Frage nach dem Warum schien im Raum zu hängen.

»Wir müssen allmählich zum Ende kommen«, sagte der Pressesprecher und tippte demonstrativ auf die Uhr an seinem Handgelenk. Ein kleinerer Mann in der zweiten Reihe durfte die letzte Frage stellen.

»Hat das Verschwinden der Opferschutzmitarbeiterin Ella Mäkinen aus den gestrigen Abendnachrichten etwas mit diesem Fall zu tun?«

Mikael wunderte sich über die Frage, auch wenn sie naheliegend war. Nach Ella Mäkinen wurde fieberhaft gesucht, ihr Verschwinden war ebenfalls Thema in allen Zeitungen.

»Wir haben im Moment keinen Grund, um davon auszugehen.« Der Pressesprecher räusperte sich. Zwei Mal. Und beendete mit ein paar freundlichen Worten die Konferenz. Geschäftiges Treiben setzte ein, als alle begannen ihre Sachen zusammenzupacken. Mikael saß noch einen Augenblick lang regungslos da und beobachtete das Geschehen. Er blickte zu seiner Chefin, wollte etwas sagen. Diese hob nur abwehrend die flache Hand und verließ dann den Raum. Ein unbestimmtes

Gefühl des Versagens blieb bei Mikael zurück. Da erblickte er ganz hinten im Raum ein bekanntes Gesicht. *Verdammt, nein, nicht auch noch das!*, dachte er. Und stand langsam auf.

6.

Am späten Nachmittag öffnete Julius Märsen die unterste Schublade seines Designerschreibtisches und holte einen Flachmann heraus. Er nahm einen kräftigen Schluck. Das Brennen in seiner Kehle breitete sich bis zum Magen aus. Ihm stand ein unangenehmes Treffen bevor. Eines von der Sorte, die ein seriöser Anlageberater wohl niemals erlebte. *Lieber noch einen Schluck*, dachte er. Da klopfte sein Assistent an die Tür. »Herr Kallio wäre jetzt da«, sagte er.

Der kleine, rundliche Kallio drängte sich bereits vorbei und betrat schnellen Schrittes das Büro. Er nahm ohne Aufforderung Platz. Jaan schloss langsam die Tür. *Wenn er gehofft hat, etwas von dem Gespräch aufzuschnappen, wird er enttäuscht sein*, dachte Julius. Kallio wartete, bis die Tür ganz geschlossen war.

»Was gibt es Neues, Herr Märsen?«, fragte er leise und es klang aus seinem Mund wie eine seltsam formulierte Drohung. Der Kopf des kleinen Mannes war dunkelrot wie der eines Trinkers. Er trug einen teuren, aber schmierig aussehenden Anzug, der über seinem Bauch spannte.

Schnell schloss Julius die Schublade mit dem Alkohol. »Ich warte noch auf die Auszahlung. Alle wichtigen Schritte wurden getan. Das Geld steht demnächst bereit. Jetzt müssen wir etwas geduldig …«

»Was müssen wir?«, zischte Kallio. Er war wieder aufgestanden. »Ich habe 300 000 Euro bei Ihnen angelegt. Und ich bezahle Sie doch nicht fürs Warten!«, rief er laut. Sein Kopf sah aus wie kurz vor dem Platzen. Den Knall hätte bestimmt auch der neugierige Jaan gehört.

»Herr Kallio. Ich zahle Ihnen Ihren Einsatz zurück und die versprochene Rendite, anteilig. Ich denke, es ist für alle Seiten besser, diese Geschäftsbeziehung zu beenden.«

Kallio starrte ihn wütend an. »Wann hier jemand etwas beendet, entscheide ich«, keifte er. »Eins sage ich Ihnen, ich finde auch andere Berater. Die gibt es wie Sand am Meer. Aber vorher will ich mein Geld! Und zwar heute noch. Sonst Gnade Ihnen Gott.« Er stampfte mit dem Fuß auf.

»Was wollen Sie damit andeuten?«, fragte Julius aufmüpfig. Der Alkohol hatte ihn etwas mutiger werden lassen. Oder dumm.

»Ich habe Verbindungen zu Politik und Polizei. Ich kann Ihr Büro durchsuchen lassen oder Ihr Haus abbrennen. In beiden Fällen würde mir nichts passieren. Ihnen hingegen viel.« Seine Augen funkelten bedrohlich. *Mit dem ist wirklich nicht zu spaßen*, dachte Julius. Kallio war aufgestanden.

»Warten Sie«, rief Julius und sprang ebenfalls auf. Er wusste selbst nicht genau, was er eigentlich noch sagen wollte. Auf so eine Drohung ließ sich kaum etwas Vernünftiges erwidern. Kallio stürmte aus dem Raum und ließ ihn wie einen Schuljungen stehen. Julius' Atmung ging stoßweise. Eine Mischung aus Adrenalin und Ärger durchflutete seinen Körper. An ein Weiterarbeiten war nicht mehr zu denken. *Ich muss hier raus*, dachte er und schnappte sich seinen Mantel. *Ich muss allein sein.*

Nach einem Blick aus dem Fenster stutzte Julius kurz, weil es bereits stockdunkel war. Dann verließ er das Büro.

7.

Selten war Mikael Kohonen so froh gewesen, einen Saal verlassen zu dürfen, wie nach dieser Pressekonferenz. Er fühlte sich wie ein Tier, das man aus einem Käfig freilässt. Den Kopf Richtung

Boden gerichtet, machte er sich auf den Weg zur Tür. Und zu ihr. Sofia. Auch sie packte gerade ihre Sachen zusammen.

»Waren Sie die ganze Zeit dabei?«, fragte er sie. Sofia nickte stumm und steckte einen Kugelschreiber in ihre Handtasche.

»Gehen wir noch auf einen Kaffee an den Automaten?«, fragte Mikael.

»Gern«, sagte sie und schulterte ihre Handtasche.

Sofia ließ es sich nicht nehmen, den Kaffee zu bezahlen. Seufzend ließ er sie gewähren. Ihre schmalen, langen Finger bedienten den Automaten. *Kein Ehering*. Warum fiel ihm so etwas auf?

»Sie haben sich da drin wacker geschlagen, Mikael«, sagte sie und reichte ihm einen dampfenden Becher.

»Na ja«, sagte er. *Peinliches Desaster trifft es wohl eher*, dachte er. Dann herrschte wieder betretendes Schweigen.

»Waren Sie da, um sich über den Fall zu informieren oder über mich?«, fragte Mikael schließlich. Er wollte wissen, inwieweit es ihrem Auftrag entsprach, hier mit ihm zu stehen. War es Freundlichkeit oder schlichtweg Kalkül und Anweisung von oben? Sie setzte zu einer Antwort an.

Da sah er schon von Weitem den jungen Peter Hakala auf sie zukommen. Sein Schritt war schnell und steif. *Mein Gott, Kerlchen, nimm dich selbst nicht so wichtig*, dachte Mikael. Respekt hatte er nur vor Menschen, die ihn sich verdienten. Peter Hakala kannte er zu wenig. Er hatte eine adrette Kurzhaarfrisur und sah anständig aus. Seine Augen wirkten ehrlich. Mehr wusste Mikael nicht über ihn und wollte es im Moment auch nicht. Als Hakala näher kam, bemerkte Mikael, dass er außer Atem war. Er hatte sich offenbar sehr beeilt.

»Mikael, ich habe diesen Jonne Sanders überprüft. Du weißt schon, den Ex-Freund der Klientin, die Ella Mäkinen am Freitagabend allein beraten hat.« Hakala wartete offenbar auf ein Zeichen, dass Mikael verstand, worum es ging. Mikael brauchte ein paar Sekunden, um seine Gedanken zu ordnen. Er hatte seinen Kollegen mit der Aufgabe betraut, den Fall Ella Mäkinen im Auge zu behalten. Diese Aufgabe nahm er allem Anschein nach sehr ernst. Mikael nickte.

»Jonne Sanders ist polizeilich bisher nicht in Erscheinung getreten. War laut Angaben seines Mitbewohners seit Freitag nicht mehr zu Hause«, fuhr Hakala fort.

»Und da hat der keine Anzeige erstattet?«, fragte Mikael erstaunt.

»Das habe ich auch gefragt. Hielt er für nicht notwendig, zumal Sanders offenbar immer mal wieder ein paar Tage weg war.«

»Danke, Hakala. Sonst noch was?«

Peter Hakala streckte seinen Rücken. Er wirkte wie ein Schüler, der seinem Lehrer stolz berichtete, seine Hausaufgaben gemacht zu haben.

»Eine Zeugin wurde vor der Wohnung von Ella Mäkinen angetroffen. Eine Freundin von ihr.« Er konnte sehen, wie Mikael aufmerksam den Kopf hob.

»Und?«, fragte Mikael sichtlich interessiert. »Was hat sie ausgesagt?«

»Leider ein Schuss in den Ofen«, raunte Hakala. »Die weiß nichts. Kam gerade von den Kanaren. Hat nur auf einen Kalender in der Wohnung der Vermissten und eine alte Nachbarin hingewiesen.«

»Was ist mit dem Kalender?«

»Der zeigte offenbar Samstag, den 22. November, an. Ella wurde am Freitag, den 21. November, zuletzt gesehen.«

»Hm. Das ist schon seltsam, findest du nicht? Warum zeigt der Kalender einen Tag später an, wenn sie doch bereits seit Freitagabend vermisst wird?«, fragte Mikael und sah dabei auch Sofia an, die neben ihnen stand und an ihrem Kaffee nippte.

»Ich finde das überhaupt nicht außergewöhnlich«, sagte Hakala sofort. »Vielleicht hat sie einfach versehentlich einen Zettel zu viel abgerissen.«

»Oder sie wusste, dass sie bis Samstag nicht zu Hause sein würde«, meldete Sofia sich zu Wort. *Möglich*, dachte Mikael. In seinem Kopf arbeitete es.

»Ich möchte, dass du demnächst noch mal zu der alten Nachbarin gehst und ihr auf den Zahn fühlst, Hakala. Sicher ist sicher.«

»In Ordnung.«

»Okay, also dann bis später«, sagte Mikael langsam. Es war offensichtlich, dass er den Kollegen zum Gehen bewegen wollte. Hakala lächelte höflich. Er blickte von Sofia zu Mikael und wieder zurück, bevor er noch etwas sagte.

»Die Technik hat angerufen, Mikael. Sie haben die Mailboxnachricht analysiert und offenbar neue Erkenntnisse für uns. Wichtige Erkenntnisse.«

»Scheint, als müsste ich los, Sofia. Vielen Dank für den Kaffee.« Er lächelte entschuldigend und wandte sich zum Gehen.

»Viel Erfolg, Mikael«, rief sie ihm nach.

8.

Saskia Ojala ließ sich langsam in die weiße, weiche Bettwäsche fallen. Ihre kurzen blonden Haare waren noch nass von der ausgiebigen Dusche. Die Pension war nichts Besonderes, aber sie war sauber und ruhig. Der Flug und die Aufregung rund um Ella Mäkinen hatten sie müde gemacht. Sie ließ sich tiefer in ihr Kissen sinken. Ihr Blick fiel Richtung Fenster. Alles dunkel. Sie vermisste die Sonne des Südens. Ob es hier wohl eine Minibar gab? Vermutlich nicht. Saskia seufzte leise. Ihre Gedanken drehten sich um Ella. Sie kannte sie nicht wirklich gut. Hatte früher mit ihr ein paar Psychologiekurse an der Uni besucht. Ella war immer pünktlich zu allen Veranstaltungen erschienen und hatte Wert auf ihre Unterlagen gelegt. Saskia hatte dagegen in den Tag hinein gelebt. Sie erinnerte sich gerne an ihre Studienjahre zurück. Heitere Jahre, in denen sie von ihren Eltern finanziell unterstützt worden war. Bis sie das Studium abgebrochen hatte. Und damit auch den Kontakt nach Hause. Seither hatte sie sich über die Jahre ein paar wenige Male mit Ella auf einen Kaffee getroffen. Mehr nicht.

Was ist nur mit dir passiert, Ella?, dachte sie und starrte dabei auf die fleckige Decke. Ganz so sauber, wie es auf den ersten Blick gewirkt hatte, war das Zimmer doch nicht. Saskia zog sich das Handtuch enger um den Körper und schüttelte sich leicht. Die Frage war, wie es jetzt für sie weiterging. Sie konnte nicht ewig hier wohnen, dazu reichte ihr Geld nicht. Sie musste schnell eine Wohnung finden. *Oder aber Ella*, schoss es ihr durch den Kopf. Sie hatte stark darauf vertraut, dass Ella sie erst mal ein paar Wochen bei sich wohnen ließ und sie ihr im Gegenzug dafür vielleicht das ein oder andere Mal den Kühlschrank füllte. *Daraus wird jetzt nichts, Saskia. Lass dir was anderes einfallen.*

Der junge Polizist vorhin hatte sie nicht ernst genommen. Nicht wirklich. Das spürte sie genau. Er würde wegen des Kalenderblatts gar nichts unternehmen. *Ich muss noch mal zu der alten Hexe von Nachbarin zurück*, dachte sie. *Die muss doch was wissen.* Sie hätte schwören können, dass die Alte den ganzen Tag hinter der Tür stand und lauschte. Oder am Fenster.

»Morgen gehe ich da noch mal hin«, sagte sie entschlossen, obwohl niemand sie hören konnte. Kurz dachte sie darüber nach, ob es eine gute Idee war, allein Nachforschungen anzustellen. Dann schlief sie erschöpft ein.

9

»Was haben Sie für uns?«, fragte Mikael Kohonen seinen Kollegen von der Technik. Dieser saß im bequemen Wollpulli und mit einer Tasse Kaffee in der Hand vor zwei großen Bildschirmen und bediente seine Tastatur lässig mit einer Hand.

»Ich spiele Ihnen jetzt noch mal die Originalsequenz vor, die Sie uns gebracht haben.« Jetzt stellte er die Tasse doch ab und konzentrierte sich ganz auf seine Aufgabe. Alle hielten den Atem an, als würde jedes kleinste Geräusch und jede winzige Bewegung die Situation stören. Ein weiteres Mal ertönte die bekannte Nachricht auf Iida Nieminens Mailbox.

»Iida, ich gehe gerade aus dem Büro. Alles okay. Ist später geworden als gedacht. Wir sehen uns am Mo… hey, wer sind … hey …«

»Was hören Sie da am Ende?«, fragte der Techniker.

»Klingt für mich nach einem undefinierbaren Rauschen«, sagte Peter Hakala und blickte Mikael fragend an. Dieser hatte nichts hinzuzufügen.

»Genau. Viel erkennt man nicht. Wir haben versucht, das Geräusch zu filtern und die Qualität zu verbessern. Hören Sie jetzt noch mal rein!« Alle lauschten angestrengt. Im Raum hätte man eine Stecknadel fallen gehört. Das Rauschen war etwas lauter geworden, was es verursachte, war immer noch undeutlich.

»Also, ich höre da immer noch nicht viel raus«, sagte Mikael als Erster und kratzte sich am Kopf. Auch Hakala schwieg.

»Ich gebe zu, es ist nicht einfach zu hören«, sagte der Techniker. »Aber wenn man das hier noch etwas verstärkt …« Seine Finger huschten erneut über die Tastatur. Das Rauschen wurde zu einem Brummen.

»Ist das ein Auto?«, entfuhr es Mikael plötzlich. Er schlug mit der flachen Hand auf den Tisch.

»Ganz recht, Mikael.« Der Techniker nickte anerkennend. »Das ist ein laufender Motor.«

»Hakala, ist auf Jonne Sanders ein Wagen zugelassen?«

»Nein. Das habe ich natürlich schon überprüft«, antwortete dieser und starrte auf den Computer. *Natürlich hatte er das. Der Vorzeigeschüler.* Mikael dachte angestrengt nach.

»Jonne Sanders hat also kein Auto«, murmelte er halblaut. »Aber was ist mit seinem Mitbewohner?«

10.

Julius Märsen hatte seinen Wagen an einem Park in Töölö angehalten. Das Viertel war geprägt von seinen ausgedehnten Grünanlagen und Stadtwäldchen. Im Moment sorgte das Wetter zusammen mit der frühen Dunkelheit dafür, dass fast alle Parklücken frei waren. Die Menschen saßen lieber zu Hause vor ihrem Kamin. Julius wollte nachdenken und den Kopf frei kriegen. Was dieser Kallio vorher abgezogen hatte, konnte er sich nicht bieten lassen. Noch nie hatte ihm jemand so offensichtlich und schamlos gedroht. Aber was sollte er dagegen tun? Zur Polizei gehen jedenfalls nicht. Er musste Kallio durch die Auszahlung der versprochenen Rendite und die Rückzahlung seiner Investitionssumme zufriedenstellen, dann loswerden. Und zwar bald. Er hoffte nur, dass dieser dann auch Ruhe geben würde. Sicher war er sich da nicht.

Als Julius die Autotür öffnete, schlug ihm die eiskalte Luft wie eine Ohrfeige ins Gesicht und der Reflex, sich wieder ins Warme zurückzuziehen, setzte augenblicklich ein. Trotzdem schwang er sich aus dem Wagen und stapfte los. Ohne wirkliches Ziel. Die klirrende Kälte reizte seine Haut, wirkte aber auch belebend. Er fühlte sich frei und erlangte das Gefühl zurück, Herr über sein Leben zu sein. Bereits nach kurzer Zeit wurde es jedoch verdammt ungemütlich. Für eine längere Tour war er eindeutig falsch angezogen. Der Park lag still und düster vor ihm. Die Bäume wiegten sich sanft im Wind. Auf den Wegen lag eine feine, glitzernde Eisschicht. Nur wenige Laternen verteilten spärlich Licht. Er zog seinen Mantel enger um den Körper. Weit und breit war keine andere Menschenseele zu sehen.

»Wird Zeit, wieder ins Büro zu gehen«, sagte er leise und marschierte zügig los. Dabei wäre er beinahe ausgerutscht. Seine feinen Lederschuhe waren für einen Spaziergang im Park nicht geeignet. Im letzten Moment konnte er sich taumelnd fangen und fand das Gleichgewicht wieder. Mittlerweile war er richtig durchgefroren. Er vergrub die steifen Hände tief in den Taschen seines Mantels und blickte zu den dunklen Wipfeln der Bäume hoch. »Ich werde heute noch alle Hebel in Bewegung setzen, um den Idioten auszuzahlen«, flüsterte er sich selbst zu.

Auf halber Strecke zurück zu seinem Auto war es plötzlich wieder da. Das Gefühl, beobachtet zu werden. Seine Schritte beschleunigten sich. *Nur nicht wieder ausrutschen*, dachte er. Da trat weiter vorne eine Gestalt zwischen den Bäumen hervor. Julius kniff die Augen zusammen, trotzdem war es schwer, etwas zu erkennen. Vermutlich nur ein Hundebesitzer, der seinem Tier bis in die Büsche nachgelaufen war. Aber irgendetwas an der Haltung der dunklen Figur ließ ihn kurz innehalten. *Die Statur passt eindeutig zu Kallio*, ging es Julius durch den Kopf. Der Andere stand einfach nur reglos da und blickte in seine Richtung. Und von einem Hund war auch nichts zu hören oder sehen. Kurz dachte er darüber nach, einfach umzudrehen und in die Richtung zurückzulaufen, aus der er gekommen war. Hauptsache weg. Aber er musste sich ohnehin mit Kallio auseinandersetzen. Also straffte er die Schultern und lief weiter, direkt auf die Gestalt zu. Diese machte keine Anstalten zu verschwinden. Hastig blickte er sich um. Niemand war hier. Fast unmerklich begannen seine Knie zu zittern, bei jedem Schritt ein bisschen mehr.

Freitag

1.

Der erste Schnee war gefallen. Helsinki war von einer dünnen weißen Schicht überzogen, die sich in der Stadt nicht allzu lange halten würde. Bald schon würden die Autos und Busse die zarte, unberührte Schneedecke in dreckigen Matschschnee verwandeln. Zumindest auf den Straßen.

Mikael Kohonen hatte heute Morgen den gesamten Weg von zu Hause bis zur Arbeit zu Fuß zurückgelegt. Er liebte es, draußen zu sein, wenn es schneite. Die Verkehrsgeräusche waren gedämpfter und die Luft wirkte sauberer. Diese Reinheit und Ruhe übertrugen sich auch auf seinen Geist. Davon war er überzeugt.

Seine Schuhe waren feucht. Sie erzeugten ein quietschendes Geräusch auf dem Boden des Flurs in der Polizeistation. Er schämte sich bei dem Gedanken daran, dass er sich wieder einmal frühmorgens aus der Wohnung geschlichen hatte. Während seine Frau noch schlief. Aber er konnte im Moment an kaum etwas anderes denken als an den Fall. Und seine Frau wollte er damit nicht belasten. Das redete er sich zumindest ein. Ob es auch tiefer gehende Probleme gab, darüber wollte er nicht nachdenken. Da er bereits einen längeren Spaziergang hinter sich

96

hatte, lechzte sein Körper jetzt nach Zucker. *Nur einen schnellen Schokoriegel*, dachte er.

Im Gang lief ihm sein junger Kollege Peter Hakala in die Arme. Er sah müde aus, hatte Ringe unter den Augen. Wirkte älter, als er war. Trotzdem war er, wie eigentlich immer, sehr ordentlich gekleidet. Seine Hose hatte Bügelfalten und das Hemd sah maßgeschneidert aus.

»Alles okay, Hakala?«, fragte Mikael.

»Ich habe den Mitbewohner von Jonne Sanders noch mal überprüft«, entgegnete dieser, ohne auf sein Befinden einzugehen. »Keine Vorstrafen. Ist zurzeit als arbeitslos gemeldet.« Er schien wie immer stolz auf seine Arbeit zu sein, denn er grinste, als wollte er sich selbst auf die Schulter klopfen.

»Und weiter?«, fragte Mikael ungeduldig.

»Auf ihn ist ein dunkelblauer Nissan zugelassen.«

»Okay, Hakala, dann fragen Sie jetzt den Mitbewohner von Jonne Sanders, wo das Auto ist«, sagte Mikael bestimmt.

»Telefonisch habe ich ihn nicht erreicht. Schon probiert.«

Du Neunmalklug, dachte Mikael. Er musste sich zusammenreißen, um die Worte nicht laut auszusprechen. Er wusste selbst nicht, was ihn an Hakala störte. Er machte seine Arbeit gut. Er war zuverlässig und gründlich. Aber menschlich unterschied er sich vollkommen von Mikael. Hakala ging es um den Erfolg, den Ruhm. Mikael ging es um die Sache an sich.

»Na gut, dann treffen wir uns in zehn Minuten vor meinem Büro. Wette, der Typ ist zu Hause und sitzt auf der Couch«, sagte Mikael. Aus dem Augenwinkel nahm er den freudigen Gesichtsausdruck Hakalas wahr, der wohl froh war, ihn begleiten zu dürfen. Mikael setzte seinen Gang in Richtung Süßigkeitenautomat fort. Erst einmal wollte er sich seinen Schokoriegel holen. So viel Zeit musste sein.

Heidi Märsen machte sich mittlerweile echte Sorgen. Stundenlang hatte sie nachts wach gelegen. Und gewartet. Ihr Mann war nicht nach Hause gekommen. Die ganze Nacht lang nicht. *Er ist sicher im Büro*, war es ihr morgens durch den Kopf gegangen. *Und hat mal wieder dort übernachtet*. Diesen tröstenden Gedanken hatte sie sich immer wieder vorgesagt.

Nun stand sie im Vorzimmer zu Julius Märsens Arbeitsplatz und musste sich selbst eingestehen, dass wirklich irgendetwas nicht stimmte.

»Mein Mann ist gestern Abend nicht nach Hause gekommen«, sagte sie zu seinem Assistenten Jaan und lugte dabei an diesem vorbei in ein leeres Zimmer. Der große Schreibtisch war voller Papiere. Sie türmten sich stellenweise zu unordentlichen Stapeln, die jeden Moment zu kippen drohten. Daneben stand ein offener Joghurtbecher. Auch ihr eingerahmtes Hochzeitsfoto stand an seinem Platz, wenn auch halb begraben unter Zettelbergen. Es wirkte so, als würde ihr Mann jeden Moment zur Tür hereinspazieren. Und Anweisungen geben.

»Er ist nicht hier, oder?«, fragte sie leise. Jaan schüttelte nur den Kopf.

»Er hat gestern Abend das Büro verlassen, so gegen achtzehn Uhr«, sagte Jaan und musterte Heidi Märsen unruhig. »Ich dachte zuerst, er würde noch mal kommen. Hat sich nicht richtig verabschiedet«, sagte er nachdenklich. »Aber er kam dann nicht mehr. Zumindest nicht bis neunzehn Uhr. Da bin ich dann nach Hause.«

»Vielleicht kam er später doch noch mal zurück«, sagte Heidi unsicher. Es hörte sich eher wie eine Frage an.

»Ausschließen kann ich das nicht«, sagte Jaan. *Aber ich glaube es nicht*, sagten seine Augen. »Heute Morgen hat jedenfalls alles genauso ausgesehen wie gestern Abend, inklusive Joghurt auf dem Tisch«, fügte er hinzu.

»Haben Sie eine Ahnung, wo er sein könnte?«, fragte sie und war dabei den Tränen nahe. »Ich bin schon alle Möglichkeiten durchgegangen. Viele sind es ohnehin nicht.«

Jaan blickte ihr nicht in die Augen. Er sah an ihr vorbei aus dem Fenster. »Ich kann versuchen, es herauszufinden«, antwortete er kryptisch und rieb sich dabei über sein stoppeliges Kinn.

»Oder soll ich lieber gleich zur Polizei gehen?«, fragte Heidi.

»Nein!«, rief Jaan etwas zu schnell und etwas zu laut. Heidi zuckte bei seinem Ausruf zusammen. Fragte aber nicht weiter nach. Sie hatte niemals genau nachgefragt, mit was Julius sein Geld verdiente. Und sie wollte es dabei belassen. Zumindest vorerst.

»Ich melde mich bald bei Ihnen, versprochen. Lassen Sie mich ein paar Anrufe tätigen. Und machen Sie sich keine Sorgen!«, sagte Jaan bestimmt. Sein Gesichtsausdruck verriet etwas anderes.

3.

Saskia Ojala hatte sich gerade einen Kaffee zum Mitnehmen geholt. Groß und schwarz. Das musste mit Blick auf ihre Geldtasche als Mittagessen reichen. Jetzt, nachdem sie der Tatendrang gepackt hatte, wollte sie so schnell wie möglich zu Ella Mäkinens Wohnung.

»Dann mal auf ins Gefecht«, murmelte sie und bestieg den öffentlichen Bus. Die Luft im Inneren war stickig und es roch nach nasser Wolle. Ganz anders als die klare Luft, für die der Schneefall heute gesorgt hatte. Sie verzichtete auf einen Sitzplatz, obwohl es noch einige Stationen bis zu Ella Mäkinens Wohnviertel Ruskeasuo waren. Der Linienbus fuhr gerade quer durch die kompakte Innenstadt und sie konnte einen kurzen

Blick auf den wunderschönen Dom mit dem angrenzenden Senatsplatz erhaschen. Unweit davon befand sich auch die Universität Helsinki.

Der Typ, der neben ihr stand, hielt für ihren Geschmack ein bisschen zu wenig Abstand. Sie versuchte, ihn mit dem Ellbogen etwas wegzuschieben, was nicht gelang. Er schien sie zu ignorieren und starrte aus dem Fenster. Mittlerweile waren sie am Hafen angelangt. Kreischend drehten einige Möwen ihre Runden. Zahlreiche Boote schwankten im Meer auf und ab. Touristen schossen Selfies und lachten dabei in die Kamera. Als der Typ neben Saskia wenige Stationen weiter den Bus verließ, atmete sie erleichtert auf. Die Türen schlossen sich zischend und hinten hustete eine Frau. Ein Baby schrie. Saskia versuchte, die Geräusche auszublenden, und schloss für einen kleinen Moment die Augen. Sie befanden sich bereits in reinem Neubau-Wohngebiet und auf den Straßen waren kaum mehr Touristen. Stattdessen zeigten sich moderne Wohnblocks, deren Architekturen sich ähnelten. Viel Glas, mondäne Fronten, Innenhöfe mit Spielplätzen.

Drei Stationen weiter stieg Saskia aus und musste nur noch wenige Meter gehen, bis sie vor Ellas Mehrparteienhaus stand. Es handelte sich um ein etwas älteres Gebäude und hatte, wie die meisten Gebäude in diesem ruhigen Viertel, sechs Etagen. Fast alle Leute waren um diese frühe Nachmittagszeit bei der Arbeit. Nacheinander klingelte sie bei ein paar Namensschildern, bis ihr jemand die Haustür öffnete. Ihren Schlüssel hatte sie der Polizei überlassen. Oder besser gesagt: überlassen müssen.

Mit etwas Nervosität im Bauch stieg sie die Treppen hinauf bis zur Tür der weißhaarigen Nachbarin. Draußen hing kein Namensschild, dafür ein kleiner Strohstern, der schon ziemlich mitgenommen aussah. Im ganzen Treppenhaus roch es nach Reinigungsmittel. *Wahrscheinlich achtet die Alte penibel auf die Einhaltung der Hausordnung*, dachte Saskia. Sie atmete einmal tief ein und drückte schnell auf den Klingelknopf, bevor sie es sich anders überlegen konnte. Drinnen begann ein Hund zu bellen und eine Person schlurfte zur Tür. Die weißhaarige Frau öffnete die Tür einen Spaltbreit und lugte skeptisch hinter der schweren Kette hervor. »Sie schon wieder! Verschwinden Sie gefälligst!« Sie hustete trocken.

»Hören Sie mir doch mal kurz zu! Ich bin eine Freundin von Ella Mäkinen und habe wirklich nur zwei kleine Fragen.« Sie konnte der Frau ansehen, dass sie kurz davor war, ihr die Tür vor der Nase zuzuknallen. »Bitte. Nur zwei kleine Fragen«, wiederholte sie daher.

»Und die wären?« Wieder hustete die Alte und der Hund kläffte wie aufs Kommando dazu im Takt.

»Wann haben Sie Ella das letzte Mal gesehen?«

»Das wollte die Polizei auch wissen. Ich denke, am Freitagmorgen.«

»Was heißt da, Sie *denken*?«, rutschte es Saskia unfreundlicher als beabsichtigt heraus.

»Ich sehe nicht den ganzen Tag aus dem Fenster und zugleich auf die Uhr, falls Sie das meinen!«, kam prompt die patzige Antwort.

Wer's glaubt, dachte Saskia. Aber sie lächelte freundlich. »Der Kalender in Ellas Wohnung zeigte Samstag, den 22. November. Ich frage mich, wie das sein kann«, sagte sie, ohne auf den letzten Satz näher einzugehen. Sie folgte einfach ihrem Instinkt. Die Alte neigte plötzlich den Kopf zur Seite. In ihren Augen schien es für den Bruchteil einer Sekunde zu funkeln.

»Woher soll ich das wissen?«, fragte sie. Es klang herausfordernd. »Ich will keinen Ärger.«

»Warum Ärger?«, fragte Saskia, die spürte, dass sie ganz knapp davor war, der Frau etwas zu entlocken. Abwartend blickte sie ihr ins Gesicht. Ein paar Sekunden lang starrten sich beide an. »Ich möchte doch nur meine Freundin finden«, sagte

Saskia dann nachdrücklich. Sie setzte ihren mitleiderregendsten Dackelblick auf und hoffte inständig, dass die Alte noch ein Fünkchen Herz besaß. Die Frau seufzte tief und knurrte dann, als würde sie sich über sich selbst ärgern.

»Ella hatte vor irgendetwas Angst«, sagte sie plötzlich. »Davon bin ich überzeugt.«

Saskia sog erstaunt die Luft ein. »Und vor was?«, fragte sie. *Oder wem*, fügte sie in Gedanken hinzu. Da kam ihr ein Einfall.

»Hat noch jemand anderes einen Schlüssel zu Ellas Wohnung?«, wollte Saskia wissen.

»Offensichtlich ja – zum Beispiel Sie«, erwiderte die Alte und taxierte Saskia. In deren Kopf rasten tausend Gedanken durcheinander. Allen voran einer: Konnte es sein, dass jemand nach Ellas Verschwinden in ihrer Wohnung gewesen war?

Ein Geräusch im oberen Treppenhaus ließ die Nachbarin zusammenzucken.

»Gehen Sie jetzt!«, zischte sie.

»Aber …«

»Gehen Sie!«

Verdammt, dachte Saskia. *Ich gehe ja*. Sie spürte, dass sie nichts mehr aus der Frau herauskriegen würde.

Als sie aus dem Haus getreten war, blickte sie nochmals nach oben. *Was ist nur mit dir geschehen, Ella? Wovor hattest du solche Angst?* Die Gardinen im zweiten Stock bewegten sich leicht. *Von wegen nicht den ganzen Tag am Fenster*, dachte sie und machte sich auf den Rückweg in ihre Pension. Die nächsten Schritte mussten gut überlegt sein.

4.

Mikael Kohonen und sein junger Kollege Peter Hakala standen im Wohnzimmer von Jonne Sanders' Mitbewohner. Dieser hatte sich sofort nach dem Öffnen der Tür wieder auf die

Couch fallen lassen. Wenigstens hatte er den Fernseher leiser gedreht. In der Wohnung roch es nach kaltem Zigarettenrauch. Ein überquellender Aschenbecher stand auf dem Couchtisch. Mikael konnte Peter Hakala die Nervosität und Freude von den Augen ablesen. Endlich durfte er mal raus. Wie ein Pfadfinder stand er da, in seinen gebügelten Hosen, und starrte abfällig auf die Zigarettenstummel. Vom echten Leben und all seinen Facetten schien er nicht allzu viel Ahnung zu haben.

»Ich komme gleich zum Punkt. Wo ist Ihr Auto?«, fragte Hakala. Mikael betrachtete einige dunkle Flecken auf der Couch, deren Ursprung undefinierbar war. Der junge Mann auf der Couch nahm einen schlürfenden Schluck aus einer Dose Cola. »Das hab ich dem Mistkerl geliehen. Wehe, der kommt nicht bald zurück. Die Miete ist fällig«, raunte er.

»Sie haben es Jonne Sanders geliehen?«

Ein Nicken.

»Warum haben Sie uns das nicht sofort gesagt?«, schnaubte Peter Hakala. Kohonen drehte sich zu ihm und schüttelte leicht den Kopf. *Langsam*, sagten seine Augen warnend. Der Typ hatte bisher bereitwillig ausgesagt. Mikael hatte aber das Gefühl, dass man ihn nicht zu sehr reizen sollte.

»Ich muss euch Bullen überhaupt nichts sagen. Ist doch mein Auto!«, grunzte es von der Couch wie aufs Stichwort. Der Mann hatte ziemlich trainierte Oberarme, deren Muskeln unter dem T-Shirt zuckten. Peter Hakala schaute betreten weg und überließ Mikael das Feld.

»Hören Sie, Sie wollen Ihr Auto zurück. Wir wollen Jonne Sanders finden. Scheint, als säßen wir im selben Boot.« Er wartete einen Moment.

Der Mann starrte ihn herausfordernd an.

»Hat Ihr Auto irgendwelche besonderen Merkmale?«

Er schien sich seine Antwort gut zu überlegen. »Ist schon etwas in die Jahre gekommen, die Karre. Der Lack blättert an manchen Stellen ab«, sagte er schließlich. »Und hat hinten einen gelben Aufkleber mit der Aufschrift ›Let it rock‹ drauf«, ergänzte er.

Mikael nickte nur.

»Darf ich mich in Jonne Sanders' Zimmer umsehen?«, fragte er geradeheraus.

»Tun Sie, was Sie nicht lassen können«, kam als Antwort zurück, was Mikael vollkommen ausreichte.

»Schreibst du bitte alle Details auf?«, trug er Hakala leise auf. Noch während Mikael sich wegdrehte, legte sein junger Kollege bereits los.

»Seit wann genau ist das Auto weg?«, hörte Mikael ihn noch fragen, dann verschwamm das Gespräch zu einem Hintergrundgeräusch.

Am anderen Ende des Flurs stand die Tür zu Jonne Sanders' Zimmer offen. Auch noch nachdem Mikael eingetreten war, hörte er, wie Hakala im Wohnzimmer weiterhin Fragen stellte.

Das Zimmer wirkte aufgeräumt, das Bett war ordentlich gemacht. Es gab außer ein paar Büchern im Regal nur wenige persönliche Dinge. Mikael überflog die Titel. Es war nichts Außergewöhnliches dabei. Hauptsächlich Krimis. Und ein dicker Bildband über Finnland. Alle Oberflächen waren aufgeräumt, nichts lag einfach so herum. Unschlüssig stand Mikael da, ließ die Einrichtung auf sich wirken. Das Holzbett, den bunten Teppich. Was für ein Mensch war dieser Sanders? Ihm fiel auf, dass die Schublade des Nachtkästchens nicht richtig geschlossen worden war. Eine kleine Ecke aus glänzendem Papier lugte daraus hervor. Mikael zog die Schublade heraus und sah, dass die Ecke zu einem Foto gehörte, das sofort seine Aufmerksamkeit erregte. Ein junger Jonne Sanders war darauf zu sehen. Mit einem unbekannten Mann Arm in Arm. Aufgenommen wohl vor vielen Jahren. Draußen rief Hakala jetzt, dass er fertig sei. Mikael machte schnell ein Handyfoto von dem Bild, ging damit ins Wohnzimmer und hielt dem Mitbewohner das Foto direkt unter die Nase.

»Kennen Sie diesen Mann?«

»Nie gesehen«, meinte der. »Aber so langsam finde ich, dass Sie hier genug herumgeschnüffelt haben!« Sein Ton war schlagartig genervter geworden.

Anständig legte Mikael das Foto auf den Wohnzimmertisch. Er hatte sich so etwas schon gedacht.

5.

Mit der Stirnlampe auf dem Kopf ging Joel seine übliche späte Runde im Wald. Sein Golden Retriever lief fröhlich schwanzwedelnd voraus.

»Lauf, mein Junge«, rief Joel und sah zu, wie der Hund den verschneiten Weg entlangjagte. Er hängte sich die Hundeleine über die Schulter und hauchte warme Luft auf seine Handflächen. *Verdammt kalt heute.* Genussvoll sog er die frische Luft ein. *Endlich Ruhe.* Das Gute an einem Hund war, dass man zwangsläufig jeden Tag rausmusste. Bei jedem Wetter. Und das kam ihm entgegen. Zu Hause gab es gerade nur Ärger. »Ich hasse dich«, hatte ihm seine pubertäre dreizehnjährige Tochter gestern Abend ins Gesicht geschrien, bevor sie weinend in ihr Zimmer gelaufen war. Der Auslöser? Den verstand er nicht. Seine Frau hatte jedenfalls auch geschrien. Vielleicht war der Auslöser also er. Er hatte wirklich keine Ahnung. Wie meistens hatte er sich dann bei allen entschuldigt. Und da keiner gesagt hatte, dass er keine Schuld trug, war es wohl richtig so gewesen.

Er schlenderte weiter und summte vor sich hin. Links und rechts reihten sich Bäume und Sträucher aneinander, sodass man fast das Gefühl hatte, durch eine Allee zu laufen. Eine weiße Allee, denn Äste und Blattwerk waren mit Schnee bedeckt.

Der Weg war schattig und vereist. Rechts und links säumten ihn kleine Erhöhungen aus frisch gefallenem Schnee. Für einige Minuten tauchte Joel in seine Gedankenwelt ab. Meistens war es ihm zu Hause zu laut. Die Musik aus dem Zimmer seiner Tochter. Das Geschnatter seiner Frau am Telefon. Das Gebrüll bei den Nachbarn, die sich wieder stritten. Hier im Wald dagegen war es still. So gut wie nie traf man auf andere Menschen. Und keiner schrie ihn an.

»Ich muss mit dem Hund raus«, sagte er nur allzu gern. Und blieb dann erst mal eine Weile weg. *Immer noch besser, als so laut zu streiten wie die Nachbarn*, dachte er. Und blickte sich um. Er konnte seinen Hund nicht mehr sehen.

»Oli!«, rief er und lauschte. Kein Geräusch. Nur das Kratzen seiner Schuhsohlen auf dem Eis. Und der schwache Lichtkegel der Stirnlampe. Joel nahm zwei Finger in den Mund und pfiff lange und durchdringend. »Komm her, Oli!«

Von irgendwo weit entfernt hörte er Gebell. »Oli!«, schrie er noch einmal. Wieder vernahm er leises Gebell, das aber nicht näher zu kommen schien.

»Mist«, raunte er und beschleunigte seinen Schritt. So schnell es seine Schuhe erlaubten, ohne wegzurutschen. Als ein Pfad vom Weg wegführte, hielt er kurz inne. Anstatt geradeaus auf dem breiteren Weg weiterzulaufen, nahm er die kleine Abzweigung in Richtung Gebüsch. Nach einer Weile wurde der vermeintliche Weg immer schmaler und Joel musste teilweise sogar gebückt weitergehen. Mittlerweile stapfte er durch den fast kniehohen Schnee. Einzig das Bellen seines Hundes trieb ihn an. Es schien lauter zu werden. Äste und Zweige schlugen ihm ins Gesicht, blieben an seiner Kleidung hängen und zerkratzten seine Haut. Schnee rieselte auf ihn herab. »Aua«, schrie er und zog sich eine dornige Ranke aus dem Gesicht. Endlich gelangte er aus dem Gestrüpp hinaus auf eine kleine Lichtung. Zur anderen Seite der Lichtung hätte es einen breiteren Weg gegeben, das erkannte er als Erstes. Als Zweites sah er Oli, der aufgeregt bellend um ein dunkles Auto herum lief. Auch jetzt, wo Joel sogar Blickkontakt mit seinem Hund hatte, reagierte dieser nicht auf sein Rufen.

»Oli, bei Fuß!« Das Bellen des Hundes klang schrill in seinen Ohren. Beinahe schreiend. Ein ungewöhnlicher Ort, um seinen Wagen abzustellen, ging es Joel durch den Kopf. Die Wege hierher waren schmal und eher für Fußgänger gedacht. Dennoch musste irgendjemand das Fahrzeug zu dieser Lichtung gelenkt haben. *Hier stimmt etwas ganz und gar nicht*, sagte ihm sein Gefühl. Vorsichtig ging er näher an das Auto heran. Es war ein dunkelblauer Nissan. Die Schneedecke darauf sah unberührt aus. Die Reifen waren verdreckt. Also war das Auto hier abgestellt worden, bevor es geschneit hatte. Alle Türen und Fenster waren geschlossen, soweit er das auf den ersten Blick und bei dem spärlichen Licht seiner Stirnlampe beurteilen konnte. Er versuchte, einen Blick in das Innere des Wagens zu erhaschen. Es wirkte leer. *Wer stellt sein Auto an so einer Stelle ab*, dachte er. Da fiel der Kegel seiner Lampe auf etwas Dunkles im hellen Schnee. Nur die Spitze ragte heraus, es hatte offenbar darauf geschneit. Er hob den Gegenstand auf und befreite ihn vom Schnee. Ein Schuh. Die Sache gefiel ihm immer weniger. Oli stand vor dem geschlossenen Kofferraumdeckel und hörte nicht auf zu bellen. Joel lief ein leichter Schauer über den Rücken, als er sein Handy aus der Hosentasche nahm. Mit zitternden Fingern bediente er die Tasten. Zweimal verwählte er sich. Sein Hund bellte die ganze Zeit über wie verrückt.

»Ruhig, mein Junge.« Er legte ihm eine Hand auf den Kopf.

»Polizeinotruf, was kann ich für Sie tun?«

»Ja, äh, hallo. Ich stehe hier vor einem Auto.« Er wusste selbst, dass er wie ein Idiot klang.

»Wo befinden Sie sich genau?«

»Ich bin in Paloheinä, ziemlich abseits, im Wald.«

»Okay. Warum haben Sie angerufen?«

»Das Auto steht hier mitten im Nirgendwo. Mein Hund hat angeschlagen. Und hier liegt ein einzelner Schuh im Schnee. Die Sache gefällt mir nicht.«

»Ein Schuh?«

»Ja, ein Schuh. Irgendetwas stimmt hier nicht.«

»Erklären Sie mir genau, wo Sie sind.«

»Okay.«

»Lassen Sie Ihr Telefon an, wir schicken einen Streifenwagen zu Ihnen.«

Erleichtert atmete Joel auf und beschrieb noch einmal seinen Standort, so gut er es konnte.

6.

Das viel zu heiße Wasser strömte über seinen Kopf. Mittlerweile war das Badezimmer erfüllt von Wasserdampf. *Geh mal nach Hause und dusch dich. Schlaf ein wenig.* Noch immer klangen die Worte von Anders in Mikael Kohonens Ohren nach. Er fuhr sich mit den Händen durch die kurzen braunen Haare und rieb unsanft über die Kopfhaut. In schaumigen Bächen floss das Wasser über seinen Körper in Richtung Abfluss. Die Dusche tat ihm tatsächlich gut. Trotzdem behielt er sein Diensthandy auf dem Waschbeckenrand im Auge. Die Gedanken an den Doppelmord kreisten in seinem Kopf wie Stechmücken. Nicht zu greifen, aber lästig und schmerzhaft. Wie zu erwarten war, hatten sie nach der Pressekonferenz Dutzende Anrufe von vermeintlichen Zeugen erhalten. Mal mehr und mal weniger ernst zu nehmend. Einige der vorgebrachten Beobachtungen hatten sie unmittelbar als falsch entlarven können, wie zum Beispiel die Aussage einer älteren Frau, die das Ehepaar noch am Montagabend in einem Supermarkt gesehen haben wollte. Anderen wiederum musste noch im Detail nachgegangen werden, wie etwa der vagen Andeutung, der ermordete Ehemann habe eine heimliche Affäre gehabt. Mikael glaubte zwar nach allem, was er bisher wusste, nicht daran. Aber Überraschungen gab es immer wieder.

Er stellte die Dusche ab, rieb sich trocken und zog sich ein paar bequeme Klamotten an. Im Wohnzimmer breitete er einige seiner Unterlagen auf dem kleinen Beistelltisch aus. Mit einem Seufzen ließ er sich auf die braune Couch fallen. Seine Frau war in der Küche dabei, das Abendessen zuzubereiten. Das leise Klappern von Geschirr wirkte beruhigend. Und ging immer mehr in ein sanftes Hintergrundgeräusch über. Nur für einen kleinen Moment schloss er die Augen. Die Müdigkeit war wie eine Welle, die ihn behutsam überrollen wollte. Sein Atem ging regelmäßig und langsam.

Plötzlich hörte er das Brechen von Glas. Splitter flogen herum, trafen ihn im Gesicht und an den Armen. Bohrten sich schmerzhaft in seine Haut, schlitzten sie auf. Panisch schlug er um sich. »Was ist hier los«, schrie er und fuhr mit beiden Händen über seinen Körper. Alles trocken. Kein Blut. Wie war das möglich? Erst jetzt riss er die Augen auf. Und lag nach wie vor auf seiner braunen Couch. Seine Frau stand über ihn gebeugt.

»Mir ist in der Küche ein Glas runtergefallen«, sagte sie und blickte ihm tief in die Augen. »So kann das nicht mehr weitergehen, Mik«, sagte sie schließlich seufzend.

»Ich hab nur geträumt«, entgegnete er.

»Du musst etwas dagegen unternehmen.« Es schien, als wolle sie diesmal nicht lockerlassen.

»Ich weiß«, antwortete Mikael gedankenverloren. Sein Blick wanderte weg von ihr, zu den Papieren auf dem Tisch.

»Die Arbeit ist deine Ablenkung. Und zwar von allem. Auch von mir«, flüsterte sie traurig. »So kann es nicht mehr weitergehen«, wiederholte sie.

»Ich weiß«, sagte er erneut. Mehr fiel ihm im Moment dazu nicht ein.

7.

Joel atmete erleichtert durch, als er den Streifenwagen erblickte, der sich langsam einen Weg durch die Bäume bahnte. Er hatte eine halbe Ewigkeit in der Kälte gewartet und konnte seine Hände und Zehen kaum mehr spüren. Mittlerweile musste es nach zweiundzwanzig Uhr sein.

»Hier kommen Sie nur zu Fuß weiter«, rief er den beiden Polizisten zu, nachdem sie ausgestiegen waren. Sie hatten den Motor laufen gelassen, sodass die Scheinwerfer den Bereich einigermaßen ausleuchteten. »Es sei denn, Sie wollen Ihren Wagen komplett verkratzen«, fügte er etwas leiser hinzu.

Sein Hund Oli hatte sich zwischenzeitlich etwas beruhigt, bellte aber bei Ankunft des fremden Autos erneut aufgeregt, wie zur Begrüßung.

»Haben Sie angerufen?«, fragte der junge Polizist und hatte dabei eine Hand an seiner Waffe am Gürtel. Joel ignorierte die Geste.

»Ja, ich hab angerufen. Kommen Sie, ich zeige es Ihnen.«

Die Polizisten setzten einen Funkspruch ab und folgten Joel dann durch das Gebüsch.

»Da steht es. Das Auto.« Er deutete mit ausgestrecktem Arm auf den Nissan. *Ich möchte gar nicht wissen, was es mit dem Wagen auf sich hat*, dachte er. »Kann ich jetzt gehen?«, fragte er laut. »Mir ist verdammt kalt.«

»Tut mir leid, Sie müssen noch warten.« Einer der beiden Streifenbeamten stellte sich neben ihn, als hätte er Angst, Joel würde einfach weglaufen. *Warum hätte ich denn dann die Polizei rufen sollen*, dachte er und verdrehte ihm Geiste die Augen. Der andere Polizist näherte sich dem Auto und umrundete

110

es. Er kratzte ein vereistes Fenster frei und warf mithilfe seiner Taschenlampe einen Blick in das Innere des Wagens. Versuchte dann, eine der vier Türen des Autos aufzubekommen. Alle waren verschlossen. Zuletzt scheiterte er auch am Kofferraum.

»Mein Hund ist vorhin fast durchgedreht«, meinte Joel. »Er hat den Kofferraum angebellt und geknurrt, wie ich es zuvor noch nie erlebt habe.«

Die beiden Polizisten sahen sich an, schienen ihr weiteres Vorgehen auszuloten. »Haben Sie sonst noch etwas bemerkt?«

»Hier lag ein einzelner Schuh«, sagte Joel und deutete auf die betreffende Stelle neben dem Auto. »Wer verliert denn bei so einem Wetter einen einzelnen Schuh?«

»Wo ist der Schuh jetzt?«

Joel deutete auf einen Fleck im Schnee ein paar Meter entfernt. Einer der Beamten machte sich auf den Weg dorthin, ging in die Hocke und betrachtete das Fundstück, ohne es zu berühren.

»Ich denke, wir sollten die Brechstange aus dem Auto holen«, sagte er und stand unmittelbar auf, um das zu tun. Der andere hielt die Stellung. Eine Spur zu dicht an Joel dran, für seinen Geschmack.

»Wie haben Sie das Auto gefunden?«, fragte er ihn. Er betrachtete die schmale Öffnung im Gebüsch.

»Da drüben ist noch ein anderer, breiterer Weg, auf dem war ich spazieren«, sagte Joel, der die Gedanken des Polizisten erahnte. »Mein Hund hat mich hierhergeführt. Er scheint etwas gewittert zu haben.«

Beide schwiegen und warteten.

»Hab sie«, rief der zweite Kollege und kam schnaufend durch das Gebüsch zurückgelaufen. Er setzte die Brechstange am Deckelrand unterhalb des Kofferraumschlosses an und versuchte, die Klappe aufzustemmen. Das war viel schwieriger, als Joel erwartet hatte. *In den Filmen geht das immer ganz leicht, mit einem Ruck*, dachte er. Hier sah es nach echter Arbeit aus. Der Mann zitterte vor Anstrengung, aber der Deckel bewegte sich nicht.

»Hilf mir mal, Kollege«, sagte er schließlich und trat einen Schritt zurück. Joels Blick fiel auf einen gelben Aufkleber. »Let it rock«.

Er war ein paar Schritte zurückgetreten, um die Beamten nicht zu stören. Mit vereinter Kraft schafften es die beiden endlich, den Kofferraum aufzubrechen. Mit einem Knacken gab das Schloss nach und der eine der Polizisten hob die Klappe nach oben.

»Ruf Verstärkung!«, forderte er seinen Kollegen auf und hielt dabei seinen Ärmel vor den Mund. Joel blickte zu dem Wagen und erkannte im Licht seiner Stirnlampe helle Haut. Obwohl er es wollte, schaffte er es nicht, den Blick abzuwenden. Seine Augen erspähten eine Hand mit Resten von Klebeband daran, deren Finger unnatürlich verdreht abstanden, als wären sie gebrochen.

Oli hatte schlagartig wieder begonnen, aufgeregt zu bellen. Die Bilder tanzten vor Joel. Er schaffte es gerade noch ins angrenzende Gebüsch, um sich zu übergeben. Der weiße Schnee färbte sich bräunlich.

Samstag

29. November 2014

1.

Beinahe gleichzeitig waren Mikael Kohonen und seine Kollegen Loris Anders und Peter Hakala im Büro eingetroffen. Draußen war es noch stockdunkel. Außerdem ungemütlich windig und kalt. Anders lief unruhig im Raum auf und ab, eine Tasse Kaffee in der Hand haltend. Mikael stand am Fenster und blickte hinaus. Sein nachdenkliches Gesicht spiegelte sich in der schmutzigen Scheibe. Nebendran versuchte der junge Hakala seit einigen Minuten, den Rechtsmediziner am Handy zu erreichen. Bisher ohne Erfolg. Es herrschte eine seltsame, bedrückte Stimmung.

»Und es ist sicher der richtige Wagen?«, fragte Anders gerade. Er hatte seine Tasse abgestellt.

»Ja«, antwortete Mikael. »Ein blauer Nissan. Alles passt. Auch der gelbe Aufkleber hinten dran.« Er seufzte. »Kein Zweifel, es ist der Wagen von Jonne Sanders' Mitbewohner, der gestern im Wald gefunden wurde.«

Alle schwiegen für einen Moment. Sie warteten darauf, nähere Details zu der im Kofferraum abgelegten Leiche zu hören. Vielleicht sogar einen Namen. Keiner sprach es aus, aber alle dachten es. Es handelte sich wohl um die vermisste Ella Mäkinen. Arme Frau.

»Warum weiß man noch nichts Näheres zum Opfer?«, fragte Anders.

»Die beiden Streifenbeamten, die die Leiche fanden, konnten vorerst nicht viel sagen. Beides junge Kollegen. Der Körper ist wohl ziemlich zugerichtet. Außerdem gefroren und lag wie ein Embryo zusammengekauert im Kofferraum«, fuhr Mikael fort. »Der Rechtsmediziner musste erst geweckt und dann aus Lohja angefahren werden.«

»Noch nichts«, brummte Hakala von der Seite dazwischen. Genau diesen versuchte er nämlich, ans Telefon zu bekommen.

»Jedenfalls sind die Umstände der Tat gänzlich andere, Mik. Nur eine Leiche. Im Kofferraum eines Pkws. Wahrscheinlich hat dieser Jonne Sanders der Opferschutzmitarbeiterin aufgelauert. Er war sauer. Er wollte nicht, dass seine Ex-Freundin Anzeige erstattet. Er schnappte sich Ella Mäkinen. Zog sie in das Auto. Eins führte zum anderen. Und am Ende ist Ella Mäkinen tot.« Anders holte tief Luft. »Du musst es einsehen, Mik. Diese ganze Geschichte hat nichts mit dem Doppelmord in der Lagerhalle zu tun!«

Mikael grunzte nur leise. Anders hatte vermutlich recht. Es sah tatsächlich so aus, als wäre er auf dem falschen Dampfer gewesen. Hatte ihn sein Bauchgefühl diesmal so getäuscht? Auch ein in der Morgenzeitung erschienener Artikel hatte eine mögliche Verbindung zwischen dem Vermisstenfall Ella Mäkinen und dem Doppelmord angedeutet. Sehr zum Leidwesen seiner Chefin.

»Immerhin könnten wir dann der Presse den Wind aus den Segeln nehmen«, sagte Mikael nachdenklich. Er würde den Fall wieder gänzlich den Kollegen überlassen müssen.

»Psst«, zischte Hakala und hob den Zeigefinger an den Mund. »Hab endlich jemanden erreicht.« Mikael und Anders hoben die Köpfe und betrachteten ihn still.

»Ja, genau, es geht um die Leiche in dem blauen Nissan. Ja, ich warte«, sprach Hakala in den Hörer. Er blickte die beiden Kollegen dabei direkt an. »Nein, ich weiß, dass der Obduktionsbericht noch nicht fertig ist. Ich wollte nur ein paar Details vorab.«

Peter Hakalas Haltung versteifte sich mit jedem Wort, das am anderen Ende der Leitung gesprochen wurde. »Sind Sie sicher?«, fragte er. »Vielen Dank.« Er legte auf und hob langsam den Kopf.

»Die Leiche im Kofferraum konnte noch nicht zweifelsfrei identifiziert werden. Aber eins steht fest«, sagte er. »Es ist nicht Ella Mäkinen.«

Im Raum hätte man eine Stecknadel fallen gehört. Alle brauchten einen Moment, um das Gesagte zu verarbeiten.

»Wer ist es dann?«, fragten Mikael und Anders aus einem Mund.

»Es ist ein Mann, zwischen zwanzig und vierzig Jahren alt. Alles Nähere folgt, wenn die Leiche komplett aufgetaut ist.«

»Ein mit Klebeband gefesselter Mann. Und eine vermisste Frau«, murmelte Mikael nachdenklich vor sich hin. Anders schwieg.

»Wir müssen Ella Mäkinen finden! Ich denke, sie befindet sich in Gefahr«, entfuhr es Mikael schroffer als beabsichtigt.

2.

»Aua!«

Heidi Märsen leckte über den blutenden kleinen Schnitt an ihrem Finger. Sie hatte beim Zerteilen des Apfels viel zu sehr ihren Gedanken nachgehangen. Und viel zu wenig auf das scharfe Messer in ihrer Hand geachtet. Kaum hatte sie den Finger vom Mund genommen, tropfte das dunkelrote Blut auf die Arbeitsplatte vor ihr. Sie riss ein Blatt von der Küchenrolle und drückte damit auf die Wunde. Wo waren noch mal die Pflaster? In der Küchenschublade suchte sie vergeblich. Weil sich das kleine Stück Zellstoff schnell mit Blut vollsaugte, ging sie in den oberen Stock. Im Badezimmer war Verbandszeug. Als ihr Blick auf Julius' Rasierapparat neben dem Waschbecken fiel, musste sie schlucken. Julius fehlte. Der Assistent ihres Mannes hatte sich noch immer nicht bei ihr gemeldet. Und sie wurde von Stunde zu Stunde unruhiger. Wo war ihr Mann?

Am liebsten wäre sie sofort zur Polizei gestürmt und hätte eine Vermisstenmeldung aufgegeben. Aber allein bei der Erwähnung derselben hatte Jaan ihr sehr deutlich zu verstehen gegeben, dass ihr Mann das nicht gewollt hätte.

Endlich fand sie im Badezimmerschränkchen, was sie suchte, und versorgte ihre Wunde. Der Schnitt war tiefer, als es auf den ersten Blick ausgesehen hatte. Aber sie spürte keinen Schmerz. Sie nahm ihr Handy aus der Hosentasche und versuchte zum gefühlt hundertsten Mal, Julius telefonisch zu erreichen. Und wieder antwortete nur die Mailbox. Auch im Büro ging niemand ran, nicht mal Jaan. Heidi blickte aus dem Fenster und hoffte nach wie vor, jeden Moment das Auto ihres Mannes in die Einfahrt rollen zu sehen. Aber diese blieb leer.

Das Klingeln des Festnetzanschlusses riss sie aus ihren Gedanken. Das Mobilteil des Schnurlostelefons lag unten in der Küche. Sie hechtete die Treppe hinunter und wäre fast gestürzt. Gerade noch schaffte sie es, sich mit einer Hand am Geländer festzukrallen, um im nächsten Moment weiter Richtung Telefon zu hasten.

»Hallo?«, rief sie atemlos in den Hörer.

»Einen schönen guten Tag. Haben Sie einen Moment Zeit? Darf ich Ihnen ein paar Fragen zu Ihrem Fernsehverhalten stellen?«

»Es passt gerade nicht«, presste sie noch hervor, bevor sie auflegte und ihrem Kummer freien Lauf ließ. Jedes Mal, wenn das Telefon klingelte, flackerte dieser kleine Hoffnungsschimmer auf. *Vielleicht ist es doch Julius.* Und jedes Mal verspürte sie danach eine unglaubliche Leere und Angst. Eine ganze Weile saß sie zusammengekauert auf dem kalten Fliesenboden in der Küche. Unfähig, sich zu bewegen. Dann endlich rieb sie sich mit dem Handrücken entschlossen über die Augen und bewegte ihre eingeschlafenen Zehen. Untätig zu Hause herumsitzen und weinen wollte sie nicht. Die Polizei zu informieren schied vorerst ebenfalls aus. Also schnappte sie sich ihre Daunenjacke, die an einem Haken neben der Tür hing, schlüpfte in ihre Stiefel und machte sich auf den Weg zu Julius' Büro. Es musste einen Hinweis geben. Diesmal würde sie nicht lockerlassen. Sondern jeden Stein umdrehen.

3.

»Was gibt es Neues bezüglich des Doppelmords, Mik?«

Mit diesen Worten begrüßte ihn seine Chefin Susanna Anttila, als er gerade auf dem Weg zur Toilette war. Und stellte sich ihm provokant mitten in den Weg. Trotz ihrer zierlichen Gestalt sah sie entschlossen aus wie meistens, hatte aber auch den Hauch eines freundlichen Lächelns im Gesicht. Ihre braunen Haare waren zu einem Knoten im Nacken gebunden.

Mikael wusste, dass sie unter irgendeinem externen Druck stehen musste, wenn sie ihn so am Gang abfing. Er war froh, dass sich unmittelbar zuvor tatsächlich eine Neuigkeit ergeben hatte, die sie wirklich weiterbringen konnte.

»Eine glaubwürdige Zeugin hat sich telefonisch mit einem wichtigen Hinweis gemeldet«, verkündete er. »Anders befragt sie gerade persönlich.«

Anttila musterte ihn stumm, ließ ihn berichten.

»Laut Zeugin war das Ehepaar am Samstagabend vor einer Woche im Kino. Sie ist Studentin, jobbt dort und hat den beiden

117

Popcorn verkauft. Gibt an, dass die zwei ihr aufgrund des relativ hohen Altersunterschieds im Gedächtnis geblieben sind.«

»Ist das plausibel?«, fragte Anttila. »Warum wussten keine Verwandten oder Freunde vom Kinobesuch?«

»Die Zeugin ist sich absolut sicher. Wir sind dran, das zu überprüfen«, meinte Mikael. Er hatte umgehend den Kinobetreiber kontaktiert, der zugesagt hatte, ihnen Überwachungsmaterial aus dem Eingangsbereich des Kinos zur Verfügung zu stellen. »Und zu Ihrer zweiten Frage: Der Kinobesuch entsprang vielleicht einer spontanen Idee des Pärchens. Jedenfalls waren keine Karten auf deren Namen reserviert.«

Ein Blick von Anttila genügte, um Mikael klar zu machen, wie wichtig ihr die Sache war. Er sah ihr an, dass sie ihm am liebsten jeden seiner nächsten Schritte diktiert hätte. Dinge aus der Hand zu geben, fiel ihr schwer, zumal sie in ihrer Führungsposition durchaus das Recht hatte, zu delegieren.

»Wir sind an der Sache dran, Chefin«, sagte er. »Wenn wir sicher wissen, wo das Ehepaar zuletzt war, bringt uns das einen riesigen Schritt weiter.«

Anttila kniff ihre Lippen zusammen, aber dann sprudelte es doch aus ihr heraus.

»Sämtliche Mitarbeiter des Kinos und bekannte Besucher an dem Abend befragen. Überwachungsmaterial sichten. Alle Bars, Restaurants und Kneipen, in denen die beiden schon mal waren, überprüfen. Vor allem die in Kinonähe.«

Nun also doch, dachte Mikael. Sie konnte es sich nicht verkneifen und diese schroffe und rechthaberische Art war genau der Grund dafür, warum Anttila nicht die Rückendeckung von allen Kollegen hatte. Mikael jedoch überging ihre Art, weil er ahnte, dass sie so am besten denken konnte und es keineswegs als Vorwurf meinte.

»Wir sind dabei. Überprüfen auch sämtliche Taxiunternehmen«, sagte er daher ruhig und bestimmt.

»Die Presse dreht langsam durch, Mik. Wir müssen Fortschritte machen. Sichtbare Fortschritte. Und zwar bald«, raunte Anttila.

»Ich weiß«, antwortete Mikael.

»Ich hoffe, Sie haben die Sache mit der Opferschutzmitarbeiterin zwischenzeitlich abgehakt.« Ihr strenger Blick traf Mikael. »Dafür haben wir nämlich gerade wirklich keine Zeit.«

»Na ja«, murmelte Mikael. Gerade überlegte er, ob er von der gefrorenen männlichen Leiche im Kofferraum erzählen sollte, da bemerkte er, dass Anttilas Gesichtsausdruck von milde zu eindeutig genervt wechselte.

»Jetzt hören Sie mir mal gut zu, Mikael! Wir haben mit dem Doppelmord mehr als genug zu tun! Und ich sehe keinen Zusammenhang zu dieser vermissten Frau.«

»Chefin …«, setzte Mikael an.

Sie sog scharf die Luft ein. »Ich möchte, dass Sie weitere Nachforschungen in der Sache einstellen! Dafür sind andere Kollegen zuständig. Ihre Zeit widmen Sie Ihrem Fall. Und sonst gar nichts. Haben Sie mich verstanden?«

»Jawohl«, meinte Mikael ergeben, weil er wusste, dass eine Diskussion mit ihr im Augenblick zu nichts führte. Ein fader Beigeschmack blieb. Und das Gefühl, einen brodelnden Vulkan zu ignorieren.

Er drückte sich an Anttila vorbei, die noch immer keinen Zentimeter Platz machte. »Darf ich jetzt auf die Toilette gehen, Chefin?«

4.

Christine Stegebauer wartete im Auto vor dem Flughafen Berlin-Tegel. Sie trommelte mit ihren Fingern auf das Lenkrad und ignorierte das wilde Gehupe um sie herum. Auf ihrem Handy checkte sie erneut den Flugstatus der Maschine aus Helsinki. »Gelandet« zeigte die App seit über fünfundvierzig Minuten an. Konnte die Kofferausgabe so lange dauern? Das gefiel ihr nicht.

Ihre Tochter Johanna war mit ihrem neuen Freund in Finnland unterwegs gewesen. Mit dem Rucksack. »Das ist doch nichts für dich. Nehmt euch doch ein Hotel auf Fuerteventura. Da ist es im Winter richtig warm«, hatte Christine gesagt. Aber nein, Finnland musste es sein. Und mit Rucksack.

Ganz früh heute Morgen hatte ihre Tochter Johanna sie verzweifelt aus Helsinki angerufen. Das kurze Telefonat geisterte noch in ihrem Kopf herum.

»Mama, wir fliegen noch heute zurück!«

»Habt ihr euch gestritten?«

»Nein, das ist es nicht! Wir müssen einfach dringend weg. Weg aus dem Haus! Mama, ich erzähl dir heute Abend alles ganz genau.«

Was war nur los, fragte sich Christine Stegebauer zum hundertsten Mal an diesem Tag. Johannas Handy war schon Stunden vor dem Boarding ausgeschaltet gewesen. Das passte überhaupt nicht zu ihrer Tochter, die doch sonst stets online und erreichbar war. Christine schlug mit der flachen Hand auf das Lenkrad und stieg aus. Wie auf Kommando ging das Hupkonzert wieder los.

»Hey Sie, Sie können hier nicht parken!« Sie ignorierte die wütenden Rufe und lief in das Gebäude. Auf den Informationsschalter zu.

»Können Sie mir sagen, was mit dem Flug aus Helsinki los ist, der vor fünfundvierzig Minuten gelandet sein soll? Meine Tochter und ihr Freund sollten schon lange da sein.« Die junge Frau am Tresen tippte etwas in ihre Tastatur ein. »Planmäßig gelandet. Gepäckausgabe bereits beendet.«

Unruhig lief Christine in Richtung Ankunftsbereich. Überall schoben und zogen Menschen ihre Koffer. Die meisten waren gut gelaunt. Christine hatte Magenschmerzen. Verzweifelt blickte sie sich um. Hatte das quälende Bedürfnis, nach ihrer Tochter zu rufen wie nach einem Kleinkind. »Wo bist du nur, Johanna?«, jammerte sie stattdessen leise vor sich hin.

Als ihre Tochter nach einer weiteren halben Stunde noch immer unauffindbar war, steuerte sie einen Check-in-Schalter der Airline an. Wie blind drängte sie sich an einem großen Mann mit mächtigem Bierbauch vorbei. »Na hören Sie mal«, rief dieser prompt aus.

»Können Sie mir sagen, ob meine Tochter Johanna Stegebauer in dem Flugzeug von Helsinki, planmäßige Ankunft 17.45 Uhr, war?«, fragte sie atemlos. Der adrette Mann hinter dem Schalter runzelte die Stirn.

»War Ihre Tochter mit einer Flugbegleitung unterwegs?«, fragte er.

»Was? Nein! Meine Tochter ist sechsundzwanzig Jahre alt«, antwortete Christine. Sie konnte ihm von den Augen ablesen, welche Antwort er sich verkniff. *Warum machst du dann so ein Theater, wenn deine Tochter längst erwachsen ist*, schien er zu denken.

»Tut mir leid, ich darf Ihnen über Passagierdaten keine Auskunft geben«, sagte der Mann und lächelte freundlich.

»Aber sie ist meine Tochter.« Christine klang hysterisch. Es war ihr egal, was die Leute um sie herum dachten.

»Ich darf es trotzdem nicht«, sagte der Mann eine Spur leiser. Diesmal schwang Bedauern mit. »Es tut mir leid.« Er wandte sich ab und nahm die Reisepässe der nächsten Passagiere entgegen.

Mit hochrotem Kopf stürmte Christine aus der Halle. Ihre Atmung ging stoßweise. Sie entriegelte ihr Auto und setzte sich hinein. Den Strafzettel unter dem Scheibenwischer ignorierte sie. Kaum hatte sie die Tür zugezogen, klingelte ihr Handy.

121

»Johanna« stand auf dem Display. Überglücklich nahm sie den Anruf entgegen.

»Johanna, Schatz! Gott sei Dank«, rief sie in den Hörer.

»Äh, hallo«, sagte eine unbekannte männliche Stimme auf Englisch. »Ich habe den Rucksack ihrer Tochter gefunden. Hinter der Tankstelle, bei der ich arbeite. Ich dachte mir, ich rufe einfach mal ›Mama‹ an und frage, wohin ich das Ding am besten bringen soll.«

Für Christine Stegebauer brach in diesem Moment eine Welt zusammen.

5.

Heidi Märsen drehte langsam den Schlüssel im Schloss. Sie musste schlucken, weil sie hier, in Julius' Büro, die Gegenwart ihres Mannes geradezu körperlich spüren konnte. Alles roch nach ihm. Alles war so vertraut. Der Kleiderständer in der Ecke. Die Kaffeemaschine. Nur er selbst war nicht hier. Und auch sein Assistent Jaan war nicht anwesend. Das gesamte Büro lag im Dunklen. Lediglich die Lampe aus dem Hausgang warf einen schwachen Schein in das Vorzimmer. Heidi Märsen schlich durch den finsteren Empfangsbereich und fühlte sich wie ein Eindringling. Eine Fremde, die hier nichts zu suchen hatte. *Unsinn*, ermahnte sie sich selbst. *Du hast jedes Recht dazu.* Beherzt schaltete sie alle Lichter an.

Aufmerksam umrundete sie den massiven Holzschreibtisch von Julius. Suchte nach einem Hinweis, wohin ihr Mann verschwunden war. Und warum. Die Tabellen und Kalkulationen, die offen herumlagen, sagten ihr nichts. *Was hast du denn erwartet*, dachte sie verbittert. *So einfach ist es nicht.* Aber so schnell würde sie sich nicht geschlagen geben. Nachdenklich ließ sie sich in den großen schwarzen Bürostuhl sinken, dessen kühles Leder sie sogar durch ihren Mantel spürte. Heidi ließ ihre Finger über das Holz der Tischplatte gleiten und erinnerte sich daran, wie sie und Julius zusammen diesen schönen Schreibtisch ausgesucht hatten. Intuitiv ließ sie ihre Hand nach unten gleiten und begann eine Schublade nach der anderen zu öffnen. Papiere kamen zum Vorschein. Tabellen. Kundenlisten. Je länger sie suchte, desto entschlossener wurde sie. *Es muss etwas geben. Such weiter!*

Nach zwanzig Minuten ließ sie sich erschöpft in den Sessel sinken. Nichts. Sie konnte die Enttäuschung nicht verdrängen und war schon wieder den Tränen nahe. Überall lagen Papiere kreuz und quer herum. Auf dem Schreibtisch, auf dem Boden. Sie hatte gar nicht bemerkt, welches Chaos sie beim Wühlen in den Unterlagen veranstaltet hatte. Leise seufzend starrte sie vor sich hin. Der schwarze Computerbildschirm vor ihr war von einer dünnen Staubschicht überzogen. Stumm blickte sie auf die dunkle Fläche und rollte mit dem Sessel näher heran. *Natürlich. Der Computer.*

Als sie die Maus bewegte, erwachte der PC aus dem Standby-Modus zum Leben. Julius hatte ihn offenbar nicht heruntergefahren. Eine Anmeldemaske samt Passwortabfrage erschien. *Mist. Denk nach. Du kennst ihn. Er ist dein Ehemann.*

Sie tippte *Heidi* ein. Einen Versuch war es wert. Leider kein Treffer. *Zu romantisch*, dachte sie. Dann versuchte sie es mit seinem Geburtsdatum. Kein Treffer. *Wie oft kann man ein falsches Passwort eingeben, bevor sich der Computer sperrt*, dachte sie unbehaglich. Als sie kurz davor war, aufzugeben, kam ihr ein Gedanke. Was war Julius Märsen wirklich wichtig im Leben? Einer plötzlichen Eingebung folgend tippte sie den Begriff »Geld« ein und mit einem Mal öffnete sich mit einem »Kling« der Hintergrundbildschirm.

»Bingo«, flüsterte sie.

Mal sehen, was du so zu verbergen hast, Julius. Eine Weile lang klickte sie durch diverse Ordner auf dem Desktop. Noch mehr

Unterlagen, noch mehr Tabellen. Prognosen über Kurs- und Währungsentwicklungen. Ihre Euphorie sank. Da entdeckte sie einen Ordner mit dem Namen »Weihnachten« und darin einen Unterordner »Bescherung«. Er zog sie quasi magisch an und sie setzte sich aufrechter hin. Es wirkte, als wollte er sich selbst beschenken. Sie öffnete ein Dokument nach dem anderen. Und spannte sich immer mehr an.

Das darf nicht wahr sein!, dachte sie.

6.

Christine Stegebauer hatte den Flughafen schweren Herzens ohne ihre Tochter verlassen und war noch einmal kurz nach Hause gefahren. Die Einfahrt ihres schönen Einfamilienhauses war leer, als sie ihren Wagen dort abstellte. Ihr war aus logischer Sicht durchaus bewusst gewesen, dass sie Johanna nicht zu Hause antreffen würde, trotzdem überkam sie beim Betreten des ruhigen Wohnzimmers plötzlich eine unglaubliche Traurigkeit. Es war niemand hier, lediglich ihre Katze strich ihr sichtlich erfreut um die Beine.

Christine war sich mittlerweile fast sicher, dass Johanna und ihr Freund gar nicht im Flugzeug gewesen waren, denn in dem gefundenen Rucksack verstaute ihre Tochter normalerweise nicht nur das Handy, sondern auch alle ihre persönlichen Dinge inklusive des Ausweises. Allerdings war Christine aus einem ganz bestimmten Grund noch mal in ihr Haus zurückgekehrt.

»Wo ist nur die Nummer?«, murmelte sie verzweifelt vor sich hin. Hektisch blätterte sie ihr Notizbuch durch, das stets neben der goldenen Blumenvase auf dem gläsernen Couchtisch lag. Ihre Tochter hatte ihr für alle Fälle die Handynummer ihres neuen Freundes Thorsten aufgeschrieben. Christine hatte den Zettel ohne Umschweife in ihr Notizbuch gelegt und nicht weiter beachtet.

Johannas Freunde kamen und gingen, sie hatte bisher keinen Grund gehabt, anzunehmen, dass es bei Thorsten anders war.

Einige Einträge in ihrem Kalender trieben Christine beim Durchsehen beinahe augenblicklich die Tränen in die Augen. Neben »Brunch mit Johanna« war in der kommenden Woche auch deren Tanzkurs-Abschlussfeier notiert.

Als sie das gelbe Post-it endlich gefunden hatte, wählte sie die Nummer mit zitternden Fingern ohne Umschweife.

»Hallo! Hier ist meine Mailbox, bin im Urlaub, sprecht mir doch auf Band …«

Christine beendete den Anruf und warf ihr Handy auf das Sofa neben sich. Das ergab alles keinen Sinn. Wenn die beiden nur ihren Flug verpasst hätten, weshalb wurde dann Johannas Rucksack hinter einer Tankstelle gefunden? Christine lief ein eiskalter Schauer den Rücken hinunter. Dann schluckte sie hart, ließ sich ebenfalls auf die Couch fallen und wählte die eine Nummer, die sie eigentlich niemals wieder hatte anrufen wollen. Ihr Ex-Mann nahm bereits nach dem zweiten Klingeln ab.

»Du?«, grunzte er ins Telefon. »Ich bin im Büro, gleich ist Sitzung.«

»Ich würde nicht anrufen, wenn es kein Notfall wäre …«

Sie schilderte ihm alles in Kürze und tatsächlich war es für einen Moment still am anderen Ende der Leitung.

»Du musst zur nächsten Polizeidienststelle und eine Vermisstenmeldung abgeben«, sagte er. »Dann geht das über die zuständigen Behörden nach Helsinki.«

»Kannst du da nichts beschleunigen?«, fragte sie. Es war der eigentliche Grund ihres Anrufs gewesen. Wozu war er in der Politik?

»Ich werde sehen, was ich tun kann«, meinte er. Damit legte er auf.

Es war Samstagabend. Mikael saß allein an seinem Schreibtisch, das Polizeipräsidium wirkte leer. Auch Anders hatte sich nach einem langen Tag in den verdienten Feierabend verabschiedet. *Sicherlich sitzt er mit seiner Frau zu Hause auf der Couch und schaut sich ein paar Folgen der Actionserien an, von denen er ab und zu erzählt*, dachte Mikael.

Ihn überkam plötzlich ein schlechtes Gewissen. Er hatte keine Ahnung, was seine eigene Frau heute Abend trieb, ob sie verabredet war oder sich allein eine Tiefkühlpizza in den Ofen schob. Viel zu lange hatte er darüber nicht mehr nachgedacht.

Mit Blick auf seinen Kalender beschloss Mikael, noch einen letzten Anruf zu erledigen und anschließend auch nach Hause zu gehen. Zu seiner Überraschung nahm der Rechtsmediziner, dessen Nummer er gewählt hatte, bereits nach dem zweiten Klingeln ab.

»Noch nicht im Wochenende?«, fragte Mikael. Aus der Leitung drang ein Seufzen. »Gerade noch einen Suizid reinbekommen – das wird eine längere Nacht.«

Irgendwie tröstete es Mikael, dass er nicht der Einzige war, der noch arbeitete.

»Ich hab eine Erinnerung für heute im Kalender stehen«, setzte er an. »Betreffend die toxikologischen Befunde des Ehepaars Mäkela aus der Lagerhalle.«

»Lass mich nachsehen, Mik.« Etwas raschelte im Hintergrund. »Ja, tatsächlich sind jetzt alle Befunde aus dem Labor fertig. Einige der Proben liefen über mehrere Tage«, erklärte der Mediziner entschuldigend. »Ich muss alles noch in einen Bericht zusammenfassen und schicke es dir dann rüber.«

»Vielen Dank«, erwiderte Mikael. »Kannst du bitte schon etwas spoilern?«

Wieder ein Seufzen, das aber eher müde als genervt klang. »Beide Opfer wurden betäubt. Es fanden sich erhöhte Konzentrationen Midazolam in ihrem Blut. Das könnte erklären, wie es einem Täter allein gelungen ist, zwei Menschen in seine Gewalt zu bringen.«

Mikaels Puls beschleunigte sich.

»Midazolam gehört zur Arzneimittelgruppe der Benzodiazepine«, fuhr der Mediziner fort. »Es wirkt einschläfernd, beruhigend und löst Muskelspannungen. Es wird auch zur Sedierung in Krankenhäusern verwendet. Dort macht man sich dessen kurze Wirksamkeit und die anterograde Amnesie zunutze.«

»Wo hatte der Täter das Mittel her?«, fragte Mikael.

»Es handelt sich um ein verschreibungspflichtiges Präparat. Ich vermute, dass es aufgrund der immer noch hohen Dosierung im Blut als Lösung injiziert wurde, konnte aber keine eindeutige Einstichstelle finden.«

»Dann besitzt der Täter medizinisches Vorwissen?«

»Ich würde darauf wetten«, erwiderte der Arzt. »Alles Nähere in dem Bericht.«

»Ich danke dir«, sagte Mikael, bevor er auflegte. Er rieb sich mit einer Hand über die Stirn. Diese neue Information zog einen ganzen Rattenschwanz an Arbeit nach sich. Kurz überlegte er, ob er Anders die Neuigkeiten noch berichten sollte. Aber dann beschloss er, dass das auch bis Montag warten konnte.

Er nahm sein Handy und tippte eine Nachricht an seine Frau.

»Wollen wir heute zusammen einen Film ansehen?«

Kurz kreiste sein Finger über dem Senden-Button, dann schickte er die Mitteilung ab. Mit einem positiven Gefühl im

Bauch fuhr er den Computer herunter und schnappte sich seine Jacke.

Zwei blaue Häkchen zeigten ihm kurze Zeit später an, dass sie die Nachricht gelesen hatte. Eine Antwort auf seine Frage erhielt er nicht. Und als er zu Hause ankam, war die gemeinsame Wohnung leer.

Sonntag

1.

Der Wecker zeigte 5:30 Uhr morgens an, als Mikael vom Klingeln seines Telefons geweckt wurde. Orientierungslos blickte er sich zunächst im Raum um und wunderte sich, dass seine Frau nicht neben ihm lag. Dann sah er, dass Anttila anrief, und setzte sich mühsam auf. Trotz einiger Stunden Schlaf fühlte er sich nur wenig erholt.

»Mik, entschuldigen Sie die frühe Störung …«, tönte es an sein Ohr. »Aber Sie müssen sofort ins Büro kommen.«

»Was ist los?« Er war schlagartig hellwach.

»Interpol hat sich mit mir in Verbindung gesetzt. Es wird ein junges deutsches Pärchen vermisst, das gestern Vormittag nicht wie geplant von Helsinki nach Berlin zurückgekehrt ist.«

»Gestern?«, murmelte er. *Das ging aber schnell, dass sich Interpol einschaltet*, dachte er.

»Sie ist die Tochter eines Bundestagsabgeordneten«, ergänzte Anttila, als hätte sie seine Gedanken gelesen. »Und der hat alle möglichen Hebel in Bewegung gesetzt.«

»Verdammt!«, entfuhr es ihm. »Ist denn schon geklärt, ob es sich um eine Straftat handelt?«

»Die beiden waren offenbar wegen irgendetwas in Alarmbereitschaft und hatten ganz kurzfristig einen früheren Rückflug für denselben Tag gebucht …«

»… den sie dann nicht angetreten haben«, vervollständigte Mikael den Satz.

»Ganz genau. Der Flug wurde laut Berliner Polizei drei Stunden vor Abflug online eingecheckt, aber sie saßen nicht im Flieger.«

Mikael überlegte. Gründe gab es viele, warum junge Menschen ihre Pläne kurzfristig ändern konnten.

»Außerdem wurde der Rucksack des Mädchens an einer Tankstelle gefunden, samt Handy und Geldbörse darin«, fuhr seine Chefin fort.

Mikael war zwischenzeitlich aufgestanden und wühlte soeben in seinem Kleiderschrank nach einer sauberen Hose. Seine Frau hatte sich offenbar nicht wie sonst um die Wäsche gekümmert.

»Ich möchte, dass Sie sich die Sache einmal ansehen«, sagte Anttila gerade. »Die zentrale Stelle beim Innenministerium macht Druck, weil es sich um ein Pärchen handelt und beide zusammen verschwunden sind.«

Das ist in der Tat seltsam, dachte Mikael. Trotzdem wunderte ihn der alarmierende Anruf seiner Chefin etwas. Hatte nicht sie selbst ihn angewiesen, sich nur auf den Fall Mäkela zu konzentrieren?

»Da ist noch etwas, Mik«, meinte Anttila ernst. »Johanna Stegebauer ist Studentin, sechsundzwanzig Jahre alt«, setzte sie an. »Ihr Freund Thorsten ist fast zwanzig Jahre älter als sie.«

Mikael sog scharf die Luft ein.

Es war dieses eine Detail, das ihn aufhorchen ließ. Dieser größere Altersunterschied, der beim ermordeten Pärchen Mäkela ebenfalls vorlag – und der in den Medien aus ermittlungstaktischen Gründen absichtlich nie besonders erwähnt worden war.

»Bin quasi auf dem Weg«, erwiderte Mikael prompt.

Er roch an einer Hose, die auf dem Boden lag, befand sie für noch in Ordnung und schlüpfte hinein. Auf dem Weg zur Wohnungstür kam er am Wohnzimmer vorbei und stockte kurz. Seine Frau lag zugedeckt auf der Couch und schlief.

2.

»Mik, ich bin da.«

Die Stimme von Anders drang wie aus weiter Ferne an Mikael Kohonens Ohr. Der rieb sich den Nacken und ließ den Kopf dabei leicht kreisen. Er hatte kurzzeitig einen beinahe tranceartigen Zustand erreicht und sämtliche Hintergrundgeräusche ausgeblendet. Jetzt prasselten die Geräusche mit doppelter Lautstärke auf ihn ein. Das Klingeln der Telefone. Stimmen, die aufgeregt sprachen. Eilige Schritte. Es herrschte helle Aufregung.

»Guten Morgen, Anders«, antwortete er seufzend. »Ich hätte auch dir mehr Schlaf gegönnt.«

»Alles gut«, entgegnete dieser. »Du kennst mich doch. Eine kalte Dusche und ich bin fit. Außerdem ist das Baby um diese Zeit schon wach«, ergänzte er schmunzelnd. Dann wurde sein Gesichtsausdruck wieder ernst.

Ein weiteres vermisstes Pärchen mit fast dem gleichen Altersabstand wie die Opfer in der Lagerhalle. Und obendrein ein ausländisches. Schlimmer konnte es kaum kommen. Das ganze Team war in Alarmbereitschaft.

»Gibt's schon was Neues?«, wollte Anders wissen.

»Der Rucksack des deutschen Mädchens ist da«, antwortete Mikael. »Ein Tankstellenmitarbeiter hatte ihn hinter der Tankstelle, bei der er arbeitet, gefunden.«

»Verdammt! Was ist drin?«

»Ausweisdokumente von Johanna Stegebauer. Handy, Schlüssel. Alles Persönliche.«

»So was lässt man nicht einfach liegen«, murmelte Anders.

»Kannst du den Mitarbeiter vernehmen, der den Rucksack gefunden hat?«, fragte Mikael.

Immerhin hatten sie einen konkreten Anhaltspunkt. Die Tankstelle. Das vermisste Mädchen war gestern Morgen mit ihrem Freund dort gewesen. Vermutlich auf dem Weg zum Flughafen. Sie durften keine Zeit verlieren. Keine Fehler machen.

»Geht klar.«

Mikael war zwischenzeitlich aufgestanden und zog sein graues Sakko über.

»Was hast du vor, Mik?«, fragte Anders erstaunt.

»Die Mutter von Johanna Stegebauer ist bereits auf dem Weg nach Helsinki«, erklärte er mit einem Seufzen. »Anttila möchte, dass ich mit ihr spreche.«

Anders nickte. Das würde nicht einfach werden.

3.

Mikael wusste, dass ein schwerer Tag vor ihm lag. Einer von der Sorte, nach dem man sich am liebsten betrank. Gerade reichte er Christine Stegebauer die Hand zum Gruß. Sie war mit dem Taxi zur Polizeistation gekommen, direkt vom Flughafen. Mit den Angehörigen von Vermissten zu sprechen, war nie leicht. Mit der Mutter eines vermissten Kindes zu sprechen, war eine Tragödie. Auch wenn das Kind schon erwachsen war. Christine Stegebauer wirkte auf den ersten Blick anders, als Mikael sie sich vorgestellt hatte. Zwar war sie elegant gekleidet, doch sie wirkte älter als gedacht. Und ruhiger.

»Nehmen Sie doch Platz, Frau Stegebauer. Möchten Sie einen Kaffee? Tee?«, bot er an und knöpfte sein Sakko beim Hinsetzen auf.

»Nein, danke.« Ihre Mimik war starr.

»Ich habe einen Dolmetscher organisiert. Ist Ihnen das lieber?«

»Ich verstehe Ihr Englisch eigentlich sehr gut«, meinte sie. Sie hielt ihre Handtasche auf dem Schoß fest umklammert.

»Okay. Dann probieren wir es erst mal so.« Er machte Peter Hakala ein Handzeichen. *Halt den Dolmetscher auf Abruf bereit,* sollte es bedeuten.

»Wann haben Sie zuletzt mit Ihrer Tochter gesprochen?«

Sie drückte ihre Tasche noch etwas enger an sich. Antwortete dann aber klar und verständlich.

»Gestern früh. Und bevor Sie etwas sagen: Ich weiß, das ist noch nicht lange her.«

»Ich habe nichts gesagt.«

»Sie klang aufgeregt. Wollte unbedingt noch am selben Tag zurück nach Deutschland fliegen.«

»Wissen Sie, warum?«

Sie seufzte und wischte sich mit einer Hand über ihre Augen.

»Hätte ich bloß gefragt. Ich dachte, sie würde es später persönlich erzählen.«

Jetzt kramte sie eine Packung Taschentücher aus ihrer Tasche hervor und schnäuzte sich, wirkte im Übrigen aber erstaunlich gefasst.

»Eigentlich hätten die beiden noch länger durch Finnland reisen wollen. Mit den Rucksäcken.« Sie sah Mikael mit ihren blauen Augen direkt an. »Irgendetwas muss vorgefallen sein.«

Er erwiderte ihren Blick und sah die Dringlichkeit, die darin lag.

»Wann hätte Ihre Tochter gestern ankommen sollen?«

»Um 17.45 Uhr. Aber sie war nie im Flieger. Das hat mir die Polizei in Berlin gesagt.«

Jetzt konnte sie ihre Tränen nur noch mühsam zurückhalten, das sah man ihr deutlich an. Mikael bemühte sich, schnell eine allgemeinere Frage zu stellen.

»Wo haben Ihre Tochter und deren Freund übernachtet?«

Christine Stegebauer setzte sich etwas aufrechter hin und schien einen Moment zu überlegen.

»Immer wieder woanders. Sie hatten ein Mietauto. Zuerst waren sie in Helsinki und sind dann weiter Richtung Norden gereist.«

»Wissen Sie, bei welcher Firma das Auto geliehen wurde?«, wollte Mikael wissen.

»Nein, Sie haben es direkt nach Ankunft am Flughafen gemietet.«

»Und die letzte Unterkunft war wo?«

»Ein Haus bei Tuusula.« Christine schnäuzte sich erneut. »Es war preisgünstig und die Gegend hat ihnen gut gefallen. Ich kann Ihnen die genaue Adresse geben.«

Sie kramte ihr Handy hervor, stockte bei dessen Anblick aber und hob plötzlich den Kopf. Tränen standen ihr in den Augen.

»Haben Sie diesen Irren, von dem die Zeitungen schreiben, inzwischen gefasst?«

Nein, verdammt! Nicht diese Frage. Er überlegte, was er sagen sollte. Dann entschied er sich für die Wahrheit.

»Nein.«

Einen Moment lang reagierte sie überhaupt nicht, dann wurde ihre Atmung merkbar schneller. Sie rückte auf ihrem Stuhl nach vorne und nahm Mikaels Hand fest in die ihre. »Bitte! Finden Sie mein Kind!«, murmelte sie beschwörend.

Das war unerwartet gekommen. Ihre warme Hand umklammerte seine mit ganzer Kraft.

»Finden Sie mein Kind!«, flehte sie erneut. In ihrer Stimme schwang starke Betroffenheit mit, aber auch eine wilde Entschlossenheit. Mikael hatte das untrügliche Gefühl, dass sich diese Frau nicht so schnell geschlagen geben würde.

»Wir tun alle unser Bestes«, erwiderte er, während er seine Hand nur mühsam aus ihrem Griff befreite.

Es war die ehrlichste Antwort, die er ihr geben konnte.

4.

Heidi Märsen wusste nicht mehr, ob sie traurig war oder enttäuscht oder beides. Die Gefühle vermischten sich in ihrem Kopf zu einem dunklen Einheitsbrei. Wenn sie ehrlich war, dann hätte sie lieber nichts gefunden, hätte lieber nichts gewusst. Jetzt allerdings ließ sich die Erkenntnis nie wieder aus ihrem Gehirn löschen. Ihr Mann war kein Unschuldslamm. Im Grunde kannte sie ihn und seine Machenschaften überhaupt nicht.

Heidi saß am Esstisch in der Küche. Überall um sie herum lagen Zeitungsschnipsel und aufgeschlagene Tageszeitungen. Sie starrte ins Leere. Hatte eine weitere Nacht kaum geschlafen. Im Geiste war sie alle Möglichkeiten durchgegangen. Es schien ihr nicht mehr ausgeschlossen, dass Julius einfach abgehauen war. Den Informationen auf seinem Computer zufolge hatte er sich strafbar gemacht. Hatte Anleger betrogen. Überhöhte Renditen versprochen. Und vom Geld anderer Anleger ausbezahlt.

Ihr lieber Julius. Bilderfetzen tanzten vor ihren Augen. Wie sie auf der Hochzeit ihrer Cousine zusammen getanzt hatten. »Du bist so schön«, hatte er damals in ihr Ohr geflüstert. Er war die perfekte Mischung aus Mann und Geheimnis gewesen. Hatte sie quasi magisch in seinen Bann gezogen. Ohne viel von sich zu verraten. Irgendwann an diesem Abend waren sie einfach zusammen von der Hochzeit getürmt. Mit zwei Gläsern und einer Flasche Rotwein im Gepäck. Stundenlang hatten sie unter einer großen Fichte gesessen und geredet. Hauptsächlich über sie, wie ihr jetzt auffiel. Bis sie ihn schließlich schüchtern geküsst hatte.

»Wie konnte es nur so weit kommen«, schluchzte sie. Ihr verschwommener Blick fiel auf die Tageszeitungen auf dem Tisch. Stundenlang hatte sie alle studiert und gehofft, darin etwas Brauchbares zu finden. Eine wichtige Information. Aber letzten Endes war es nur Papier. Und von Julius fehlte nach wie vor jede Spur.

Sie musste unweigerlich an neulich Nacht denken. Wie er zu ihr in die heiße Wanne gestiegen war. Und ihr versprochen hatte, dass alles gut werden würde.

»Nein!«, schrie sie plötzlich und stand auf. Fegte die Zeitungen mit einer einzigen hastigen Armbewegung vom Tisch. *Du bist nicht abgehauen. Ich weiß es.* Und auch auf die Gefahr hin, dass er sie dafür hasste, würde sie jetzt ihrem Gefühl folgen. Und zur Polizei gehen. Von seinen dunklen Geschäften wollte sie erst einmal noch nichts erzählen.

5.

Ich hoffe, wir finden sie, dachte Mikael Kohonen und blickte aus dem Fenster des Beifahrersitzes. Die Landschaft bildete vor seinen Augen eine einheitliche graue Wolke. Hier und da ein Licht in der Ferne. Und ein Straßenschild. Sie waren auf dem Weg nach Tuusula, das mit dem Auto ungefähr vierzig Minuten von Helsinki entfernt in nördlicher Richtung lag. Christine Stegebauer hatte ihnen die Adresse des Hauses geben können, in dem ihre Tochter Johanna und ihr Freund zuletzt übernachtet hatten.

»Du überprüfst den Eigentümer. Und besorgst schon mal einen Durchsuchungsbeschluss«, hatte er Peter Hakala angewiesen, der im Büro die Stellung hielt. »Wir dürfen keine Zeit verlieren.«

Dann waren sie losgefahren. Anders saß am Steuer. Wie meistens. Mikael erfand jedes Mal einen anderen Vorwand, weshalb er nicht fahren durfte. Und hoffte, niemand würde es bemerken. Wahrscheinlich wusste Anders längst um Mikaels Ängste. Aber er sprach ihn nicht darauf an, niemals.

Sie befanden sich mittlerweile auf der B24 in Richtung Norden und es herrschte nur wenig Verkehr. Die Straße war ordentlich geräumt worden. Kleine Schneehaufen am Rand reflektierten ihr Scheinwerferlicht wie stille Geister. Mahnend und stumm. Trotz Tempolimit kamen sie zügig voran.

»Johanna Stegebauer und ihr Freund haben ihren Mietwagen also nie zurückgegeben?«, fragte Anders und blickte weiterhin konzentriert auf die Straße.

»Nein, laut der Firma Jansen nicht. Die beiden waren vermutlich auf dem Weg zum Flughafen. Schätze, sie hatten vor, den Wagen, einen grauen Renault Clio, dort abzugeben. Irgendetwas muss dazwischengekommen sein«, sagte Mikael.

»Liegen bereits die Bilder der Überwachungskameras von der Tankstelle vor?«

»Ja, die werden gesichtet und ausgewertet. Die Kollegen sind dran.«

Eine Weile schwiegen beide. Nur das Motorengeräusch des Wagens war zu hören.

»Fahr langsamer, Anders«, meinte Mikael, als sie sich dem Ortsschild mit der Aufschrift Tuusula näherten.

»Wo genau ist dieses Haus?«, fragte dieser.

»Nicht weit von der Bundesstraße entfernt. Ich hab die Adresse in mein Handy eingegeben. Gleich kommt die Abzweigung nach links«, antwortete Mikael. »Da!«

Anders drosselte die Geschwindigkeit und starrte angestrengt auf die Straße. Es war beinahe ganz dunkel. Er setzte den

Blinker und bog auf einen breiten Feldweg ein. Zum Glück hatten sie Allradantrieb, denn eine vereiste Schneeschicht bedeckte den Boden.

»Das Haus gehört einem gewissen Leevi Nurmi«, sagte Mikael, der nach wie vor sein Handy in der Hand hielt. Peter Hakala leistete im Hintergrund zuverlässige Arbeit. Er sichtete mit den Kollegen nicht nur die Bänder der Tankstelle, sondern auch die der allgemeinen Verkehrsüberwachung. Außerdem leitete er die Fahndung nach dem Renault Clio und holte alle Informationen zu dem verschwundenen deutschen Pärchen ein, die verfügbar waren.

Die Reifen ihres Autos knirschten laut auf dem Eis.

»Fahr langsam«, zischte Mikael. Ihnen beiden war klar, dass jeder sie von Weitem hören und sehen konnte. »Wir sind gleich da.«

Nach kurzer Zeit tauchte ein Haus auf. Grauer Stein auf weißem Schnee. Dahinter angrenzend erstreckte sich ein Wäldchen. Die dunklen Bäume wiegten sich leicht im Wind. Anders blieb mit etwas Abstand stehen. »Ist das sicher das richtige Haus?«, fragte er.

»Ich denke schon«, antwortete Mikael und öffnete die Beifahrertür. Es war kein anderes Auto zu sehen. Als die Scheinwerfer ihres Dienstwagens erloschen, standen sie für einen Moment in beinahe totaler Finsternis, bis sich ihre Augen langsam an das dämmrige Licht gewöhnten.

»Lass uns einmal außen herum gehen«, meinte Mikael, der hoffte, den Eigentümer anzutreffen. Der Schnee knarzte bei jedem Schritt unter ihren Füßen.

»Da.« Mikael deutete auf einen Wagen, der hinter dem Haus parkte. Das schwarze Geländeauto war schneefrei. Anders war bereits dabei, über Funk das Kennzeichen an die Kollegen weiterzugeben.

»Scheint so, als wäre doch jemand hier«, meinte Anders.

Sie beendeten ihre Runde und standen wieder vor der Eingangstür. Alle Fensterläden waren geschlossen. Kein Lichtschein drang aus dem Haus. Und es war still. In Mikaels Ohren rauschte nur sein eigenes Blut. *Was war hier vorgefallen? Warum seid ihr so plötzlich abgereist?*, fragte er sich und dachte beklommen an Johanna Stegebauer und ihren Freund. Im nächsten Moment fiel sein Blick auf zahlreiche Fußspuren im Schnee. Zu viele, um einzelne Schritte zu verfolgen. Eigentlich war der gesamte Schnee platt getreten und vereist. *Genug gewartet, Action!*

Mikael klopfte energisch an die Holztür. »Kriminalpolizei, aufmachen!«, rief er. Dann lauschte er angestrengt. Nichts. Kein Geräusch aus dem Inneren, keine Schritte im Schnee. Mikael versuchte es noch mal, diesmal noch lauter und energischer. Wieder kam keine Reaktion. Sekundenlang starrte er die dunkle Tür an, erwartete jeden Moment eine Überraschung. Aber nichts geschah, alles blieb ruhig.

»Sieh dir das mal an, Mik. Hier sind frische Fußspuren, die nach Westen in das Wäldchen führen«, sagte er. Tatsächlich war der Schnee an dieser Stelle noch eher weich und nicht so vereist wie auf dem Weg zum Haus.

»Laut Karte müsste hier ganz in der Nähe noch ein anderes Haus sein«, fügte Anders hinzu und hielt sein Handy in der Hand. Dann stapfte er zielsicher los. Und war bereits nach wenigen Schritten in der Dunkelheit kaum mehr zu erkennen.

»Warte«, rief Mikael und folgte ihm.

»Taschenlampe?«, fragte Anders.

»Bloß nicht. Da könnten wir gleich das Blaulicht anmachen.« Mikael wollte zumindest versuchen, halbwegs leise und unauffällig voranzukommen. Auch wenn ihm der Schnee einen Strich durch die Rechnung machte. Er hörte Anders' Tritte ein Stück vor sich über den Boden schleifen, kam selbst bei jedem Schritt ein bisschen ins Rutschen. Tatsächlich tauchte nach rund zweihundert Metern in einer leichten Senke ein weiteres, kleineres Haus auf. Und darin brannte Licht. Als sie vorsichtig nähertraten, wurde die Tür schwungvoll aufgezogen. Das helle Licht im Inneren blendete Mikael, dessen Augen sich gerade an die Dunkelheit gewöhnt hatten. Er blinzelte und hielt sich eine Hand wie einen Schirm an die Stirn. Ein alter Mann mit grauen Haaren und grauem Bart stand im Türrahmen.

»Wer sind Sie?«, fragte er misstrauisch. Eine Pfeife hing in seinem Mundwinkel.

»Kriminalpolizei.« Mikael zückte seinen Dienstausweis. Der Alte beachtete ihn nicht.

»Warum schleichen Sie hier herum?«

»Gehört Ihnen auch das Nachbarhaus?«, fragte Mikael zurück.

Ein Schatten huschte über das Gesicht des Mannes. »Nein. Warum?«

»Wir müssen den Eigentümer etwas fragen. Er ist ein wichtiger Zeuge«, sagte Mikael. Der Blick des alten Mannes blieb skeptisch.

»Dann ist das auch nicht Ihr Geländewagen, der drüben hinter dem Haus steht?«, fuhr Mikael fort.

»Nein, der gehört dem Nurmi. Leevi Nurmi. Genauso wie das Haus.«

Mikael nickte interessiert, obwohl er den Namen längst kannte.

»Geht es um das junge Pärchen? Die Deutschen, die dort gewohnt haben?«, fragte der Alte plötzlich von sich aus.

»Sie haben sie gesehen?«

»Natürlich, hier sieht jeder alles«, sagte der Mann. *Die Frage ist, ob auch jeder alles erzählt,* dachte Mikael.

»Wann ist das Pärchen abgereist?«

Der Mann runzelte die Stirn, als würde er die Frage nicht verstehen. »Abgereist?«, wiederholte er langsam.

»Ja, abgereist.«

»Von abgereist kann wohl keine Rede sein. Eher plötzlich abgehauen.«

»Wie meinen Sie das?«

»Hab mich vorgestern noch mit ihnen unterhalten. Die wollten eigentlich noch bleiben. Aber dann hab ich die beiden wenig später wegfahren gesehen. Das heißt, eher rasen. Samt ihren großen Rucksäcken. Die haben sich nicht mehr umgeblickt.« Er schien kurz nachzudenken. »Die haben ihre Rechnung nicht bezahlt, oder?«

Mikael musste beinahe schmunzeln. Unter Kriminalpolizei konnte sich der Mann offenbar nicht viel vorstellen. Es war wohl besser so. »Wissen Sie, warum die beiden so überstürzt weg sind?«, fragte Mikael und überging die Sache mit der Rechnung.

»Keine Ahnung. Aber ganz ehrlich: Hat mich schon gewundert, dass die dort überhaupt gewohnt haben.«

»Warum?«

»Der Nurmi. Der hat sie nicht alle. Wenn Sie verstehen, was ich meine.« Er deutete mit seinem Zeigefinger an seine Stirn. »Der ist nicht ganz richtig im Kopf.«

»Wie meinen Sie das?«

»Er ist einfach nicht normal. Das wusste ich schon immer.«

»Inwiefern?«, versuchte es Mikael erneut.

»Kann ich nicht sagen. Die Art, wie er einen ansieht vielleicht. Seine Augen.«

Mikael hatte das Gefühl, dass sie so nicht mehr weiterkamen.

Der alte Mann starrte in Richtung von Nurmis Haus und schüttelte den Kopf. »Nicht normal«, wiederholte er immer wieder.

»Wissen Sie, wo er sich jetzt gerade aufhält?«

»Der hat noch eine Wohnung irgendwo in Helsinki. Weiß nicht, wo. Der ist nur manchmal hier. Wenn das Haus vermietet wird. Bin immer froh, wenn er wieder fährt.«

Helsinki. Das passte zum Kennzeichen des schwarzen Geländewagens, das Anders bereits an Peter Hakala übermittelt hatte. »Vielen Dank für Ihre Hilfe«, sagte Mikael.

»Der ist nicht normal«, wiederholte der Mann ein weiteres Mal. Er schien ganz in Gedanken zu sein.

Da hörten sie plötzlich ein lautes Geräusch. Ein Motor wurde gestartet. Mikael sprintete geistesgegenwärtig in Richtung von Nurmis Haus zurück. Seine Füße schlitterten über den glatten Boden. Immer wieder musste er sich mit den Händen an Bäumen abstützen, um nicht hinzufallen. Er hatte bereits die Hälfte der Strecke geschafft, als er den Halt unter den Füßen verlor, ausrutschte und auf dem harten Schnee landete. Er schrie laut auf, vor Schmerz und vor Wut. Er war so nah. Dennoch konnte er nichts machen. Er sah nur noch die Rücklichter des schwarzen Geländewagens, der auf dem Feldweg Richtung Hauptstraße davonfuhr.

»Verdammt!«, schrie er dem Auto hinterher. Wie hatten sie nur so dumm sein können. Mikael nahm sein Handy aus der Hosentasche und wählte Peter Hakalas Nummer. Er atmete einmal tief durch. Sein Knie brannte. In schnellen, routinierten Befehlen gab Mikael die Details zur Fahndung durch. Und forderte Verstärkung an.

»Wir brauchen den Durchsuchungsbefehl jetzt wirklich, Hakala!«, fügte er hinzu. Erst dann kam ihm eine Idee.

Er folgte erneut den Fußspuren im Schnee, die ihn zum Haus des alten Mannes geführt hatten. Sie verliefen einmal um das Häuschen des Alten herum und dann in einem größeren Bogen zurück zu der Stelle, an der das Geländeauto geparkt hatte.

»Jemand hat uns von Weitem kommen gehört. Und dann in die Irre geführt. Weggelockt«, flüsterte er. »Die Frage ist nur, warum.«

6.

Saskia Ojala ging allmählich das Geld aus. Sie hätte jetzt auch in Ella Mäkinens gemütlicher Wohnung sitzen können. Mit einem gefüllten Kühlschrank. Stattdessen hatte sie die letzten drei Tage in einer schäbigen kleinen Pension außerhalb von Helsinki verbracht. Sie hatte viel nachgedacht. Zur Polizei gegangen war sie nicht. Auch wenn die Information, die sie von der alten Nachbarin erhalten hatte, wirklich wertvoll war. Ella hatte vor jemandem Angst gehabt. Aber vor wem?

Die Polizei unternimmt ohnehin nichts, redete sie sich ein. Ihre eigenen Recherchen brachten mehr.

In Gedanken war sie immer wieder ihre Möglichkeiten durchgegangen. Aber sie hatte nicht mehr viele gute Bekannte in Helsinki. Dafür war sie in letzter Zeit einfach zu oft weg gewesen. Animateurin in der Türkei, Kellnerin auf Mallorca, Rezeptionistin auf den Kanaren. *Freiheit* – hätte sie es genannt. *Keine abgeschlossene Ausbildung* – hätten ihre Eltern gesagt. Ihre Eltern. Die allerletzte Option. Aber sie wollte nicht in das kleine Kaff in der Nähe von Kajaani zurück. Und sie wollte auf gar keinen Fall auf Knien angekrochen kommen und bei ihren Eltern um Asyl bitten. Seit Jahren hatte sie nichts von ihnen gehört. Das obligatorische »Lern doch was Vernünftiges, Mädchen« ihres Vaters klang noch in ihren Ohren. Nein, sie hatte nichts Vernünftiges gelernt. Und ja, sie war glücklich. Zumindest meistens. Aber das hätten ihre Eltern nicht verstanden. Sie waren einfach gestrickte Leute. In der Nachbarschaft bei allen beliebt. Saskia war der Schandfleck auf ihrer weißen Weste. Deswegen würde sie nicht zurückkehren. *Auf keinen Fall.*

Saskia fuhr sich durch die kurzen blonden Haare, die wüst in alle Richtungen abstanden. Für eine richtige Frisur hatte sie keine Zeit gehabt. Und kein Geld. Sie saß auf der mit Flecken übersäten Couch im Eingangsbereich der Pension und hatte eine der Zeitungen, die hier kostenlos zur Verfügung gestellt wurden, auf den Oberschenkeln liegen. Ihre Gedanken kreisen immer wieder um Ella Mäkinen. Was war nur mit ihr passiert? Warum war sie noch einmal in ihre Wohnung zurückgekehrt und dann verschwunden? Die Zeitungen schrieben kaum mehr von ihr. Stattdessen gab es ein neues Sensationsthema, auf das sich alle Titelseiten stürzten. Ein weiteres Pärchen war verschwunden. Ein deutsches Pärchen. Touristen.

SIND DAS DIE NÄCHSTEN OPFER?

HAT DER PSYCHOKILLER WIEDER ZUGESCHLAGEN?

HELSINKI IN ANGST UND BANGE.

So viele Schlagzeilen.

»Könnte wetten, dass sich da jetzt ganz hohe Stellen einschalten«, murmelte sie vor sich hin. Das schadete dem Tourismus. Das schadete dem Image des Landes.

Sie blätterte weiter. Werbung. *Finden Sie Ihren Traumpartner*, stand da. Bei diesen Worten fiel ihr etwas wieder ein. Vor vielen Jahren hatte Ella einen Freund gehabt. Freund? Einen Studienkollegen. Wie hieß er noch? Lauri? Leo? *Denk nach!* Sie kam im Moment nicht darauf. Aber sie wusste noch, wo er damals gewohnt hatte. Eine kleine Studentenbude, nicht weit von der Uni entfernt. Entschlossen schlug sie die Zeitung zu.

Wenig später warf Saskia einen verstohlenen Blick zur Rezeption. Keiner da. Dann griff sie in die kleine Glasschale auf dem Empfangstresen und holte eine Handvoll kleine Begrüßungsschokoladen heraus. Schnell schlüpfte sie durch die

Ausgangstür und zog den Reißverschluss ihrer Jacke zu. *Auf ins Gefecht!*, dachte sie.

7.

Mikael stampfte unruhig mit seinem Stiefel auf einen kleinen Haufen Schnee, der knirschend nachgab und mit jedem Tritt fester wurde.

»Lass uns noch warten, Mik«, meinte Anders. Der Durchsuchungsbeschluss lag zwischenzeitlich vor. Hakala hatte ordentlich Druck gemacht. Auch Verstärkung war bereits auf dem Weg.

»Und was, wenn die beiden irgendwo da drin sind?«, meinte Mikael, während er mit dem ausgestreckten Zeigefinger auf das Haus von Leevi Nurmi deutete. Er hatte bei der Sache ein ganz dummes Gefühl. Warum hatte sie jemand weggelockt, um dann mit dem Geländewagen abzuhauen?

»Sie sind doch nachweislich von hier abgereist«, gab Anders zu bedenken. Tatsächlich lag das Haus vollkommen still und verlassen da.

»Mir gefällt das hier nicht«, murmelte Mikael. »Jemand hat uns gehört. Und derjenige hat offenbar etwas zu verbergen.«

Er starrte in Richtung Haus. Eine eigentümliche Aura umgab es, auch wenn Mikael nicht zu sagen vermocht hätte, woran das lag. *Wahrscheinlich an der Dunkelheit und dem Wald*, dachte er und versuchte, seine Magenschmerzen zu ignorieren.

»Die Kollegen treffen demnächst ein«, sagte Anders und fuhr sich durch die Haare.

Aber das dauerte Mikael alles zu lange. Er klopfte Anders auf die Schulter. »Wir gehen jetzt rein. Ich zähle auf dich!«

Er gab seinem Kollegen ein Zeichen, vorne zu warten. »Ich mach dir gleich von innen auf.«

Anders seufzte resigniert und widersprach nicht mehr. Mikael wäre zur Not auch allein reingegangen. Das schien er zu ahnen.

Leise schlich sich Mikael näher heran und umrundete das Haus erneut. Warum er das Gefühl hatte, dass es besser war, so wenig Geräusche wie möglich zu verursachen, konnte er sich selbst nicht erklären. Die Fensterläden waren alle geschlossen und offenbar von innen verriegelt. Er rüttelte an einem nach dem anderen und wollte schon aufgeben. Doch beim letzten Fenster schien sich die Verankerung des Riegels etwas mitzubewegen. *Bingo!* Mit einem kurzen Ruck hatte Mikael den Fensterladen geöffnet.

8.

»Meine Tochter ist jetzt seit über vierundzwanzig Stunden verschwunden. Ich gehe hier nicht weg«, sagte Christine Stegebauer entschlossen. Sie lief in dem kleinen Aufenthaltsraum auf und ab, hatte nicht einen Schluck von ihrem Kaffee getrunken. Die Luft war stickig und heiß. Die Einrichtung des Zimmers bestand nur aus einem kleinen Tisch mit zwei Stühlen und einem Sofa. Außerdem gab es ein großes Fenster, das zum Innenhof hinauszeigte.

Die letzte Stunde hatte sie auf Anraten ihres Ex-Mannes damit verbracht, sich mit der deutschen Botschaft in Helsinki telefonisch kurzzuschließen und über diese einen Anwalt zu organisieren.

»Möchten Sie lieber etwas anderes trinken?«, fragte der äußerst jung aussehende Beamte, der ab und zu nach ihr sah und sich vorher als Peter Hakala vorgestellt hatte.

»Nein, danke«. Sie schüttelte den Kopf und ließ sich das erste Mal seit geraumer Zeit auf einen der Stühle sinken. Ihr Tatendrang hatte sie bisher davon abgehalten, durchzudrehen.

Aber sie merkte deutlich, wie ihre Kräfte schwanden. Zuerst eine Nacht ohne Schlaf, dann der zeitige Flug heute Morgen. Ihre Hose war zerknittert, ihr Make-up sicherlich verschmiert.

»Entschuldigen Sie, wenn ich unhöflich bin«, murmelte sie etwas versöhnlicher. Sie nahm einen Schluck aus der Tasse vor sich auf dem Tisch und verzog das Gesicht. »Vielleicht nehme ich doch noch einen warmen Kaffee, bitte.«

Der junge Beamte musterte sie einen Moment und nickte dann höflich. Er war offensichtlich nicht der Typ Mensch, der sie aufgefordert hätte, die Polizeistation zu verlassen. Dazu hätte sie sich auch nicht bewegen lassen. Sie wusste, dass gerade das Haus durchsucht wurde, in dem ihre Tochter zuletzt mit ihrem Freund genächtigt hatte. Und sie wollte um keinen Preis etwas verpassen. Auch der Familie von Johannas Freund Thorsten, die nicht sofort anreisen konnte, hatte sie versprochen, jede neue Information weiterzugeben.

»Ich muss jetzt leider weiterarbeiten«, sagte Hakala, nachdem er ihr eine dampfende Tasse mit frischem Kaffee auf den Tisch gestellt hatte. Christine Stegebauer nickte nur stumm, wandte sich dann in Richtung Fenster ab. Keiner sollte ihre Tränen sehen.

9.

Im Inneren des Hauses roch es modrig. Nach feuchtem Holz. Mikael stand mitten im Flur. Er hatte Anders mittels innenliegender Klinke die Tür geöffnet, die nur zugezogen, aber nicht abgeschlossen gewesen war.

»Die Schlafzimmer sind oben«, berichtete Mikael, der sich schon einen kurzen Überblick verschafft hatte.

Anders zog sich Handschuhe über und drückte den Lichtschalter neben der Tür. Nichts geschah.

»Das Licht funktioniert nicht«, meinte Mikael. Er hielt eine Taschenlampe in der Hand.

»Lass uns auf die Kollegen warten, Mik!«, versuchte es Anders erneut.

Aber Mikael war bereits wieder auf dem Weg nach oben. Anders folgte ihm ergeben.

Die Treppe schien bei jedem ihrer Schritte zu wackeln. »Wieso funktioniert das Licht nicht?«, fragte Anders und holte ebenfalls seine Taschenlampe hervor.

»Keine Ahnung, lass uns den Sicherungskasten suchen.«

Mikael ging voraus, Anders dicht hinter ihm. Der obere Teil des Hauses bestand aus zwei kleinen Schlafzimmern und einem Bad. Der Lichtkegel von Mikaels Taschenlampe traf auf einen Reiseführer auf einem Nachttisch. Anders öffnete den Kleiderschrank, der leer war. Derweil marschierte Mikael in das angrenzende Bad.

»Die sind wohl wirklich überstürzt weg«, rief er zu Anders hinüber. »Hier stehen noch zwei Zahnbürsten im Becher.«

Was war nur passiert? Warum sind die beiden so plötzlich aufgebrochen?, ging es Mikael durch den Kopf. Er war wieder zu Anders getreten, gemeinsam leuchteten sie jede Ecke des Schlafzimmers ab, entdeckten aber nur ein paar Spinnweben. Auch unter dem Bett war nichts zu finden.

»Was ist unten?«, fragte Anders.

»Küche, Wohnzimmer. Auf den ersten Blick nichts Auffälliges.«

Mikael ging als Erster die Treppe hinunter. Kurz dachte er darüber nach, unten die Fensterläden zu öffnen. Da es draußen ohnehin stockdunkel war, entschied er sich dagegen. *Keine Aufmerksamkeit erregen, bis die Verstärkung da ist.*

»Anders, schau mal.« Mikael deutete auf eine geschlossene Tür am Ende des Flurs. Mit einem Extra-Vorhängeschloss daran.

»Hm«, murmelte Anders. »Hier ist jedenfalls der Sicherungskasten.« Er deutete auf einen kleinen Kasten neben der Tür. »Alle Sicherungen sind draußen, warte kurz. Es werde Licht!«

Wirklich hell wurde es trotzdem nicht. Ein paar alte Lampen tauchten den unteren Stock in seltsam schummriges Licht. Mikael tastete das Vorhängeschloss ab. Sein Puls hatte sich wieder beschleunigt. Ein Schlüssel steckte nicht. Angestrengt lauschte er einen Moment. Hörte jedoch nichts. »Wie kriegen wir das Schloss auf?«

»Lass uns auf die Verstärkung warten, Mik«, wiederholte Anders.

Aber Mikael war bereits wieder auf dem Weg in die Küche, wo er ein einfaches Buttermesser aus einer der Schubladen nahm. Im Abstellraum fand er einen großen Hammer.

»Nein, wir warten nicht«, sagte Mikael bestimmt, als er zurück zu Anders kam. Mit einer geschickten Bewegung schob er das Messer in das Vorhängeschloss und schlug von oben mit dem Hammer darauf. Nach dem zweiten Versuch sprang das Schloss auf.

»Das ist einfacher, als die Tür einzutreten«, sagte Mikael triumphierend.

Leise knarrend schwang die Tür auf. Der modrige Geruch hatte sich intensiviert.

»Hier drin ist es stockdunkel«, rief Mikael. Er tastete mit der Hand die Wand neben der Tür ab. Kein Lichtschalter. Der Lichtkegel aus seiner Taschenlampe wanderte durch den Raum. Über die Wände, den Boden. Auf den ersten Blick sah alles nach einem weiteren Abstellraum aus. In einer Ecke stand eine Art riesiger Tresor. »Ein Waffenschrank«, raunte Mikael. »Deswegen wohl das Vorhängeschloss.«

An der gegenüberliegenden Wand befand sich ein Weinregal. Gefüllt mit ein paar Flaschen, die von einer dicken

Staubschicht bedeckt wurden. Außerdem standen alte, verrostete Gartengeräte herum. In einem zweiten Regal lagerte Werkzeug.

»Hier ist niemand«, sagte Anders. Er wirkte erleichtert.

»Aber hier ist das.« Mikael hielt etwas in die Höhe. Anders richtete den Schein seiner Taschenlampe darauf. Dickes graues Klebeband.

»Sieht aus wie das Klebeband aus der Lagerhalle«, murmelte Mikael. Ein leichter Schauer lief über seinen Rücken.

Draußen fuhren endlich Wagen vor und Kollegen riefen ihre Namen.

10.

»Wie konnte euch der nur entwischen?«, zischte Susanna Anttila. Die Stimmung im Büro war bis zum Zerreißen gespannt. Mikael Kohonen und Loris Anders standen vor dem Schreibtisch ihrer Chefin. *Wie kleine Schuljungen vor ihrem tobenden Lehrer*, ging es Mikael durch den Kopf.

»Mir sitzt das Ministerium im Nacken. Und die deutsche Botschaft. Und die Presse«, schrie Anttila, viel unbeherrschter als sonst. »Soll ich die Liste fortführen?«

Anders und Mikael schwiegen. Sie wussten, dass ihre Chefin solche Fragen nur rhetorisch meinte. *Bloß nicht reden jetzt!* Durch das Glasfenster konnte Mikael sehen, wie sich Anttilas Sekretärin draußen beschämt wegdrehte.

»Wenn es so weitergeht, seid ihr den Fall schneller an das NBI los, als euch lieb ist«, zischte Anttila. Mikael schluckte. Das National Bureau of Investigation schaltete sich nur bei wirklich schwerwiegenden Straftaten ein. Er hatte keine Lust, seinen Fall abzugeben. Noch nicht.

»Chefin, die Pressemitteilung ist raus. Wir haben sämtliche Informationen über Leevi Nurmi, die es zu wissen gilt«, sagte

150

Mikael und atmete tief ein. Um Mut zu schöpfen. Und um sich selbst zu beruhigen. »Der kommt nicht weit«, ergänzte er schließlich.

»Wenn ihr eure Arbeit richtig gemacht hättet, würde er jetzt schon hier zur Vernehmung sitzen!« Anttila lief im Büro auf und ab. »Was, wenn er gerade irgendwo das deutsche Pärchen in die Mangel nimmt? Weil er weiß, dass ihm die Zeit davonläuft? Dann Gnade uns Gott!«

Mit diesen Worten hatte sie offenbar ihr Pulver verbraucht. Sie deutete stumm auf ihre Tür. *Raus mit euch!* Die Worte schwebten in der Luft, obwohl niemand sie laut ausgesprochen hatte. Anders war sofort aufgesprungen und wollte der Anweisung nur zu gerne Folge leisten. Er war dankbar, hier rauszukommen. Mikael blieb wie angewurzelt auf seinem Stuhl sitzen. Vielleicht weil Anttila gerade seine schlimmsten Gedanken in Worte gefasst hatte. »Mikael, brauchen Sie eine Extraeinladung? Raus! Und an die Arbeit!«

Da Mikael nach wie vor nicht reagierte, zog Anders ihn unsanft am Ärmel hoch. Es war, als würde er ihn dadurch aus einer Art Schockstarre befreien. Mikael starrte Anttila entschlossen an. »Ich finde den Typen. Das schwöre ich«, sagte er. Er wusste selbst, dass das nicht gerade seriös klang. Aber er sagte es aus voller Überzeugung. Die Worte linderten seine eigene Wut im Bauch nur sehr kurz.

»Komm, Mik«, sagte Anders erneut und diesmal ging Mikael mit ihm nach draußen. Unweit der Tür wartete bereits Peter Hakala auf sie. Er hielt zwei Becher mit Tee in der Hand.

»Für euch«, sagte er. Beide nahmen die dampfenden Becher nur allzu gern in Empfang. Sie waren nach wie vor durchgefroren. Von innen heraus kalt. Mikael nahm einen Schluck von dem heißen Getränk, auch wenn ihm etwas Härteres gerade lieber gewesen wäre. »Und jetzt erzählt mal«, sagte Hakala. Zusammen liefen sie zurück zu Mikaels Büro. Als sie dort ankamen, war Hakala auf dem neusten Stand. Die Kollegen waren noch immer dabei, das Haus auf den Kopf zu stellen und jeden Winkel zu durchsuchen.

»Und was war hier los?«, fragte Anders routinemäßig.

»Christine Stegebauer war die ganze Zeit hier«, sagte Hakala. »Die geht so schnell nicht mehr weg«, fügte er hinzu.

»Ich regle das«, sagte Mikael.

»Außerdem wurden die Aufzeichnungen der Überwachungskameras ausgewertet. Zu sehen ist, wie der Mietwagen zur Tankstelle fährt. Johanna Stegebauer geht in den Shop. Der Wagen fährt in dieser Zeit hinter das Haus.«

»Dort befinden sich die Toiletten?«, mutmaßte Mikael.

»Genau«, sagte Hakala. »Hinter dem Haus gibt es leider keine Kameras. Jedenfalls ist zu sehen, wie Johanna rauskommt und ebenfalls hinter das Haus geht. Wenig später verlässt der Mietwagen die Tankstelle wieder.«

Verlässt die Tankstelle ja, nur ohne Johannas Rucksack, ging es Mikael durch den Kopf. *Wenn sie ihn vergessen hat, warum ist sie nicht zurückgekommen, um ihn zu holen?*

»Ich will die Bänder selbst sehen«, murmelte Mikael.

»Hat die Fahndung nach dem schwarzen Geländewagen von Nurmi schon etwas ergeben?«, fragte Anders.

»Bisher nicht«, erwiderte Hakala. »Ebenso wenig die Fahndung nach Leevi Nurmi selbst. Der ist nach unseren Recherchen gerade arbeitslos. Konnte auch nicht bei seiner Wohnung in Helsinki angetroffen werden.«

»Aber irgendwo muss er sein«, murmelte Mikael. Seine Gedanken schweiften zu Christine Stegebauer, die im Aufenthaltsraum die ganze Zeit auf Informationen hoffte und der er nur allzu gerne von Erfolgen berichtet hätte.

Was haben wir nur übersehen? Dieser Gedanke wich den Rest des Abends nicht mehr aus seinem Kopf.

Es war spät geworden. Mikael Kohonen blickte im Weggehen durch die Glastür zurück zu Christine Stegebauer. Wie sie rastlos auf und ab ging. Keine Ruhe fand. Vielleicht nie mehr finden würde. Das Gespräch mit ihr war schwer gewesen. Und diesen Teil seiner Arbeit hasste er.

Anders kam ihm im Flur entgegen. »Wie war's?«, fragte er. Ein Blick von Mikael war genug. »Sie ist eine sehr starke Frau, aber ich fürchte, sie hält nicht mehr lange durch. Sie muss dringend in ihr Hotel und schlafen. Ich hoffe, sie hat das eingesehen.«

Anders nickte. »Ich hab mich inzwischen mit den Kollegen von Interpol kurzgeschlossen«, sagte er.

»Danke, Anders.«

Mikael wusste, dass auch die Familie von Johannas Freund Thorsten in Deutschland sehnsüchtig auf neue Erkenntnisse wartete. Dessen Handy hatte sich nachweislich ein paar Kilometer vom Flughafen entfernt das letzte Mal in das Mobilnetz eingewählt, war dann aber ebenfalls ausgeschaltet und seitdem nicht wieder eingeschaltet worden.

»Wir sehen uns nachher, Anders«, meinte Mikael und steuerte gedankenverloren sein Büro an. Mindestens eine Aufgabe hatte er sich für heute noch vorgenommen. Er wählte die Nummer der Spurensicherung und ließ sich über das Haus, in dem Johanna Stegebauer und ihr Freund gewohnt hatten, informieren. Zum ersten Mal an diesem Tag atmete er erleichtert durch. Es hatten keinerlei Spuren eines Verbrechens in dem Haus sichergestellt werden können. Kein Blut, keine anderen Hinweise auf Gewalt. Nur die Rolle Klebeband.

Immerhin, dachte Mikael. Auch wenn das die Frage nicht klärte, weshalb beide so überstürzt hatten abreisen wollen.

Über den Grund dafür hatte keiner von beiden irgendwelche Familienangehörigen oder Freunde informiert.

Mikael seufzte. »Was soll's«, murmelte er und begann, die Abendnachrichten zu lesen. Viel schlechter konnte seine Gemütslage ohnehin kaum werden. Oder? *Polizei sucht dringend diesen Mann. Hat Leevi Nurmi etwas mit dem Verschwinden des deutschen Pärchens zu tun?*

Ok, so weit, so gut, dachte er. Aber dann kamen Schlagzeilen, die ihn wie ein Faustschlag in die Magengrube trafen.

WAS TAUGT UNSERE POLIZEI NOCH?

AUSNAHMEZUSTAND IN HELSINKI. UND DIE POLIZEI STEHT MACHTLOS DANEBEN

Das waren nur zwei davon. Die Zeilen verschwammen vor seinen Augen. Es traf ihn mehr, als ihm lieb war. Mikael vergrub den Kopf in seinen Händen. *Die Zeitungen haben recht. Ich habe nichts.* Es war ein Moment der Schwäche, wie er ihn sonst nur selten zuließ. Zuerst Anttila, dann das Gespräch mit Christine Stegebauer und nun das. Es wurde ihm alles zu viel. Eine halbe Ewigkeit saß er da, ohne sich zu bewegen. Da klopfte es. Er schaffte es kaum, sich aus seiner verzweifelten Körperhaltung aufzurichten. Sofia stand in der halb offenen Tür.

»Guten Abend, Mikael.« Natürlich sah sie ihm auf den ersten Blick an, wie es ihm ging. »Fahren Sie nach Hause«, sagte sie deshalb.

»Ich habe nicht vor, nach Hause zu fahren«, sagte er. Seine Augen waren gerötet und von dunklen Rändern umgeben.

»Wie geht es Ihnen?«

Mikael musste beinahe lachen. Wenn er nur nicht zugleich das Gefühl gehabt hätte, weinen zu müssen.

»Geht schon«, rang er sich ab. Sie betrachtete ihn. Und sie durchschaute ihn. So viel war ihm klar.

»Okay. Also nicht nach Hause. Dann gehen wir jetzt auf einen Drink«, sagte sie zu seiner Überraschung plötzlich. »Und keine Widerrede.« Ihr Blick war streng. Dennoch lag darin auch etwas fast Schelmisches.

Mit allem hatte er gerechnet. Nur damit nicht. Er war vollkommen überrumpelt. Sie hatte ihm bereits seine Jacke zugeworfen und war auf den Gang hinausgetreten.

»Kommen Sie?«, fragte sie noch einmal. Wie konnte er da Nein sagen?

Rasch machte er noch einen letzten Anruf, um nachzufragen, ob auch wirklich ein Streifenwagen vor dem Haus von Leevi Nurmi positioniert war. Die Spurensicherung hatte ihre Arbeit beendet, aber irgendetwas sagte ihm, dass man das Haus nicht aus den Augen lassen durfte. Dann folgte er Sofia.

Die Bar war schäbig. Es kümmerte ihn nicht. Er brauchte dringend etwas zu trinken. Und zwar keinen Tee. Er bestellte einen Whiskey Sour für sich und einen Gin Tonic für sie.

»Wissen Sie, ich glaube, ich habe wirklich versagt«, sagte er, nachdem er sich gierig das halbe Glas in einem Zug einverleibt hatte. »Wir hätten den Typen heute schnappen können.« Mit dem nächsten Zug hatte er sein Glas geleert. »Und der hat offensichtlich etwas zu verbergen.«

Sie bestellte bereits die nächste Runde. Je mehr er trank, desto mehr lockerte sich seine Zunge. Und sie hörte einfach nur zu.

»Sie dürfen das hier aber nicht im Büro verwenden, hören Sie«, sagte er. Lallte er etwa?

»Das habe ich nicht vor«, antwortete sie. Das waren wohl die ersten Worte ihrerseits seit längerer Zeit gewesen. Sie legte eine Hand auf seine. Er merkte, wie sein Puls sich beschleunigte. Er zog die Hand nicht weg. Passierte das gerade wirklich?

»Noch einen Whiskey Sour?«, fragte sie und zog die Hand selbst zurück.

»Ja, ich nehme noch einen.«

Ja, er lallte definitiv. *Verdammt, reiß dich zusammen, Mik!* »Aber nur noch einen«, sagte er mit einem Blick auf die Uhr.

»Machen Sie sich nicht so viele Vorwürfe«, sagte Sofia schließlich. »Sie sind nur ein Mensch. Und ich weiß, Sie geben Ihr Äußerstes.«

»Aber manchmal reicht das eben nicht aus«, sagte er resigniert. »Manchmal passieren einem im Leben Dinge. Schlimme Dinge. Und danach fragt einen niemand mehr, ob man sein Bestes gegeben hat. Weil die Schuld einfach zu schwer wiegt.«

Überall ist Feuer. Ich kann mich nicht bewegen. Schreie dringen an mein Ohr. Er ist eingeklemmt! Nicht ziehen! Ich merke, dass meine Beine unter dem verbogenen Lenkrad eingeklemmt sind. In meinem Gesicht stecken Hunderte kleine Glassplitter. Langsam drehe ich den Kopf und blicke zum Beifahrersitz. Christoph. Er hängt schlaff in seinem Gurt. An seinem Kopf klafft eine große Wunde. Das darf alles nicht wahr sein.

»Mikael? Hallo, Erde an Mikael.« Ihre Stimme drang wie aus weiter Ferne an sein Ohr. Er brauchte einen Moment, um wieder im Hier und Jetzt anzukommen. Sie konnte ihm ja von außen nicht ansehen, dass er gerade über den Unfall nachgedacht hatte.

»Es war meine Schuld«, sagte er daher. »Ich saß am Steuer. Wir waren zu schnell. Die Straße glatt. Ich dachte einfach, wir könnten den verdächtigen Kerl noch kriegen.« Er machte eine Pause. Sie schien ihn zu verstehen, schwieg aber. »Fast hätten wir ihn gekriegt. Aber dann kam das Auto ins Schleudern.« Er starrte sein leeres Glas an. »Christoph kann nie wieder arbeiten. Er ist ein Pflegefall. Und das ist meine Schuld.«

Kaum waren die Worte ausgesprochen, hatte er ein schlechtes Gewissen. Der Alkohol war ihm zu Kopf gestiegen. Und hatte ihn zum Reden gebracht. Aber irgendwie war da auch noch ein anderes Gefühl. Tief in ihm drin. Ein Gefühl von Erleichterung. Es tat gut, die Worte ausgesprochen zu haben. Das musste er zugeben. Eine Weile saßen sie schweigend da. Sie zupfte an einer Strähne ihres Haares und schob sie immer wieder hinter ihr Ohr.

»Ich bin froh, dass Sie sich geöffnet haben«, sagte sie schließlich. »Ich weiß, dass Ihnen das nicht leichtfällt.«

»Es wird Zeit zu gehen«, erwiderte er. Draußen war es stockdunkel und eiskalt. Er wartete mit ihr, bis ihr Taxi kam.

»Also dann ...«, sagte sie und legte ihm zum Abschied eine Hand auf die Schulter. Ihr Duft stieg ihm in die Nase. Betäubte für einen Moment seine Sinne. Instinktiv beugte er sich ein ganz klein wenig nach vorne. Kaum merklich. Erwartungsvoll.

»Es war ein schöner Abend«, sagte sie. Mit diesen Worten drehte sie sich um und öffnete die Tür des Taxis. Entschlossen stieg sie ein. Ihre beiden Blicke trafen sich noch einmal kurz durch die Scheibe. Dann fuhr der Wagen los.

Montag

1. Dezember 2014

1.

Neuer Tag, neue Chance, dachte Mikael, als er durch die dunklen Straßen marschierte. Für die meisten Leute war der Tagesbeginn noch in weiter Ferne. Sie lagen in ihren warmen Betten und waren in ihre dicken Decken gekuschelt. Mikael aber sog tief die frische Luft ein. Er hatte ein schlechtes Gewissen. Wegen gestern Abend. Der Alkohol hatte ihn redselig gemacht. Das bereute er jetzt. Aber gleichzeitig fühlte er sich auf eine eigenartige Weise beschwingt wie lange nicht mehr. Und diesen Tatendrang galt es auszunützen. Nachdem er zu Hause geduscht und sich umgezogen hatte, machte er sich auf den Weg ins Büro. Unterwegs kaufte er zwei große Becher Kaffee. Er war gerade dabei, von dem jungen Mann hinter dem Verkaufstresen das Wechselgeld entgegenzunehmen, da klingelte sein Diensthandy.

»Hauptkommissar Mikael Kohonen.« Er konnte sehen, wie der Verkäufer überrascht den Kopf hob. Diese Geste war wohl eher dem Umstand geschuldet, dass Mikael beide bezahlten Kaffees einfach stehen ließ und sich zum Gehen wandte.

Er hatte tags zuvor noch den richtigen Riecher bewiesen und das ließ ihn seine Schritte beschleunigen. Gerade war er darüber informiert worden, dass Leevi Nurmi verhaftet werden konnte. Und zwar im Nahbereich seines eigenen Hauses. Was hatte ihn wieder in diese Gegend gezogen, wenn er doch wusste, dass die Polizei ihn suchte? War er einfach nur unvorsichtig? Oder hatte es einen Grund gegeben, weshalb er unbedingt zurückmusste?

Mal sehen, was du mir erzählen wirst, dachte Mikael.

Wenig später blickte Mikael durch das Glasfenster in den Vernehmungsraum Nummer 2. Drinnen saß ein dunkel gekleideter Mann, den Mikael auf den ersten Blick auf Mitte bis Ende vierzig geschätzt hätte. Er hatte dunkle, längere Haare, die zu einem Pferdeschwanz zusammengebunden waren. Die Haare wirkten fettig und waren bereits von zahlreichen grauen Strähnen durchzogen. Überhaupt wirkte der ganze Mann irgendwie ungepflegt. Als Leevi Nurmi den Blick hob und in Mikaels Richtung blickte, formte sich sein Mund zu einem leichten Lächeln. Er hatte eisblaue Augen, in denen eine seltsame Mischung aus Wut und Heiterkeit lag. *Komm und spiel mit mir.* Mikael wusste beinahe augenblicklich, was der alte Nachbar gemeint hatte. »Der ist nicht normal«, hatte er gesagt. Mikaels Instinkte meldeten Gefahr. Das würde kein leichtes Verhör werden, dessen war er sich sicher. Er begann sich innerlich zu wappnen.

»Woher wusstest du, dass Nurmi zu dem Haus zurückkehren wird?«, fragte Anders neben ihm.

»Nur so ein Gefühl«, erwiderte Mikael. Dann öffnete er die Tür zum Vernehmungszimmer und trat ein.

»Guten Morgen, Herr Nurmi. Mein Name ist Mikael Kohonen.«

2.

Heidi Märsen saß auf ihrer Couch. Um sie herum standen zahlreiche leere Gläser. Gegessen hatte sie schon lange nichts mehr.

Der Fernseher lief seit Stunden. Sie nahm ihn nurmehr als leises Hintergrundgeräusch wahr. Heidi fühlte sich niedergeschlagen und allein. Noch gestern Abend hatte sie Vermisstenanzeige erstattet. Das Ganze war viel unspektakulärer abgelaufen, als sie gedacht hatte. Alle Informationen waren aufgenommen worden. Aber die Welt drehte sich weiter wie bisher. Und niemand schien Julius' Verschwinden wirklich zu interessieren. *Außer mir*, dachte sie beklommen. Und immer noch nagten Zweifel an ihr, ob es überhaupt der richtige Weg gewesen war, zur Polizei zu gehen. Was, wenn Julius doch wieder auftauchte und richtig Ärger bekam wegen der Dinge auf seinem Computer?

Auf dem Couchtisch lag ein Stapel Tageszeitungen der letzten Tage. Akribisch war sie alle durchgegangen. Auf der verzweifelten Suche nach ähnlichen Vermisstenfällen oder anderen Anhaltspunkten für ihre eigene Suche. Sie hatte mit der Schere einige für sie relevant erscheinende Artikel ausgeschnitten. Überall lagen Papierschnipsel herum. *Das sieht aus wie das Werk einer Wahnsinnigen*, ging es ihr durch den Kopf. Aber sie konnte nicht einfach untätig herumsitzen.

Der Polizeibeamte hatte sie gestern darum gebeten, ein paar aktuelle Fotos ihres Mannes rauszusuchen. Deshalb hatte sie zusätzlich zu ihren Zeitungsrecherchen begonnen, in Fotoalben zu blättern und in der Kiste mit losen Fotos zu wühlen. Und in Erinnerungen zu schwelgen. Eins hatte zum anderen geführt und seit gestern Abend saß sie im Wesentlichen auf dem Boden, umgeben von unzähligen alten Fotoalben, und blätterte alle durch. Ihr Urlaub in Nizza. Cocktails am Hafen. Julius beim Skifahren. Damals noch ohne Helm. Mal musste sie lachen. Mal musste sie weinen. Sie goss sich zwei Finger breit Wodka in ihr Glas und nahm einen Schluck. Der Alkohol brannte in ihrer Kehle. Hätte sie es damals schon ahnen müssen? Irgendwie merken können? Dass ihr Julius nicht nur der nette Kerl war, der er zu sein schien? Diese Frage beschäftigte sie seit Stunden. Jedes

Foto hatte sie betrachtet. Auf der Suche nach einem schiefen Lächeln, einem dunklen Blick. Da war nichts.

Ein Fotoalbum stand noch ganz hinten in dem kleinen Bücherregal. Als sie es herausnahm, flogen Flöckchen von Staub umher. Sie musste niesen. Dieses Fotoalbum schien seit Jahren keiner mehr in der Hand gehabt zu haben. Neugierig betrachtete Heidi das Album von außen. Es war ihr unbekannt. Musste von Julius stammen, aus der Zeit, bevor sie sich gekannt hatten. Ein weiteres Mal kam die Erinnerung. Nachdem sie sich auf der Hochzeit ihrer Cousine kennengelernt hatten, war alles schnell gegangen. Ein paar Dates, ein paar unschuldige Küsse. Im Kino. Auf dem Nachhauseweg vom Restaurant. Meistens von ihr ausgehend. Sie war sofort Feuer und Flamme gewesen. Hatte ihn nur für sich gewollt. Julius hatte sich lange nicht festlegen wollen. Etwas hielt ihn eine gefühlte Ewigkeit davon ab, sich binden zu wollen. »Gehen wir es langsam an«, hatte er immer wieder gefordert. Hatte sich oft tagelang nicht bei ihr gemeldet. Das Ganze war jetzt neun Jahre her. Geheiratet hatten sie erst vor drei Jahren. Da waren sie beide bereits über vierzig gewesen. Es war eine kleine Hochzeit ohne viel Tamtam gewesen. Dennoch dachte sie gerne daran zurück. Tränen stiegen in Heidis Augen. Als ihre Gefühle sie wieder überrollen wollten, schlug sie schnell das unbekannte Fotoalbum auf. Ein junger Julius lachte ihr entgegen. Beim Fischen am See. Beim Baden mit Freunden. Langsam blätterte sie weiter. Die Gesichter sagten ihr alle nichts. Diesen Teil von Julius kannte sie nicht. Er hatte sich immer geweigert, über seine Jugendjahre und die Jahre als junger Erwachsener zu sprechen. Immer wenn sie ihn danach gefragt hatte, hatte er mit witzigen Geschichten aus seiner Grundschulzeit geglänzt. Oder nachgeplapperte Anekdoten über seine Kleinkindjahre erzählt. Aber es gab Jahre im Leben von Julius, die bei ihr wie weiße Flecken auf der Landkarte waren. Sie hatte es irgendwann aufgegeben, ihn danach zu fragen. Umso interessanter war dieses Album für sie, das nun auf ihrem Schoß lag. Die Gesichter der jungen Leute, die Julius umgaben, sahen alle freundlich aus. Sie fragte sich, was aus ihnen allen geworden war. Mittlerweile hatte sie das Album bis zum Ende durchgeblättert. Und wollte noch mal von vorne beginnen. Jede Kleinigkeit aufsaugen. Julius nah sein, auf welchem Wege auch immer. Da rutschte zwischen dem Einband und der letzten Seite noch ein Foto heraus. Julius. Arm in Arm mit einem jungen Mann. Beide lachten in die Kamera. Um sie herum Bäume. Sie drehte das Foto um. Hinten drauf stand ein Name: Jonne Sanders. Und das Jahr 1994. Die Gedanken flogen in ihrem Kopf umher wie lose Puzzleteile. Jonne? Sie kannte keinen Jonne. Jedenfalls war es definitiv kein aktueller Freund von Julius. Sie legte das Foto zur Seite. Dann fiel ihr plötzlich etwas ein. Der Gedanke war wie ein kleiner, pochender Schmerz im Hinterkopf. Mühsam stand sie auf und bewegte ihre eingeschlafenen Zehen. Sie ging zum Couchtisch. Der Alkohol ließ sie dabei etwas schwanken. Beinahe auf Anhieb fand sie den von ihr ausgeschnittenen Zeitungsartikel, den sie gesucht hatte. Ein gewisser Jonne Sanders wurde vermisst und mit Foto gesucht. Sie verglich das graue Foto aus der Zeitung mit dem alten, zerrissenen Foto in ihrer Hand. *Das könnte dieselbe Person sein*, dachte sie. Sicher war sie sich jedoch nicht.

3.

Leevi Nurmi hatte explizit eingewilligt, das Verhör auch ohne seinen Rechtsbeistand zu beginnen. Seine hellen Augen betrachteten Mikael Kohonen ruhig, die Beine hatte er lässig übereinandergeschlagen, die Finger verschränkt.

»Vermieten Sie Ihr Haus in Tuusula öfter?«, setzte Mikael an.

»Ab und zu«, meinte Nurmi neutral. Er fixierte Mikael dabei ununterbrochen, ohne ein Mal den Blick abzuwenden.

»Über welchen Kanal?«, fragte Mikael weiter.

»Die Welt spielt sich doch ohnehin nur noch online ab«, antwortete sein Gegenüber.

»Das klingt, als wären Sie nicht so der Fan davon«, meinte Mikael herausgehört zu haben.

»Ich hab's nicht so mit Computern, wenn Sie das meinen.« Jetzt lächelte Nurmi leicht, hielt im Übrigen den Blickkontakt noch immer aufrecht.

»Was sind Sie von Beruf?«, wollte Mikael wissen.

»Ich weiß nicht, was das zur Sache tut«, erwiderte Nurmi und zum ersten Mal wanderten seine Augen für den Bruchteil einer Sekunde zur Tür. Mikael entging das nicht.

»Sie haben ein Medizinstudium abgebrochen«, las Mikael von einem Blatt ab.

»Die Prüfungen waren mir zu schwer«, sagte Nurmi. »Ich bin eher so der praktische Typ.«

»Und im Moment arbeitslos«, konnte sich Mikael nicht verkneifen zu ergänzen. In Nurmis Augen blitzte es gekränkt.

Mikael legte eine kurze Pause ein und nahm einen Schluck aus seinem Kaffeebecher. Nurmi hatte er absichtlich nichts zu trinken angeboten.

»Was wollen Sie eigentlich von mir?«, fragte Nurmi jetzt von sich aus. Er war intelligent, was die Sache nicht einfacher machte.

»Wann haben Sie Johanna Stegebauer und ihren Freund das letzte Mal gesehen«, ging es Mikael direkt an.

Nurmi wechselte seine Sitzposition. Er nahm ein Bein von dem anderen, stellte beide Füße nebeneinander auf den Boden und lehnte sich etwas nach vorne. Sein Pferdeschwanz wackelte dabei leicht.

»Ach, sie waren so ein schönes Pärchen die beiden«, sagte er und lächelte. Mikael konnte seine Abneigung kaum verbergen und ballte unter dem Tisch seine Hand zur Faust. Der Typ hatte etwas Widerliches an sich, das sich kaum greifen ließ. *Bleib ruhig und lass dich nicht provozieren.*

»Bitte beantworten Sie die Frage.«

»Wissen Sie: Die beiden waren wirklich harmonisch zusammen. Nicht so wie viele andere Pärchen, die sich nur streiten. Ich hatte das Gefühl, dass die beiden sich wirklich lieben. Es war so viel Liebe in meinem Haus.«

»Wann haben Sie sie das letzte Mal gesehen?«

»Ich mache mir nicht so viel aus Uhrzeiten und Datumsangaben. Wir alle kommen und gehen auf unsere eigene Art und Weise.«

Was sollte das jetzt wieder bedeuten? Mikael hatte langsam die Nase voll. Er knallte seine Kaffeetasse lauter als beabsichtigt auf den Tisch. Dabei schwappte ein bisschen der braunen Flüssigkeit über seine Hand, was er ignorierte.

»Was bedeutet das, Herr Nurmi? Haben Sie dafür gesorgt, dass die beiden gingen?«

»Ich habe gar nichts gemacht«, erwiderte Nurmi und lehnte sich wieder weiter zurück. Seine Füße blieben dabei auf dem Boden, sodass er ziemlich breitbeinig vor Mikael saß.

Alle weiteren Fragen hörte sich Nurmi zwar scheinbar aufmerksam an, ließ diese aber konsequent unbeantwortet. Er war dazu übergegangen, stumm dazusitzen und zu lächeln.

»Wissen Sie, warum das Pärchen früher abreisen wollte?«

Keine Antwort.

»Wissen Sie, wo sich die beiden im Moment aufhalten?«

Keine Antwort.

»An wen war die Hütte zuvor vermietet?«

Keine Antwort.

Mikael musterte Nurmi genau. Dem schien es riesige Freude zu bereiten, Mikael aus der Reserve zu locken. Aber diesen Gefallen wollte er ihm nicht tun.

»Wir machen eine kleine Pause«, sagte er daher und verließ den Raum.

Im Besprechungszimmer gegenüber war mittlerweile Susanna Anttila zu Anders und Peter Hakala gestoßen.

»Der Typ treibt mich zur Weißglut. Der hat sie doch nicht alle. Zuerst diese kryptischen Antworten und jetzt nichts mehr. Keine Reaktion. Wie soll ich denn mit so was umgehen, bitte?« Mikael rümpfte die Nase. »Bin gerne offen für Tipps.«

»Wir müssen den Kerl knacken. Ich organisiere einen Spezialisten zur Unterstützung«, sagte Anttila. »Aber gehen Sie um Gottes willen zwischenzeitlich wieder rein, Kohonen. Wir können uns keine längere Pause leisten!«

»Vorschläge?«, fragte Mikael und blickte Peter Hakala und Loris Anders an.

»Versuch, ihn bei seinem Stolz zu packen«, sagte Anders. »Mir scheint, Leevi Nurmi ist sehr von sich überzeugt. Spiel seine Spielchen nicht mit. Strafe ihn mit Desinteresse.«

»Wow, Anders! Hast du plötzlich Psychologie studiert oder was?«, fragte Mikael süffisant und wandte sich zum Gehen.

Kaum war er zurück im Raum, wäre er am liebsten wieder gegangen. Nurmi hatte die Augen geschlossen und die Hände zum Beten gefaltet. Dabei umspielte ein fast wahnsinniges Grinsen seinen Mund. Er wirkte so vertieft, dass Mikael sich nicht einmal sicher war, ob er sein Kommen bemerkt hatte. Aber dann öffnete er die Augen schlagartig in genau jenem Moment, in dem Mikael sich setzen wollte.

»Willkommen zurück, Herr Hauptkommissar!«

Aus Nurmis Mund klang die Erwähnung seines Dienstgrades wie Spott. Trotzdem riss sich Mikael zusammen. *Für Johanna Stegebauer und ihren Freund*, dachte er.

»Herr Nurmi. Ich weiß, es fällt ihnen schwer. Aber versuchen Sie, sich zu erinnern. Wann haben Sie das Pärchen zuletzt gesehen?«

Nurmi legte seinen Kopf ein wenig schief. Beinahe wirkte er beleidigt.

»Es fällt mir nicht schwer! Vielleicht will ich es nur einfach nicht sagen.«

Bingo, Anders, dachte Mikael. *Danke.*

»Okay«, sagte er laut. »Aber dann kann ich leider an dieser Stelle keine Zeit mehr mit Ihnen verschwenden«, ergänzte er. »Wir haben hier Wichtigeres zu tun.« Mikael war aufgestanden und wandte sich zum Gehen. Er war fast schon an der Tür angekommen, als Nurmi plötzlich aufstand.

»Warten Sie«, sagte dieser langsam.

Er verhält sich wie ein kleines Kind, dachte Mikael. Ein Kind, das eilig angelaufen kommt, wenn die Mutter zum Abschied winkt und andeutet, allein nach Hause zu gehen.

»Was, wenn ich es doch noch weiß?«, fragte Nurmi. Seine Augen blitzten herausfordernd. Mikael stand immer noch da, hatte nicht vor, sich wieder zu setzen. Ein Machtspiel.

»Ich habe die beiden das letzte Mal am Freitag gesehen. Sie wollten noch ein paar Tage bleiben«, sagte Nurmi.

Endlich, dachte Mikael.

»Aber das haben sie dann nicht mehr getan«, sagte Nurmi.

»Warum nicht?«, fragte Mikael.

»Tja, ich befürchte, das war wohl meine Schuld.« Nurmis Gesicht wirkte plötzlich düster und unheimlich.

»Inwiefern?«

»Ich möchte jetzt doch auf meinen Anwalt warten, bitte. Ohne Anwalt sage ich nichts mehr.« Und dabei blieb es.

4.

Mikael Kohonen nutzte die Zeit, bis Nurmi sich mit seinem Anwalt kurzgeschlossen hatte, und fuhr seinen Computer hoch. Im Internet fand er tatsächlich schon erste Onlinemeldungen, die andeuteten, dass ein Verdächtiger in Bezug auf den Pärchenmord und den aktuellen Pärchenvermisstenfall in Polizeigewahrsam sei. Breaking News. Auch Anttila konnte scheinbar endlich einen Erfolg vorweisen und war im Moment zufrieden.

Nur Mikael hatte Magenschmerzen. Er hoffte, der Erfolg wurde nicht zu früh gefeiert. Lieblos biss er in ein Brötchen, das Hakala ihm gebracht hatte. Eigentlich wusste er, dass er etwas essen sollte. Bei Kräften bleiben musste. Aber er konnte einfach nicht. Sein Hals sperrte sich gegen jeden weiteren Bissen. Er legte das Brötchen zur Seite.

Stattdessen öffnete er seinen E-Mail-Account und stieß einen überraschten Seufzer aus. Er hatte einen Bekannten darum gebeten, ihn bezüglich der vermissten Opferschutzmitarbeiterin Ella Mäkinen und der Leiche im Kofferraum auf dem Laufenden zu halten. Und nun war tatsächlich eine Mail gekommen. Er wusste, dass es nicht sein Fall war. Dennoch konnte er die Sache nicht ganz abschließen. Noch nicht. Er handelte damit entgegen der klaren Anweisung seiner Chefin. *Aber ich arbeite ja nicht mehr an dem Fall, ich informiere mich nur*, dachte er. Sein Kollege entschuldigte sich zunächst dafür, dass die Informationen erst verspätet bei Mikael eintrafen, und schob es auf den allgemeinen Arbeitsstress in seiner Abteilung. Bereits im nächsten Satz ließ er die Bombe platzen. Der Verstorbene war Jonne Sanders gewesen. Der gewaltbereite Ex von Ella Mäkinens letzter Klientin.

»Das gibt's doch nicht«, murmelte Mikael überrascht und las weiter. Sein Kollege hatte ihm eine Kopie des endgültigen Obduktionsberichtes geschickt. Außerdem noch den schriftlichen Bericht der Spurensicherung. Mikael überflog die ersten Zeilen des Rechtsmediziners. Jonne Sanders war mit einem Elektroschocker malträtiert worden. Er hatte Verletzungen am Kopf und eine massive Stichverletzung im Bauch. Anhand der

Blutmenge, die im Auto gefunden worden war, und diverser Abwehrspuren am Kofferraumdeckel ging die Rechtsmedizin davon aus, dass er im Kofferraum des Autos gestorben war, in dem man ihn auch gefunden hatte. Er war also noch lebend darin eingesperrt worden. Mikael lief es eiskalt den Rücken hinunter. Wenn man davon ausging, dass der Mann auch noch verletzt und gefesselt gewesen war, war es nahezu ein Ding der Unmöglichkeit, da allein rauszukommen. *Was für eine unschöne Art zu sterben*, ging es ihm durch den Kopf.

Dann widmete er sich dem beigefügten Bericht der Spurensicherung. Er datierte bereits von vor einigen Tagen und Mikael ärgerte sich, dass er ihn erst jetzt erhalten hatte. Beim Lesen wurde ihm schlagartig eiskalt. Auf dem Beifahrersitz des Nissan waren blonde Haare gefunden worden. Lange blonde Haare. Warum gab es noch kein DNA-Ergebnis dazu? Oder hatte sein Kollege das einfach vergessen mitzuschicken?

Bevor Mikael seine Gedanken zu Ende führen konnte, klingelte sein Telefon. »Das Verhör kann weitergehen, Kohonen«, raunte Anttila in den Hörer. Mikael schüttelte sich, sprang auf und machte sich auf den Weg zurück zum Vernehmungsraum. Die Gedanken an Ella Mäkinen begleiteten ihn dabei. War sie an jenem Abend zu Jonne Sanders ins Auto gestiegen?

Konzentrier dich auf deinen Fall, Mik, ermahnte er sich selbst, als er den Vernehmungsraum ein drittes Mal an diesem Tag betrat.

»Sie müssen sich nicht setzen, Hauptkommissar.« Mit diesen Worten begrüßte ihn der Rechtsvertreter von Leevi Nurmi. Ein schicker Kerl im Anzug, der hier irgendwie fehl am Platz schien. »Mein Mandant wird keine weitere Aussage mehr machen«, ergänzte er. »Auf mein Anraten hin.«

Mikael biss sich auf die Zunge. Seit seinem Unfall und dem darauffolgenden Disziplinarverfahren hatte er seine ganz persönlichen Probleme mit Anwälten und traute ihnen generell nicht mehr über den Weg. Alle hatten geduldig gewartet, bis sich Nurmi mit seinem Rechtsbeistand hatte beraten können. Und jetzt das?

Er fühlte, wie Wut in ihm aufstieg, wie bittere Galle, die sich ihren Weg nach oben bahnt. »Aber eines ist Ihnen schon klar, oder? Wenn irgendwo da draußen Johanna Stegebauer und ihr Freund sterben, weil Ihr Mandant schweigt, dann handelt es sich um Mord!«, schrie Mikael. »Anders sieht die Sache nur aus, wenn er mit uns kooperiert. Und zwar sofort!«

»Keine weitere Aussage«, sagte der Anwalt bestimmt.

5.

Keine weitere Aussage, keine weitere Aussage. Die Worte hallten in Mikael Kohonens Kopf nach, während er wie in Trance die Tür öffnete und hinausstürmte. Aus dem Augenwinkel nahm er Susanna Anttila wahr. Und neben ihr den Vertreter der deutschen Botschaft. Ihre stummen Blicke konnte er im Bruchteil einer Sekunde deuten, ohne länger hinzusehen. »*Sie müssen ihn zum Reden bringen, Sie müssen!*« Das wusste Mikael selbst. Nur wie?

»Mik, warte kurz!«, rief Anders ihm über den Flur nach.

»Was gibt es dazu noch zu sagen?«, rief Mikael wutentbrannt.

»Du hast es doch gehört – *keine weitere Aussage.*«

»Mik …«

»Ich muss hier raus!«

Mikael eilte Richtung Seitenausgang. Ignorierte alles um sich herum. Er stürmte zur Tür hinaus. Frische, kalte Luft empfing ihn. Und gab ihm eine abrupte Ohrfeige. Die Realität hatte ihn schlagartig wieder eingeholt. *Du musst den Typen zum Reden bringen! Du Versager! Du kannst nichts. Was bist du für ein Ermittler?*

169

Da war es wieder, dieses tiefe Gefühl des Versagens, das ihn seit dem Unfall mit Christoph jeden einzelnen Tag begleitete. Damals hatte er voller Selbstvertrauen auf sein Bauchgefühl gehört. War dadurch viel zu schnell gefahren. Er hatte das Gefühl gehabt, alles im Griff zu haben. Jetzt war das Gegenteil der Fall. Er hatte keine Ahnung mehr, ob er seinem Instinkt überhaupt noch vertrauen konnte und durfte. Und das schränkte ihn in seiner Arbeit enorm ein. Früher hätte er Nurmi sofort zum Reden gebracht, dessen war er sich sicher. Hinzu kam, dass er Anwälte nicht mehr ertrug. In dem nach dem Unfall folgenden Disziplinarverfahren hatte er einen Pflichtverteidiger zur Seite gestellt bekommen, weil er keinen eigenen ausgesucht hatte. Der Typ hatte – wohl aus der Motivation heraus, helfen zu wollen – Aussagen für ihn gemacht, ohne sich vorher richtig mit ihm abzusprechen. Herausgekommen waren mehr als fragwürdige und widersprüchliche Angaben, die Mikael noch viel schlimmer in den Schlamassel geritten hatten.

Wütend schlug er mit der flachen Hand gegen die Mauer neben der Tür. Die Gedankenflut drohte ihn zu ertränken. Er hatte keine Ahnung, wie es weitergehen sollte. Immer wenn er dachte, dass es einen wahren Fortschritt gab, warf ihn diese Ermittlung wieder zurück an den Start. Es war zum Verrücktwerden.

Mikael begann zu frieren, wollte trotzdem nicht zurück in das stickige Gebäude. Er verschränkte die Arme vor dem Körper. Sein warmer Atem bildete weiße Wölkchen rund um seinen Mund. Sekundenlang starrte er die Vögel an, die kreischend über ihn hinwegflogen.

Und plötzlich stand sie da. Er hatte keine Ahnung, woher sie gekommen war. Von ihrem Auto? Von drinnen? Hatte sie jemand geschickt? Wie lange stand er überhaupt schon hier? Sofia stellte keine Fragen. Sie legte ihm eine Hand auf die Schulter. Er blickte in ihre rehbraunen Augen und musste sich

170

zurückhalten, ihre Hand nicht einfach abzuschütteln. Ihre Berührung war ihm auf eine seltsame Art und Weise unangenehm. Oder zu angenehm. Sie trug einen braunen Mantel und einen dicken, dunkelblauen Schal um den Hals. Ihre Wangen waren von der Kälte gerötet.

»Gehen Sie da jetzt wieder rein, Mikael«, sagte sie. Ruhig und bestimmt. Und mit so einer Klarheit in der Stimme, dass er nicht umhinkam, ihr zuzuhören.

»Ich weiß nicht, was genau vorgefallen ist. Aber Sie kriegen das wieder hin. Gehen Sie wieder rein«, wiederholte sie. Mikael reagierte nicht. Er wandte den Blick ab wie ein kleines, stures Kind. War nicht fähig, über seinen Schatten zu springen. Sie drehte sich einfach um und ging voraus. Hielt ihm die Tür auf. »Was ist?«, fragte sie. »Kommen Sie?«

6.

Ist das Ganze gerade wirklich passiert oder drehe ich jetzt komplett durch?

Mikael saß wieder in seinem Büro. Und starrte sein angebissenes Brötchen von zuvor an. Sofia hatte es tatsächlich geschafft. Nachdem er ihr zurück in das Gebäude gefolgt war, hatten sie sich auf dem Gang wortlos getrennt. Die ganze Szene kam ihm rückblickend immer surrealer vor. Dennoch hatte sie ihm geholfen, ohne sie hätte er jetzt vermutlich noch immer draußen in der Kälte gestanden.

Der Obduktionsbericht zu Jonne Sanders' Leiche war auf seinem Computer noch immer geöffnet. Er wählte die Nummer seines Kontaktes und bedankte sich für die Übermittlung der Informationen.

»Liegt denn schon ein Ergebnis zu den blonden Haaren vom Beifahrersitz vor?«, fragte Mikael gespannt.

»Leider nein, Mik. Aber ich geb Bescheid, wenn das Ergebnis da ist.«

»Danke dir«, murmelte Mikael.

»Aber es gibt was anderes Neues, pass auf«, fuhr sein Kollege am anderen Ende der Leitung fort. »Eine gewisse Heidi Märsen hat ihren Ehemann Julius Märsen, einen Anlageberater, als vermisst gemeldet. Ohne wirklich zu wissen, ob er nicht einfach abgehauen ist.«

»Ja, und?«, fragte Mikael.

»Heidi Märsen hat im Nachgang angedeutet, dass es eine eventuelle Verbindung zwischen ihrem verschwundenen Ehemann und dem vor zwei Tagen tot im Kofferraum aufgefundenen Jonne Sanders geben könnte.«

Das Ganze wird immer seltsamer, dachte Mikael.

»Schick mir mal rüber, was du dazu hast«, bat er und keine zwei Minuten später zeigte sein Mailprogramm den Eingang einer neuen Nachricht an.

Mikael überflog Heidi Märsens komplette Aussage, die der E-Mail angehängt war. Zudem enthielt die Nachricht den Scan eines alten, halb zerrissenen Fotos. Zwei Männer, Arm in Arm. Auf der Rückseite des Fotos standen die Worte »Jonne Sanders« und die Zahl 1994. Mikaels Sinne schärften sich beinahe augenblicklich, weil ihm etwas Wichtiges wieder eingefallen war. Er holte sein Handy hervor und suchte nach jenem Bild, das er vor ein paar Tagen in Jonne Sanders' Zimmer abfotografiert hatte, als er mit Peter Hakala den Mitbewohner befragt hatte. Es war mit dem von Heidi Märsen übergebenen Schnipsel identisch. Das Gefühl, etwas Großem ganz dicht auf der Spur zu sein, trieb ihn weiter an. Fieberhaft dachte er nach.

Wer sind diese Männer, ging es Mikael durch den Kopf. *Und warum sind beide, die sich offenbar kannten, innerhalb kürzester Zeit verschwunden. Warum ist einer von ihnen sogar tot?*

Irgendetwas musste er übersehen haben. Mikael starrte das Foto so lange an, bis die Gesichter vor seinen Augen verschwammen. Hier stimmte etwas ganz und gar nicht.

Einem spontanen Impuls folgend, durchsuchte Mikael nochmals die Datenbank nach alten Akten. Viel Hoffnung hatte er nicht. Das war alles längst überprüft worden. Und zwar zur Genüge. Er gab den Vornamen »Jonne« und den Nachnamen »Sanders« samt dazugehörigem Geburtsdatum in die Suchmaske ein – keine Treffer. Dann gab er »Julius Märsen« samt Geburtsdatum ein – keine Treffer. Schließlich der Vollständigkeit halber noch »Ella Mäkinen« – ebenfalls keine Akten. Okay, das war zu erwarten gewesen. Mikael tippte mit dem Kugelschreiber an seine Lippen. Da kam ihm noch eine letzte Idee. Er gab diesmal nur den Vornamen »Ella« samt Geburtsdatum ein. Ein Treffer.

Mikael traute seinen Augen kaum. *Er sah ein altes Aktenzeichen, daneben den Namen des Opfers: Ella Saarinen, sowie ein Kürzel, das anzeigte, dass sich die Akte bereits im Archiv befand.*

Der Fall stammte laut Aktenzeichen aus dem Jahr 1994. Mikael setzte sich aufrechter hin. Die alte Akte war online nicht verfügbar. Mikael veranlasste umgehend die Aushebung. Seine Kollegen würde er erst verständigen, wenn er sicher war, sich nicht zu blamieren. Eine seltsame Nervosität hatte sich in ihm breitgemacht.

Dienstag

1.

Eisblaue Augen starren mich an. Ich kann mich nicht bewegen. Warum kann ich mich nicht bewegen? Ich blicke an mir hinunter. Sehe graues, dickes Klebeband an meinen Handgelenken. Wo bin ich? Das Klebeband schneidet bei jeder kleinen Bewegung in meine Haut ein. Und die ganze Zeit über starren mich diese Augen an. Kalte Augen. Leevi Nurmi steht einfach nur da und lächelt.

»Mikael, wach auf!« Seine Frau riss ihn aus seinen Träumen. Wild schlug er um sich, hätte ihr fast ins Gesicht geschlagen. »Verdammt, Mikael!«, schrie sie. »So kann es wirklich nicht mehr weitergehen.«

Er brauchte ein paar Momente, um zu verstehen, dass er in seinem Bett lag. Neben seiner Frau. Sie hatte Tränen in den Augen. »Es tut mir leid«, flüsterte er. Es war nicht das erste Mal, dass er seine Arbeit mit nach Hause nahm. Und ganz sicher nicht das letzte Mal.

Ohne Fragen zu stellen, nahm sie ihn in den Arm. Schlang ihren warmen Körper um ihn. Er schmiegte sich an sie wie ein kleines Kind, das Schutz sucht. Sie hatte recht, so konnte es nicht mehr weitergehen.

»Ich muss zur Arbeit«, sagte er und wollte sich lösen. Aber sie hielt ihn fest umklammert. Wollte ihn nicht gehen lassen. Als ahnte sie, dass er ihr langsam entglitt. Und dann passierte etwas Untypisches. Mikael schlief wieder ein. Atmete ruhig im Schlaf. Sein Körper entspannte sich.

Das Klingeln seines Handys riss ihn aus einem traumlosen Schlaf. Er blickte sich im Zimmer um und sah, dass die Dunkelheit einer grauen Dämmerung gewichen war. *Wie spät ist es?* Er tastete den Nachttisch nach seinem Handy ab und nahm den Anruf entgegen.

»Verdammt, Mik, wo bist du?«, raunte Anders in den Hörer. »Hier geht's drunter und drüber! Leevi Nurmi will doch eine Aussage machen! Er redet aber nur mit dir.«

Blitzschnell war Mikael hellwach. Seine Frau lag nicht mehr neben ihm, hatte auch keinen Zettel hinterlassen. Er hatte im Moment keine Zeit, über die Bedeutung dieses Umstands nachzudenken.

»Komme«, raunte er ohne weitere Erklärung und schwang sich aus dem Bett. Während er seine Zähne putzte, überflog er auf seinem Handy die neuesten Nachrichten. Die Presse überschlug sich regelrecht mit Berichterstattungen über die Verhaftung eines Verdächtigen, welcher auch namentlich genannt wurde. Auch Fotos des Hauses von Leevi Nurmi waren zu finden.

Mikael beeilte sich, fertig zu werden. *Was würde Leevi Nurmi aussagen? Und warum verlangte er nach ihm?*

2.

Heidi Märsen saß auf dem dunklen Ledersessel in Julius' Büro. Seit die Vermisstenmeldung ihres Ehemannes samt Zeugenaufruf über die Bildschirme gelaufen und in sämtlichen Zeitungen abgedruckt worden war, hatte sie keine ruhige Minute mehr.

Ständig meldeten sich entfernte Verwandte, ehemalige Freunde, ja sogar alte Schulkameraden ihres Mannes. Heuchelten Mitgefühl, waren in Wahrheit jedoch angetrieben von einer Mischung aus Neugier und Schadenfreude. *Arme Heidi! Kann ich irgendetwas für dich tun?* Sie hatte es so satt. Starrte das Telefon an, das erneut vibrierte. Unbekannte Nummer. Den Anruf nicht entgegenzunehmen, stand nicht zur Debatte. Jedes Mal wieder hoffte ein kleiner Teil in ihr, dass es Julius war, der anrief. Jedes Mal wieder wurde sie enttäuscht. Auch dieses Mal. Es war nur ihre Mutter, die sie aus dem Golfclub anrief. »Nein, Mama, du musst nicht kommen. Ich krieg das hin.« Nachdem sie aufgelegt hatte, standen Tränen in ihren Augen. Ihr Leben lag in Scherben vor ihr. Kein Mann, kein Kind.

Auch Julius' Assistent Jaan ließ sich neuerdings nicht mehr im Büro blicken. Daher erschien es ihr mittlerweile als der ideale Rückzugsort. Hier suchte keiner nach ihr. Hier hatte sie ihren Frieden. Zumindest Ruhe. Von innerem Frieden war sie weit entfernt. Sie konnte nicht mehr schlafen, sie konnte nicht mehr essen. Sie war nur mehr ein Schatten ihrer selbst. Schuld waren die Zweifel. Die Zweifel daran, dass Julius tatsächlich etwas zugestoßen war. Nach außen hin gab sie sich als die trauernde Ehefrau, die sie in dieser Situation sein musste. Im Inneren war sie zerfressen. *Was, wenn er dich doch verlassen hat? Wenn er sich mit einem kleinen Vermögen abgesetzt hat, weil er die Nase voll von dir hatte? Du hast ihn immer nur genervt. Du warst schon lang nicht mehr die Heidi, in die er sich mal verliebt hatte.* Heidi presste ihre beiden Hände auf ihre Ohren, als kämen die Stimmen von außen. Vergeblich. Ihre inneren Dämonen lachten nur. *Eigentlich hat er dich nie geliebt. Du hast ihn zu dieser Ehe überredet. Er war dir schon immer fremd.* Sie schüttelte den Kopf, als könnte sie damit ihre Gedanken vertreiben. Da hörte sie plötzlich ein Geräusch aus dem Vorzimmer.

»Jaan, lassen Sie sich doch noch mal blicken«, rief Heidi unsicher. Aber sie erhielt keine Antwort.

»Jaan?«

Statt des Assistenten trat ein kleiner, rundlicher Mann im Anzug durch die Tür.

»Sieh mal einer an«, sagte er. »Es ist ja doch jemand hier.«

Er streckte ihr seine Hand entgegen. Sie erblickte drei dicke Goldringe daran. Außerdem nahm sie sein aufdringliches Aftershave wahr, das sie beinahe würgen ließ. Er grinste und zeigte ihr dabei zwei Reihen makelloser weißer Zähne.

»Darf ich mich vorstellen? Emil Kallio. Einer von Julius Märsens wichtigsten Kunden.« Er schaffte es, dass sogar diese Worte bedrohlich klangen.

3.

Mikael musste eines zugeben: Er fühlte sich ausgeschlafen und erholt wie sonst nur selten. Er hatte in den Armen seiner Frau zurück in einen tiefen und traumlosen Schlaf gefunden. Und der hatte ihm offensichtlich sehr gutgetan.

Als er den schmalen Flur der Polizeistation im zweiten Stock entlangeilte, fühlte er sich gestärkt und vorbereitet. Er klopfte an Anders' Tür.

»Da bist du ja, Mik! Bin es nicht gewöhnt, vor dir hier zu sein«, sagte dieser.

»Kommt ja auch nicht oft vor, du Faulpelz«, witzelte Mikael. »Warum habt ihr nicht schon ohne mich angefangen?«

»Tja, Mik. Weil Leevi Nurmi auf deine Anwesenheit besteht. Ohne dich will er keinerlei Aussage machen. Weiß Gott, warum.«

Mikaels Kiefermuskeln waren angespannt. Als er seinen Unterkiefer bewegte, knackste es laut. »Dann mal los.«

Als Mikael den Vernehmungsraum betrat, hatte er beinahe ein Déjà-vu. Da saß er wieder, der Mann mit den eisblauen Augen. Schlagartig erinnerte er sich an seinen morgendlichen Traum und musste einen Anflug von Ekel unterdrücken. Diesmal jedoch blickten Nurmis Augen zu Boden. Von seiner überheblichen Art war nichts mehr zu spüren. Stattdessen ergriff sein Anwalt umgehend das Wort.

»Mein Mandant ist angesichts der massiv belastenden Pressemitteilungen bereit, eine Aussage zu machen«, sagte Nurmis Anwalt. Mikael hielt seinem Blick stand. Tatsächlich war die Presse voll von reißerischen Artikeln. Leevi Nurmi wurde als Verdächtiger namentlich erwähnt. Dies übte natürlich einen gewissen Druck auf ihn aus. Aber es übte auch einen Druck auf die Polizei aus. Was in den Zeitungen angedeutet wurde, war von den Ermittlern noch nicht nachgewiesen worden.

»Okay«, sagte Mikael schließlich. »Aber wenn Ihr Mandant eine Strafmilderung erwartet, dann muss jetzt wirklich alles zur Sprache kommen.«

Der Anwalt tauschte rasche Blicke mit seinem Mandanten und nickte diesem auffordernd zu. Leevi Nurmi setzte sich aufrecht hin und seufzte. Er hob seinen Blick noch immer nicht, als er begann zu sprechen.

»Wie ich schon sagte, die beiden jungen Leute waren sehr verliebt«, sagte er und blickte aus dem Fenster. Dicke Schneeflocken fielen vom Himmel herab und überzogen die Stadt mit einer weißen Schneedecke.

»Ich gehe noch immer davon aus, dass sich die beiden eine Flasche Wein aus dem zweiten Abstellraum holen wollten«, fuhr er fort. »Sie wissen schon. Dem, mit dem Vorhängeschloss dran.«

Mikael sah ihn streng an. »Herr Nurmi, ich lasse mich auf keine Spielchen ein«, sagte er.

Nurmi hob kurz den Kopf, sprach dann mit ruhiger Stimme weiter.

»Der Schlüssel für das Vorhängeschloss ist sonst niemals im Haus. An diesem Tag hatte ich vergessen, den Schlüssel abzuziehen.« Wieder hob Nurmi kurz den Blick. In seinen Augen fand sich so etwas wie Schuldbewusstsein.

»Und Sie wissen ja, junge Leute sind neugierig. Sie müssen reingegangen sein.« Mikaels Geduld mit Nurmi hielt sich angesichts der letzten Vernehmung mit ihm in Grenzen.

»Und was war da drin?«, fragte er nach.

»Das sagte ich doch bereits, ein Weinregal, gefüllt mit ein paar guten Weinen.« Jetzt lächelte Nurmi doch. Er konnte das Katz-und-Maus-Spiel einfach nicht lassen. Mikael stand daraufhin sofort auf.

»So kommen wir hier nicht weiter«, meinte er und wandte sich bereits zum Gehen. Nurmis Blick verfinsterte sich plötzlich.

»Sie wollen wissen, warum die beiden jungen Leute abgehauen sind?«, stieß er hervor.

Nurmi machte eine dramatische Pause. »Sehen Sie im Abstellraum hinter dem Weinregal nach. Da gibt es zwei lose Steine in der Wand.«

Mikael fixierte ihn von der Tür aus. »Was werden wir dort finden, Herr Nurmi?«, fragte er streng.

Doch Leevi Nurmi senkte nur seinen Kopf und schloss ergeben die Augen.

4.

Heidi Märsen war aufgestanden. Ihr Herzschlag hatte sich instinktiv beschleunigt. Sie blickte den kleinen, rundlichen Mann mit der Halbglatze abschätzend an. Aus dem Augenwinkel nahm sie wahr, dass es draußen angefangen hatte zu schneien.

179

»Was wollen Sie hier, Herr Kallio? Sollte ich Sie kennen?«

»Ich bin ein Geschäftsfreund Ihres Mannes. Julius ist doch Ihr Mann, richtig?«

»Ja, das ist er.«

Wieder zeigte er beim Lächeln seine perfekten Zähne.

»Darf ich?« Noch bevor er auf die Antwort gewartet hatte, setzte sich Kallio auf einen freien Stuhl und zündete sich eine Zigarette an.

»Bitte hier drin nicht rauchen«, sagte Heidi.

»Na, na, wer wird denn hier so streng sein? Der Herr des Hauses ist doch gar nicht da.«

Heidi nahm eine unterschwellige Bedrohung wahr, die sie über eine mögliche Flucht nachdenken ließ. Ihr Bauchgefühl riet ihr zu höchster Alarmbereitschaft. Und all ihre Sinne witterten Gefahr.

»Ich werde jetzt gehen«, sagte sie entschlossen und griff nach ihrem Mantel, den sie zuvor über die Stuhllehne gehängt hatte. Ihr Blick fiel auf das golden gerahmte Hochzeitsfoto auf Julius' Schreibtisch. *Wo bist du nur, Julius? Komm und hilf mir.*

Auch Emil Kallio war aufgestanden. Er versperrte ihr mit seinem breiten Körper den schmalen Weg in Richtung Tür.

»Warten Sie noch einen Moment«, sagte er. Mit der rechten Hand griff er in seine Hosentasche. Heidi rechnete innerlich mit dem Schlimmsten. Mögliche Waffen auf dem Schreibtisch hatte sie im Blick. Schere. Brieföffner. Leere Glasflasche. Kallio holte einen kleinen, tragbaren Aschenbecher aus seiner Tasche und löschte darin seine Zigarette.

»Hören Sie, Frau Märsen, ich komme gleich zum Punkt. Ich will eine viel beschäftigte Frau wie Sie nicht lange aufhalten.«

Er lachte laut und musste im Anschluss daran fürchterlich laut husten. *Er sollte die Zigaretten wirklich lieber sein lassen,* schoss es Heidi durch den Kopf. Aber das war nicht ihr Problem.

»Ihr Mann schuldet mir Geld. Und zwar viel Geld. Wie praktisch für ihn, dass er jetzt zufällig, sagen wir mal, *verschwunden* ist. Aber ich bin kein Idiot. Ich will mein Geld. Und ich werde nicht weggehen.«

»Sie waren das!«, rief Heidi aus. »Sie waren in unserem Garten!« Ihr Kopf war hochrot angelaufen und die Wut bahnte sich einen Weg nach draußen. Sie spuckte ihm die Worte förmlich entgegen. »Ich habe Sie um das Haus schleichen gesehen, Sie Mistkerl!« Kallio ließ den Vorwurf im Raum stehen, ohne darauf einzugehen.

»Ich will 480 000 Euro, sagen wir mit Verzugszinsen 500 000 Euro. Und zwar bis morgen.« Sein Blick verfinsterte sich. »Treiben Sie Julius auf oder beschaffen Sie selbst das Geld, mir egal. Julius wird seine schöne Frau doch wohl nicht ganz allein lassen, oder? Alleinstehenden Frauen können manchmal schlimme Dinge passieren.«

Damit wandte er sich zum Gehen. Heidi stand totenblass da. Sie war wirklich allein. Es war an der Zeit, an sich selbst zu denken. Sich zu schützen. Und das bedeutete, der Polizei alles zu erzählen. Wirklich alles. *Es tut mir leid, Julius,* dachte sie.

5.

»Sie Schwein!«, schrie Mikael Kohonen dem verdächtigen Leevi Nurmi ins Gesicht. Sein Anwalt räusperte sich. Mikael musste sich mit aller Macht zurückhalten, um Nurmi nicht an die Gurgel zu springen. »Meine Kollegen haben mich gerade eben über den Fund in Ihrem Abstellraum informiert!«

Nurmi blickte gedankenverloren aus dem Fenster. Auch der Anwalt hatte den Blick von Mikael abgewendet. Was seine Kollegen hinter dem Weinregal und den losen Steinen gefunden hatten, war so widerlich, dass Mikael es nicht laut aussprechen wollte. Unzählige Fotoalben. Datenträger. DVDs. Und alles voll mit Kinderpornografie. Ein Blick in das erste Album hatte den Ermittlern vor Ort offenbar gereicht, um selbst hartgesottene Männer zum Schweigen zu bringen. Die Sichtung des gesamten Materials würde Monate dauern. Gerade wurde kistenweise Beweismaterial aus dem Haus getragen.

»Sie können mich nennen, wie Sie wollen. Ich bin, was ich bin«, setzte Nurmi an. »Aber ich habe mit dem Verschwinden des Pärchens nichts zu tun. Das Material war der Grund, warum die abgehauen sind. Und sonst nichts.« Er machte eine Pause. Wirkte nicht mehr selbstbewusst. Nur noch kleinlaut.

»Sie müssen es gefunden haben. Fragen Sie mich nicht, wie. Junge Leute sind neugierig. Als ich zum Haus kam, stand die Tür zum Abstellraum offen. Ich konnte sehen, dass das Weinregal nicht mehr an seinem üblichen Platz stand. Und die beiden waren weg. Ich konnte eins und eins zusammenzählen.«

Nurmi kratzte sich am Kopf. Nach einem Blick in Richtung seines Anwalts fuhr er fort.

»Und die Fotos waren übrigens auch der Grund, warum ich abgehauen bin. Also vor Ihnen. Ich wollte an diesem Tag gerade die ganzen Sachen aus dem Haus wegschaffen, als ich gehört habe, wie Sie ankamen. Ich hatte keine Zeit mehr, in den Abstellraum zu gehen. Nur mehr die Zeit, um abzuhauen.«

Mikael hatte genug gehört. Er wollte diesem Kerl nicht mehr länger gegenübersitzen. Wollte ihm nicht mehr in die Augen sehen. Das Schlimmste war, dass die Geschichte sogar halbwegs plausibel klang. »Eines ist klar, Sie bleiben in U-Haft«, raunte Mikael Nurmi zu.

»Ich habe keine Fotos und Filme selbst produziert. Nur angesehen«, sagte Nurmi.

Schlimm genug, dachte Mikael. Er erwiderte nichts mehr darauf. Er wollte einfach nur raus. Raus aus diesem stickigen Raum. Und das tat er auch. Wortlos schwang er die Tür auf. Schlug draußen mit der flachen Hand gegen die Wand.

»Die Wand hat dir nichts getan und du tust dir nur weh«, meinte Anders hinter ihm. Er hatte die Vernehmung von draußen verfolgt.

»Was sagst du dazu, Anders?«

»Was für ein widerlicher Kerl, das sage ich.« Anders blickte in Richtung Vernehmungsraum. »Und dass ich ihm den Mord mehr zutraue als zuvor. Der tut doch alles, um sich zu schützen.«

Mikael seufzte nachdenklich.

»Das Klebeband, das wir bei Nurmi gefunden haben, stimmt jedenfalls in Marke, Größe und Farbe mit dem beim ermordeten Ehepaar Mäkela gefundenen überein«, ergänzte Anders und zitierte damit die neuesten Ermittlungsergebnisse.

»Was du nicht sagst«, meinte Mikael und pfiff leise durch die Lippen.

6.

Das kann doch alles nicht wahr sein, dachte Mikael Kohonen und trat durch die Tür seines Büros. Schweigend stellte er sich ans Fenster. Was war das nur für ein Teufelsfall, den er da an der Backe hatte? Immer wenn er dachte, dass es einen Schritt voranging, machte er gefühlt zwei Schritte rückwärts. Er stand lange am Fenster. Beobachtete die Geschäftigkeit der Menschen, die vorübergingen. Jeder einzelne hatte etwas Wichtiges in seinem

Leben zu tun. Jeder einzelne hatte seine eigene Geschichte, seine eigenen Sorgen und Wünsche. Das hier war seine Heimat. Und er wollte sie schützen und verteidigen, sie und die Menschen, die hier lebten. Das hatte er seinem Land und sich selbst geschworen.

Erst nach einer gefühlten Ewigkeit drehte er sich um und sah die alte, abgegriffene Akte, die mitten auf seinem Schreibtisch lag. Vor lauter Aufregung um Leevi Nurmi hatte er komplett vergessen, dass er darum gebeten hatte, sie herauszusuchen. *Du schuldest mir einen Kaffee*, stand auf dem Post-it, das sein Kollege auf die Akte geklebt hatte. Daneben ein zwinkernder Smiley. Er konnte schon anhand des Aktendeckels erkennen, dass es um eine Vergewaltigung ging. Der Fall stammte aus dem Jahr 1994. Mikael schlug gespannt den Deckel auf. Er setzte sich an seinen Schreibtisch und blendete alle lästigen Hintergrundgeräusche aus. Es gab nur noch ihn und die Akte. Zwei unbekannte Männer waren im Juli 1994 in die Ferienhütte einer gewissen Ella Saarinen eingedrungen und hatten sie brutal vergewaltigt und schwer verletzt. Als die Männer nach Stunden des Martyriums abgehauen waren, hatten sie die Frau mehr tot als lebendig zurückgelassen. Überlebt hatte sie nur, weil es ihrem Freund gelungen war, die Polizei zu verständigen. Einem gewissen Matias Salo. Als Mikael weiterblätterte, setzte sein Herz einen Schlag aus. Sein Gehirn brauchte ein paar Sekunden, um die Informationen, die seine Augen sahen, in sinnvolle Gedanken umzuwandeln. Da waren Fotos des Opfers in der Akte. Sie war fürchterlich zugerichtet worden. Nahaufnahmen von Platzwunden, Schürfwunden, blauen Flecken, Kratzspuren. Und Bilder des ganzen Gesichts. Ein geschwollenes Gesicht, das er kannte. Mikael merkte, wie sich seine Atmung beschleunigte. Die markanten Gesichtszüge waren unverwechselbar. Das war die vermisste

Ella Mäkinen. Daran bestand für ihn kein Zweifel. Und auch das Geburtsdatum stimmte überein.

Mein Gott, dachte er. Wie hatten sie das nur alle übersehen können? Das war Ella Mäkinen, die im Jahre 1994 Opfer dieses schrecklichen Verbrechens geworden war. Der Fall war nie gelöst worden, die Täter nie gefunden.

2. Teil

Mittwoch

3. Dezember 2014

1.

»Sie sind endlich da, Mik«, sagte seine Vorgesetzte Susanna Anttila und wirkte entmutigt. Ihr Blick hätte kaum düsterer sein können, als sie sein Büro betrat. Mikael wusste sofort, dass sie damit die Ergebnisse der DNA-Analyse meinte. Unter den Fingernägeln der in der Lagerhalle ermordeten Maya Mäkela waren unbekannte Hautschuppen sichergestellt worden. Und diese waren nun mit der DNA des verdächtigen Leevi Nurmi abgeglichen worden.

»Keine Übereinstimmung mit Leevi Nurmi?«, riet Mikael, der Anttila die Enttäuschung im Gesicht ablesen konnte.

Anttila schüttelte nur langsam den Kopf. »Ich traue diesem Nurmi trotzdem alles zu«, meinte sie. »Wir müssen ihn in U-Haft behalten, so lange es geht.«

Mikael war ihrer Meinung, trotzdem konnte er sich ein leises Seufzen nicht verkneifen. Konnte in diesem verdammten Fall nicht irgendetwas *einfach* sein?

»Was haben wir noch?«, fragte Anttila. Sie machte eine kleine Pause und starrte Mikael an. »Was ist mit dem bei Nurmi gefundenen Klebeband?«

»Das stimmt tatsächlich mit dem am Tatort gefundenen überein«, erwiderte Mikael. »Es ist und bleibt aber Massenware. Keinesfalls ausreichend für die Aufrechterhaltung der U-Haft.«

»Und sonst? Andere Spuren am Tatort?«

»Leevi Nurmi hat Schuhgröße 43. Der gefundene Teilabdruck am Tatort war Größe 46.«

»Verflucht«, murmelte Anttila und kniff die Augen leicht zusammen.

»Er war vielleicht nicht am Tatort«, schlussfolgerte Mikael. »Aber er könnte trotzdem etwas mit dem Verschwinden des deutschen Pärchens zu tun haben.«

»Der Typ weiß doch mehr, als er zugibt!«, entfuhr es Anttila ziemlich laut. Im nächsten Moment strich sie eine Haarsträhne, die sich aus ihrem Pferdeschwanz gelöst hatte, hinters Ohr und wirkte wieder vollkommen ruhig und gefasst.

»Ich muss Interpol über die neuesten Ergebnisse in Kenntnis setzen.«

Er herrschte eine bedrückende Stimmung im Raum. Das ganze Land war im Moment damit zufrieden, dass ein potenziell Verdächtiger in U-Haft saß. Daran zu rütteln, ohne eine konkrete neue Spur zu verfolgen, wäre medialer Selbstmord gewesen.

»Wie lange können wir Nurmi noch festhalten?«, fragte Anttila in die Stille hinein.

»Nicht mehr lange«, antwortete Mikael knapp. »Uns sollte schnell etwas verdammt Schlaues einfallen.«

2.

Saskia Ojala war am Ende ihrer finanziellen Möglichkeiten angelangt. Sie konnte die Pension, in der sie untergekommen war, keinen einzigen Tag länger bezahlen. Und noch immer gab es keine heiße Spur zu ihrer Freundin Ella Mäkinen. Ein kleiner Erfolg war ihr jedoch gelungen, auch wenn es einiges an Anstrengung gekostet hatte. Saskia zog ihren bunten Schal enger um den Hals und betrat das schicke kleine Café, in dem es angenehm nach Kaffee roch.

»Was willst du denn hier?«, fragte der junge blonde Mann genervt. Er hatte ein Tablett voller Getränke in der Hand. Und offensichtlich keine Zeit zu reden. Das Café, in dem Ella Mäkinens Studienfreund Luka arbeitete, sah durchaus ansprechend aus. Moderne Tischchen, bequeme Ledersessel. Hätte sie mehr Geld gehabt, sie hätte es dort gerne ausgegeben. Luka hatte sich über die Jahre kaum verändert. Er trug noch immer eine lockige Kurzhaarfrisur. Seine Jeans wies einige Löcher auf, darunter blitzten Tattoos hervor. Lukas Gesicht war nur oberflächlich genervt, seine Augen freundlich.

»Ich habe dich gesucht«, sagte Saskia Ojala. »War gar nicht so leicht, dich zu finden. Hat ein paar Tage gedauert.« Luka verdrehte theatralisch die Augen und stellte das Tablett für einen Moment ab. Saskia warf einen sehnsuchtsvollen Blick auf den frischen Latte macchiato, der darauf stand.

»Vielleicht möchte ich ja gar nicht gefunden werden«, gab er daraufhin patzig zurück. »Was willst du, Saskia?«

»Hast du das von Ella Mäkinen gehört?« Sie kam lieber gleich zum Punkt, weil sie merkte, dass er nicht allzu lange mit ihr sprechen konnte. Die ersten Leute im Café drehten sich bereits nach der Bedienung um.

»Du meinst, dass sie vermisst wird? Ja«, sagte er knapp und emotionslos, »hab ich in der Zeitung gelesen.«

»Hast du eine Ahnung, wo Sie stecken könnte? Immerhin bist du ihr Ex-Freund.«

»Ihr was?« Luka musste beinahe lachen. Er wischte sich die Hände an seiner Schürze ab. Dann bedeutete er einem älteren Ehepaar, das zahlen wollte, dass er gleich zu ihm kommen würde.

»Ella war nicht meine Freundin. Nicht so richtig. Da lief nie was«, sagte er langsam. »Nicht, dass ich es nicht gewollt hätte. Sie war hübsch. Aber sie war auf eine gewisse Art und Weise verrückt.«

»Sind wir das nicht alle?«, fragte Saskia grinsend. Luka ging auf diesen Witz nicht ein. Sein Blick war düster.

»Nein, nicht so wie sie. Sie hatte diese Albträume. Konnte von einer Sekunde auf die andere in tiefe Traurigkeit verfallen. Ohne bestimmten Grund. Dann hat sie oft tagelang nicht mehr mit mir gesprochen. Hat sich abgeschottet. Manchmal wiederum konnte sie hysterisch über Dinge lachen, die ich nicht witzig fand. Ich bin froh, dass ich nichts mehr mit ihr zu tun habe.«

»Du hast sie also seit damals nie mehr gesehen?«, fragte Saskia.

»Nein«, sagte Luka. »Und es war mir lieber so.«

Er hatte sich sein Tablett geschnappt. Er musste weiterarbeiten. »Ich habe keine Ahnung, wo sie ist, Saskia. Und ganz ehrlich, es ist mir mittlerweile auch egal«, sagte er im Gehen.

3.

Mikael ignorierte das leise Grummeln seines Bauches, der nach Essen verlangte. Er hatte wieder einmal nichts gefrühstückt, was ihn sein Körper jetzt erstaunlich deutlich wissen ließ. Eine Pause wollte er sich dennoch vorerst nicht gönnen. Leevi Nurmi musste aufgrund der rechtlichen Vorgaben in weniger als vierundzwanzig Stunden aus der U-Haft entlassen werden, wenn ihnen keine neuen Ergebnisse vorlagen, die seine Beteiligung am Doppelmord nachwiesen.

Mikael war dabei, nochmals alle bisherigen Aussagen Nurmis akribisch durchzugehen und nach Lücken in dessen Geschichte zu suchen. Dabei stellten sich schon beim Lesen seine Nackenhaare auf. Er krempelte die Ärmel seines dicken braunen Pullovers nach unten und blies leise Luft durch seine Lippen. *Verdammt mieser Kerl*, ging es ihm durch den Kopf.

Da kündigte ein leises »Pling« den Eingang einer neuen Mail an. Mikael überflog die Zeilen und schlug mit der flachen Hand so lautstark auf seinen Schreibtisch, dass das Wasserglas darauf bedrohlich wackelte. Umgehend stand er auf und stürmte im Laufschritt auf Anders' Büro zu. Im Gang drückte er sich an ein paar Kollegen vorbei, die mit erhobenen Händen Platz machten. Er war ganz in seine Gedankenwelt versunken, als er die Tür aufriss, ohne anzuklopfen.

»Anders, ich wusste es!«, rief er.

»Mik, was ist los?« Anders war in höchster Alarmbereitschaft aufgesprungen. Er rechnete mittlerweile offenbar mit allem.

»In dem blauen Nissan mit Jonne Sanders' Leiche im Kofferraum wurden doch blonde Haare gefunden«, setzte Mikael an.

Anders nickte langsam, auch wenn man ihm ansah, dass er erst überlegen musste. »Auf dem Beifahrersitz, richtig?«, steuerte er schließlich bei.

»Ganz genau!«, erwiderte Mikael. »Und jetzt rate mal …«

Anders Blick fixierte Mikael, aber er beantwortete die Frage nicht.

»Mein Kontakt hat mich gerade darüber informiert, dass ein DNA-Abgleich mittlerweile Gewissheit gebracht hat. Es sind die Haare von Ella Mäkinen. Sie war in dem Auto, Anders! Sie ist mit Jonne Sanders mitgefahren an jenem Abend! Ich hatte die ganze Zeit recht.«

Anders starrte Mikael ungläubig an. In seinen Augen lag eine Mischung aus Überraschung und etwas anderem, das Mikael nicht zu deuten wusste.

»Das ist gut für die Kollegen«, sagte Anders langsam. »Aber Anttila hat sich deutlich ausgedrückt. Wir sollen uns auf unseren Fall konzentrieren.«

»Anders, hast du gehört, was ich gerade gesagt habe?«

Anders reagierte nicht.

»Ella Mäkinen ist mitgefahren und seitdem verschwunden.«

»Und ich bin mir sicher, die Kollegen arbeiten intensiv an dem Fall«, meinte Anders schließlich mit Nachdruck in der Stimme.

Mikael hatte sich bereits viel zu sehr in Rage geredet, um einfach aufzuhören. »So hör mir doch erst mal zu! Ich habe recherchiert«, fuhr er fort. »Es gibt einen alten Fall aus dem Jahr 1994. Ella Mäkinen war das Opfer einer Vergewaltigung durch zwei Männer. Sie hat ihren Namen ändern lassen. Ihren Nachnamen. Das ergab meine Nachfrage beim Amt.«

»Mik …«, versuchte Anders, ihn zu unterbrechen.

»Ella hat ihren Antrag auf Namensänderung mit der medialen Berichterstattung von damals begründet. Sie wollte ein neues Leben beginnen«, fuhr Mikael unbeirrt fort.

Anders war mittlerweile näher an Mikael herangetreten. Und legte ihm eine Hand auf die Schulter. »Mik, ich höre dich«, sagte er. »Aber ich bleibe dabei. Es ist nicht unser Fall!« Es folgte ein lang gezogener Seufzer, der vermuten ließ, dass Anders noch nicht mit seiner Begründung fertig war. »Und …«, setzte er zögerlich an. »Ich will keinen Stress mit der Chefin«, fügte er etwas leiser hinzu.

Mikael stieß einen pfeifenden Laut aus. »Daher weht also der Wind«, meinte er. »Verdammt, Anders, hilf mir! Wenigstens du!«

Aber Anders' Gesichtsausdruck blieb unnachgiebig.

»Nein, Mik, diesmal nicht. Ich stehe hinter dir, das weißt du. Aber Anttila sitzt mir auch im Nacken. Du gehst jetzt hier raus und hängst dich ins Zeug. Und zwar für unseren Fall!«

Das habe ich vor, dachte Mikael. Langsam trat er einen Schritt zurück und nickte. Er traf in diesem Moment die

Entscheidung, alle weiteren Ermittlungen in diese Richtung allein anzustellen.

4.

»Ich trete hier erneut vor Sie, weil ich mein Kind zurückwill.« Bei diesen Worten zitterte die Stimme von Christine Stegebauer. Sie war noch einmal dazu bereit gewesen, sich vor den Kameras zu zeigen. Inzwischen war sie eine gebrochene Frau. Mikael Kohonen entging nicht, wie kreidebleich ihr Gesicht war. Er sah die tiefen, dunklen Ringe unter ihren Augen. Und die hauchdünne Haut, unter der man die Adern erahnen konnte. Dennoch bewunderte er sie. Sie stand da in ihrem dunkelblauen Hosenanzug und flehte noch einmal um das Leben ihrer Tochter. Wollte nichts unversucht lassen, um sie doch noch zu finden.

»Johanna ist seit Samstag verschwunden. An diesem Tag hätte sie zusammen mit ihrem Freund den Rückflug nach Deutschland antreten sollen. Johanna war nicht depressiv. Es gibt keinerlei Hinweise auf einen möglichen Suizid. Ich weiß, dass Johanna irgendwo da draußen ist. Eine Mutter weiß so etwas.« Ihre Stimme stockte kurz. Sie war den Tränen nahe. »Ich bitte jeden, der irgendetwas beitragen kann, sich bei der Polizei zu melden. Bitte helfen Sie mir, meine Tochter zu finden!«, presste sie noch hervor, bevor ihre Emotionen sie überfluteten und Tränen über ihr Gesicht rannen.

Die Kamera schwenkte gnädigerweise nach ein paar Sekunden von ihrem Gesicht weg, hin zum Pressesprecher der Polizei, der mit besorgter Miene seinen Monolog aufsagte. Ein Kollege half der kurz vor einem Zusammenbruch stehenden Christine Stegebauer vom Podest und stützte sie. Sie wirkte alt und zerbrechlich. Mikael senkte den Kopf und wollte den Raum verlassen. Er hatte genug gesehen.

195

»Mik, warte!« Sein junger Kollege Peter Hakala hatte ihm von hinten eine Hand auf die Schulter gelegt.

»Die Technik hat die Screenshots von der Tankstelle vergrößert und bearbeitet, so wie du es wolltest«, meinte er. »Kannst du mir erklären, was du zu finden hoffst?«, fragte Hakala dann vorsichtig.

»Einen Grund, Nurmi weiter in U-Haft zu behalten«, gab Mikael zurück. »Wenn der Typ etwas mit dem Verschwinden der Deutschen zu tun hat, dann muss es einen Hinweis geben! Und ihre letzte Spur verliert sich eben an dieser Tankstelle.«

»Wir haben die Bänder der Überwachungskameras wiederholt angesehen«, sagte Hakala. »Da ist nichts Verdächtiges drauf.«

Mikael wandte sich zum Gehen. »Komm mit. Ich würde dir gerne zeigen, weshalb ich die professionellen Vergrößerungen wollte«, murmelte er und machte sich auf den Weg in Richtung seines Büros. Hakala lief hinterher, hatte jedoch Mühe, mit dem flotten Tempo mitzuhalten.

Im Büro angekommen, ließ Mikael sich schwerfällig in seinen Bürostuhl fallen, der ein quietschendes Geräusch von sich gab.

»Wie wir wissen, wurde das Pärchen zuletzt an der Tankstelle gesehen. Ich hab mir noch mal die Aufzeichnungen der Überwachungsvideos von dort angesehen. Ziemlich oft sogar.« Er wusste, dass die Bänder von den Kollegen mehrfach gesichtet worden waren. Und trotzdem. Es war dieser Ort, an dem sich die Spur der beiden endgültig verlor. Es musste etwas geben. Etwas, das sie zu Johanna Stegebauer und ihrem Freund führte.

»Mir ist da etwas aufgefallen. Sieh dir das an.« Hakala war zwischenzeitlich näher an Mikaels Schreibtisch herangetreten. Mikael spulte an die entsprechende Stelle der Aufzeichnung. »Hier sieht man, wie Johanna Stegebauer aussteigt und in den

Shop geht. Ihr Freund lenkt das Auto dann hinter das Gebäude. Wahrscheinlich musste er auf die Toilette.«

Hakala kniff die Augen zusammen. »Das hab ich mir schon ziemlich oft angesehen«, gab er seufzend zurück. Mikael fuhr unbeirrt fort.

»Und hier sieht man dann, wie der Wagen nach einer Weile die Tankstelle wieder verlässt«, sagte Mikael. »Wir sind daher bisher alle davon ausgegangen, dass das Pärchen zusammen weitergefahren ist.« Hakala nickte langsam.

»Ich denke, uns ist da allen ein Fehler unterlaufen.« Die Worte schwebten im Raum zwischen ihnen. »Wo sind die vergrößerten Screenshots?«

Hakala hielt schon die ganze Zeit über ein Kuvert in Händen, das er Mikael jetzt überreichte. Dieser öffnete den Umschlag vorsichtig und deutete mit dem Finger auf das verschwommene Bild des Autofahrers.

»Okay, man sieht das Auto nur von hinten. Und alles ist ziemlich verschwommen. Aber sieh genau hin!«

Hakala war noch näher an Mikael herangerutscht. Ihre Köpfe berührten sich beinahe. »Man sieht nur mehr einen Mann am Steuer. Von Johanna Stegebauer keine Spur«, sagte Mikael langsam.

»Das haben wir doch schon besprochen. Der Beifahrersitz ist durch die Nackenstütze teilweise verdeckt. Vielleicht hat sie sich auch gerade runtergebeugt«, kombinierte Hakala.

»Ja, vielleicht«, erwiderte Mikael. Da war noch etwas, was er sagen wollte. »Aber sieh dir die Haare des Fahrers an.« Er deutete erneut auf das vergrößerte Foto. »Seine Haare sehen ziemlich lang aus, würde ich sagen. Johanna Stegebauers Freund Thorsten hat kurze Haare.«

Hakala starrte das Foto weiterhin an. »Ich weiß nicht, Mik. Das halte ich für eine ziemlich gewagte Aussage. Die ganze Aufnahme ist nur schwarz-weiß, außerdem ziemlich körnig.«

Mikael seufzte. Er wusste selbst, dass es nicht viel war. Aber er musste in Bezug auf Nurmi alle Register ziehen.

»Wenn mein Gedankengang stimmt, dann war es nicht Johanna Stegebauers Freund Thorsten, der den Wagen da aus der Tankstelle lenkte«, meinte Mikael.

»Ich könnte noch mal hinfahren und die Mitarbeiter gezielt nach Nurmi befragen«, schlug Hakala vor. Mikael hielt das für eine sehr gute Idee. Außerdem hatte er auf diese Weise genügend Zeit, seinen eigenen Recherchen nachzugehen.

5.

Mikael atmete erleichtert durch, nachdem seine Bürotür hinter Hakala ins Schloss gefallen war. Ohne Umschweife setzte er sich wieder an seinen Schreibtisch. *Und jetzt erst recht*, dachte er. *Dann eben auf eigene Tour und allein.* Er hatte nicht vor, seine Recherchen zum Thema Ella Mäkinen aufzugeben. Dafür war er zu nahe dran. Er hatte das Gefühl, kurz vor einem großen Durchbruch zu stehen. Also öffnete er erneut alle Dateien, die ihm sein Kontakt übermittelt hatte.

Schritt für Schritt ging er nochmals sämtliche Anhaltspunkte durch, die er hatte. Und dazu gehörte auch eine Freundin von Ella Mäkinen, die als Zeugin vernommen worden war. Kurz darauf wählte er bereits deren Nummer.

»Hallo, spreche ich mit Saskia Ojala?«

»Ja, wer möchte das wissen?«, antwortete eine jung klingende Stimme.

»Hier ist Hauptkommissar Mikael Kohonen.« Stille.

»Haben Sie Ella gefunden?«

»Nein, wir haben Ella noch nicht gefunden. Ich hätte da noch einige Fragen.« Saskia Ojala atmete deutlich hörbar aus. Ob es ein Zeichen der Erleichterung oder Enttäuschung war, vermochte Mikael nicht zu sagen.

»Und zwar? Ich habe doch schon alles gesagt! Der Kalender, sehen Sie sich den Kalender an! Und fühlen Sie der alten Nachbarin auf den Zahn«, sagte sie.

»Das werde ich«, sagte Mikael. Dass es gar nicht sein Fall war, ließ er lieber unerwähnt.

»Ich versuche gerade noch, ein Gespür für Ella zu bekommen. Wie war sie so als Person?«

Saskia seufzte. »Das ist es ja gerade«, setzte sie an. »Das weiß ich selbst nicht so genau ...«

Sie sprach nicht weiter.

Vielleicht überlegt sie, wie viel sie sagen soll, ging es Mikael durch den Kopf. Immerhin kannte sie ihn überhaupt nicht. Aber dann fuhr die Freundin unbekümmert fort, als wollte sie sich einen Ballast von der Seele reden.

»Ich war gerade bei Ellas Ex-Freund aus Studienzeiten. Und er hat mir ein paar Dinge über Ella erzählt, die ich nicht wusste. Er behauptet, sie sei verrückt gewesen. Also so richtig.«

Kein Wunder, dachte Mikael. *Nach dem, was ihr passiert ist.*

»Wie heißt der Ex-Freund?«

»Luka. Keine Ahnung wie er mit Nachnamen heißt. Jobbt im Petit Café im Zentrum.« Mikael notierte sich die beiden Dinge auf einem Blatt Papier, das vor ihm lag.

»Was hatten Sie für einen Eindruck von Ella?«

»Sie war immer ruhig und eher verschlossen. Aber nie verrückt mir gegenüber. Lebte für ihren Job.«

»Es gab keinen aktuellen Freund, richtig?«

»Nicht dass ich wüsste. Ella war immer allein. Zufriedener Single. Ging in ihrer Arbeit auf.«

»Danke, Frau Ojala.«

»Moment mal. Das klingt alles nicht gerade so, als hätten Sie eine heiße Spur.«

»Ich darf Ihnen darüber leider keine Auskunft geben. Aber ich melde mich wieder.« Damit legte er auf, bevor sie weiterreden konnte.

Und wählte direkt die nächste Nummer. Er wollte diese Heidi Märsen erreichen. Mit ihr über ihren verschwundenen Mann Julius reden. Sie hatte die Verbindung zu einem alten Foto hergestellt, das möglicherweise Jonne Sanders und ihren Ehemann zusammen zeigte. Und beide waren verschwunden, einer nachweislich tot.

Während das erste lang gezogene Freizeichen an Mikaels Ohr drang, rieb er sich mit der freien Hand den Nacken und rubbelte dann durch seine kurzen braunen Haare. Puzzleteil für Puzzleteil musste zusammengesetzt werden. Erst dann würde man das ganze Bild sehen. Er lauschte noch eine Weile dem monotonen Geräusch. Nach dem zehnten Freizeichen legte er auf.

Bleibt noch dieser Freund, der mit Ella damals vor zwanzig Jahren in der Hütte war. Matias. Den muss ich finden, dachte er. Er hatte sich mittlerweile so in diese Sache vertieft, dass ein Aufhören für ihn nicht infrage kam.

6.

Peter Hakala ließ die Tür seines Wagens zufallen und verriegelte sie mit einem Druck auf die Fernbedienung. Er blickte sich um. An der Tankstelle war gerade verhältnismäßig wenig Betrieb. An einer der Zapfsäulen wartete ein junger Mann darauf, dass sein Auto vollgetankt war. Ein weiterer Wagen stand direkt vor dem Shop. Der strenge Geruch von Benzin lag in der Luft. Ein eisiger Wind fegte über das Gelände. Hakala zog den Reißverschluss seiner Jacke zu.

Er war vorher noch einmal alle Angaben der Mitarbeiter durchgegangen. Am Tag, an dem das deutsche Pärchen verschwunden war, hatte nur ein Mitarbeiter Dienst gehabt. Es handelte sich dabei um Kai, der auch der Finder des Rucksacks von Johanna Stegebauer war. Außerdem war der Pächter der Tankstelle anwesend gewesen, allerdings im Lager bei der Inventur. Beide hatten ihren Arbeitsplatz den ganzen Tag nicht verlassen.

Die automatische Schiebetür des Shops öffnete sich, als Hakala nähertrat. Drinnen empfing ihn eine angenehme Wärme. Und er hatte Glück. Kai war da. Er war allein und sortierte gerade Schokoriegel in ein Regal ein. Er wunderte sich nicht sonderlich über den erneuten Besuch der Kriminalpolizei und die weiteren Fragen. Immerhin war das Verschwinden des deutschen Pärchens nach wie vor das, was alle Zeitungen auf ihren Titelseiten brachten.

»Ich hasse den Job. Aber ich brauche das Geld. Wenigstens ist es hier drin warm. Und die Arbeitszeiten sind auch ok«, sagte er. Nebenher kassierte er von einem Kunden das Geld fürs Tanken.

»Können wir irgendwo ungestört reden?«, fragte Hakala.

»Ich fürchte, das ist nicht möglich. Ich bin heute allein hier und muss bei der Kasse bleiben.«

»Kommt das öfter vor?«

»Ist eigentlich immer so. Der Chef ist entweder den halben Tag hinten im Lager oder ganz weg.«

Bei diesen Worten wurde Peter Hakala hellhörig. »Was meinen Sie mit ganz weg?«

»Na eben, dass er mit dem Auto wegfährt. Vermutlich nach Hause«, sagte Kai. Gerade war kein Kunde da, den er bedienen musste. Er war dabei, die Theke mit einem feuchten Tuch abzuwischen.

»Wie war es am Samstag? An dem Tag, an dem die verschwundene Johanna Stegebauer hier war?«

»Das habe ich doch alles schon erzählt.«

»Ich meine nicht den ganzen Ablauf. Ich meine – war Ihr Chef den ganzen Tag durchgehend da?« Kai schien ernsthaft über die Frage nachzudenken. Erst ein paar Sekunden später setzte er zu einer Antwort an, die aufrichtig wirkte.

»Er war morgens da, um aufzuschließen. Und er war definitiv abends da. Er achtet immer sehr penibel darauf, dass alles aufgeräumt ist.« Kai verdrehte dabei die Augen.

»Und zwischendrin?«

»Hm. Wahrscheinlich war der Chef im Lager.«

»Wahrscheinlich?«

»Ich weiß es nicht genau.«

»Haben Sie ihn zwischen dem Aufschließen und dem Aufräumen abends gesehen?«

»Ich denke, nicht«, sagte Kai. Dann schnappte er nach Luft. »Nein, habe ich nicht«, ergänzte er klar und deutlich. »Ich erinnere mich daran, dass ich ihn etwas fragen wollte zum Lagerbestand. Konnte ihn nicht finden.«

Hakala nickte leicht. Mittlerweile war wieder ein Kunde eingetreten, der bedient werden wollte.

»Einen Moment«, murmelte Kai und wandte sich dem jungen Mann zu. Hakala hatte einen Moment Zeit, um sich seine nächsten Fragen ganz genau zu überlegen.

»Wie viel Zeit lag zwischen dem Aufschließen und dem Aufräumen abends?«, fragte er, nachdem der Kunde den Shop wieder verlassen hatte. Diesmal musste Kai nicht lange über seine Antwort nachdenken.

»Aufgeschlossen wurde so circa um sieben Uhr«, sagte er. »Und aufgeräumt haben wir abends ab neunzehn Uhr.«

Hakala glich die Angaben in Gedanken mit dem bekannten Akteninhalt ab. Laut den Überwachungsbändern hatte Johanna Stegebauer den Laden bereits um 8.20 Uhr betreten.

»Könnte es sein, dass Ihr Chef zwischen Aufschließen und Aufräumen weggefahren ist?«, fragte Hakala schließlich.

»Ausschließen kann ich es nicht«, sagte Kai. Er bediente gerade die nächste Kundin und packte ein Schinkenbrötchen in eine Tüte.

»Ich bin gleich wieder weg«, sagte Hakala und hüstelte. Er merkte selbst, dass dies nicht der beste Ort für eine Befragung war. Aber er hatte keine Wahl. »Nur noch eine Sache.« Kai schenkte ihm einen letzten Moment seiner Aufmerksamkeit. Sah ihn mit fragenden Augen an.

»Wo ist Ihr Chef jetzt gerade?«, fragte Hakala und blickte sich erneut im Laden um.

»Tja, das wüsste ich eigentlich selbst gerne. Hab heute früh allein aufgesperrt«, sagte Kai. »Das sieht ihm eigentlich nicht ähnlich.«

7.

»Mik, ich bin noch bei dieser Tankstelle«, rief Peter Hakala ins Telefon. Ein lautes, konstantes Rauschen im Hintergrund drang durch den Hörer an Mikaels Ohr. Offenbar herrschte viel Verkehr auf der nahe gelegenen Bundesstraße, die zum Flughafen führte.

»Mik, hörst du mich?«

»Ja, Hakala. Ich höre dich. Was hast du herausgefunden?«

Auch Mikael schrie seine Antwort automatisch etwas lauter in den Hörer. Obwohl er in seinem ruhigen Büro saß. Im Trockenen. Und den Regentropfen dabei zusah, wie sie außen die kalte Scheibe hinunterliefen und sich zu kleinen Rinnsalen verbanden.

»Ich hab noch mal diesen Mitarbeiter befragt. Kai. Er hatte an dem Tag, als das deutsche Pärchen verschwand, Dienst.«

»Und?«, hakte Mikael nach. Er stand mittlerweile am Fenster und legte seine Hand auf das kühle Glas. Draußen herrschte ein richtiger Eisregen.

»Der Chef war nicht durchgehend anwesend, wie er selbst das ursprünglich angegeben hat.«

»Gut gemacht, Hakala«, staunte Mikael. »Aber der Chef wurde bereits überprüft, oder?« Mikael hatte begonnen, in den Unterlagen auf seinem Schreibtisch zu blättern.

»Ja, keine Vorstrafen. Aber, Mik, ich habe es eben live noch mal gesehen. Es gibt einen Durchgang vom Inneren des Shops nach hinten«, sagte Hakala. »Ein Mitarbeiter hätte also die Tankstelle nicht umrunden müssen, um hinter das Gebäude zu kommen.«

»Oder ein Chef«, murmelte Mikael. Er dachte nach.

»Was erklären würde, warum man auf den Bändern keine Person hinter das Haus gehen oder fahren sieht«, sagte er.

»Außerdem hätte er auch Gelegenheit dazu gehabt, Daten verschwinden zu lassen«, ergänzte Hakala. »Immerhin ist er der Chef.«

»Ich werde die Technik noch mal gezielt darauf ansetzen, ob bei den Überwachungsvideos etwas manipuliert wurde«, sagte Mikael.

»Wann kommst du zurück ins Büro, Hakala?«

»Bin quasi schon auf dem Weg«, sagte Hakala. »Hier wird das Wetter echt ungemütlich.« Mikael konnte eilige Schritte hören. Dann eine Autotür, die zufiel. Schlagartig war der Verkehrslärm im Hintergrund verschwunden. »Bin jetzt im Auto, Mik.«

»Wie heißt der Chef der Tankstelle eigentlich?«, fragte Mikael, der immer noch die entsprechende Zeugenaussage suchte.

»Ramon Laine«, antwortete Hakala. »Und weißt du was? Er war heute nicht bei der Arbeit. Ich hab da kein gutes Gefühl, Mik.«

»Es gibt hier eine Wohnadresse von Ramon Laine in der Akte. Im Osten von Helsinki. Vergiss das mit dem Büro,

Hakala. Fahr direkt dorthin. Ich schicke dir die Adresse aufs Handy. Wir treffen uns dort.«

»Alles klar, Mik.«

Mit diesen Worten legte Peter Hakala auf. Mikael machte sich sofort auf den Weg zu seinen Kollegen von der Technik. Anschließend musste er zu seinem Auto. Bereits bei dem Gedanken daran, dass er bei diesem Wetter gleich Auto fahren musste, wurden seine Hände feucht. In seinem Kopf formierte sich ein neuer Gedanke, der ihn versöhnlich stimmte. Wenn er schon in den Osten fuhr, konnte er noch jemand anderem einen Besuch abstatten.

8.

Peter Hakala war als Erster vor Ort. Die Adresse, die Mikael Kohonen ihm geschickt hatte, hatte ihn mitten nach Myllypuro, ein Wohnviertel im Osten Helsinkis, geführt. Angesichts des Wetters zog Hakala es vor, in seinem Auto zu warten. Er starrte auf das hellblaue Gebäude vor ihm, das durch die nasse Windschutzscheibe vor seinen Augen verschwamm. Immer dann, wenn die Scheibenwischer einmal ihren Weg auf und ab gemacht hatten, erhaschte er für einen kurzen Moment einen klaren Blick darauf. Die meisten Fenster waren dunkel. Nach einer Weile hielt ein Auto hinter seinem an. Und eine Gestalt in dunkler Regenjacke klopfte an seine Scheibe.

»Machst du mir auf, Hakala, oder lässt du mich im Regen stehen?«, rief Mikael durch die geschlossene Autotür. Hakala brauchte einen Moment, um den Knopf zum Entriegeln der Türen zu betätigen.

»Was für ein Wetter!«, sagte Mikael und setzte sich auf den Beifahrersitz. Hakala nickte nur und schüttelte sich leicht.

»Ich hab die Technik noch mal auf die Bänder angesetzt«, sagte Mikael. »Und jetzt sehen wir uns mal hier um. Erst mal noch ohne Verstärkung, alles klar?«

»Mik, ich hab ein richtig dummes Gefühl bei der Sache.« Peter Hakalas Gesicht hatte sich verdunkelt. »Dieser Ramon Laine hätte Gelegenheit gehabt, durch die Tankstelle in den hinteren Bereich zu gelangen. Dort hätte er das deutsche Pärchen überwältigen können.«

Mikael nickte. »Oder zuerst einen und dann den anderen«, fügte er hinzu. »Trotzdem riskant am helllichten Tag.« Einen Moment herrschte Stille im Wagen. Dann klatschte Mikael sich mit beiden Händen auf die Oberschenkel.

»Lass uns abwarten und keine voreiligen Schlüsse ziehen«, meinte er und stieg als Erster aus dem Wagen. Hakala folgte ihm kurz darauf.

Sie drückten ein paarmal vergebens auf den Klingelknopf neben dem Namen Laine. Niemand öffnete.

»Versuchen wir es beim Nachbarn«, sagte Mikael und drückte den Knopf unterhalb.

Es stellte sich heraus, dass der Nachbar ein älterer Herr Mitte sechzig mit ziemlich viel Redebedarf war. Er hatte sie in seine Wohnung gebeten. »Möchten Sie einen Kaffee, meine Herren? Oder Tee?«

»Nein, danke«, sagte Mikael schnell, bevor Hakala antworten konnte. Auch wenn das Angebot für ein Heißgetränk jetzt sehr verlockend klang, es drängte ihn hier schnell wieder raus. Er wollte keine Zeit verlieren.

»Kennen Sie Ihren Nachbarn Ramon Laine besser?«

»Nicht wirklich. Er wirkt ruhig und unauffällig. Der perfekte Mieter würde ich sagen. Er geht meist früh und kommt erst spät nach Hause. Manchmal ist er tagelang nicht hier.«

»Hat er noch eine andere Wohnung irgendwo? Oder ein Haus?«

»Ich habe keine Ahnung. Aber irgendwo muss er ja schlafen, wenn er nicht hier ist. Ich weiß nur, dass er eine Tankstelle betreibt.«

»Haben Sie einen Schlüssel zu seiner Wohnung?«, fragte Mik und konnte ein Funkeln in Hakalas Augen nicht übersehen. *Nein, Mik. Das darfst du nicht.* Der ältere Herr schaute beide verwundert an, blickte von einem zum anderen.

»Nein«, sagte er schließlich langsam. »So unauffällig Laine war, so verschlossen war er auch. Hat kaum mal was geredet. Und schien es irgendwie immer eilig zu haben. Was hat er denn angestellt?« Hakala und Mikael warfen sich vielsagende Blicke zu.

»Gar nichts«, sagte Mikael und wandte sich zum Gehen. Die Worte kamen ihm nur schwer über die Lippen.

»Hakala, schreib Ramon Laine zur Fahndung aus«, sagte Mikael beim Hinausgehen, während er bereits die Tür seines Autos mit der Fernbedienung entriegelte. »Und kümmere dich um einen Durchsuchungsbefehl für die Wohnung. Außerdem will ich wissen, ob Laine noch irgendwo anders eine Wohnung oder ein Haus besitzt oder gemietet hat.«

»Geht klar, Mik. Was machst du?«

»Ich muss noch kurz was erledigen«, sagte Mikael. Hakala war kurz davor nachzufragen. Das sah Mikael ihm an. Aber er tat es nicht.

»Bis später«, sagte der junge Kollege und stieg in sein Auto ein. Mikael wiederum wollte nicht noch einmal um Hilfe betteln wie bei Anders. *Dann lieber allein und auf meine Art*, dachte er. Er spürte Hakalas Blick auf sich, als er davonfuhr.

9.

Als Mikael Kohonen wenig später den Klingelknopf betätigte und die braune Eingangstür betrachtete, spürte er tief im

Inneren, dass er auf dem richtigen Weg war. Da er sich mit Hakala ohnehin schon im Osten Helsinkis befunden hatte, war es naheliegend gewesen, hier noch vorbeizufahren. Es hatte sich geradezu aufgedrängt. *Zwei Fliegen mit einer Klappe schlagen*, dachte er. Er schniefte und suchte in seiner Jackentasche nach einer Packung Taschentücher. Fand aber nur ein gebrauchtes, das noch einmal herhalten musste. Sein Diensthandy, das ihm ebenfalls in die Hände fiel, zeigte lediglich zwei Prozent Restakku an und würde sich demnächst ausschalten. Nach einer Weile öffnete sich die Tür einen winzigen Spaltbreit. Zu wenig, um einen Fuß in die Tür zu stellen. Gerade weit genug, um von innen mit einem Auge herauszuschielen.

»Matias Salo?«, fragte Mikael möglichst unbekümmert. Er spürte instinktiv, dass er jetzt nicht die Worte »Kriminalpolizei« und »Hauptkommissar« verwenden sollte. Dennoch wollte er zumindest teilweise bei der Wahrheit bleiben.

»Wer will das wissen?«, fragte eine männliche Stimme hinter der Tür.

»Bei Ihrem Nachbarn unter Ihnen wurde eingebrochen. Ich bin von der Polizei und befrage alle Nachbarn, ob ihnen in letzter Zeit etwas Ungewöhnliches aufgefallen ist«, antwortete Mikael. Es war zumindest nicht gänzlich gelogen. Von der Polizei war er ja. Die Tür ging einen kleinen Spaltbreit weiter auf. Mikael erblickte ein dünnes Gesicht. Und einen Mann mit schütteren, gräulichen Haaren. Er sah älter aus, als Mikael ihn eingeschätzt hatte.

»Sind Sie nun Matias Salo?«

»Ja, der bin ich«, sagte der Mann. »Und ich habe nichts gesehen oder gehört.«

Mit diesen Worten wollte Matias die Tür schnell wieder schließen. Aber Mikael konnte seinen Schuh dazwischenschieben.

»Darf ich kurz reinkommen?«, fragte er.

»Weswegen denn? Ich habe Ihnen doch gesagt, dass ich nichts weiß.«

»Deswegen hier«, sagte Mikael und hielt Matias einen Ausdruck des alten Bildes vor die Nase. Jonne Sanders und Julius Märsen im Jahre 1994. Arm in Arm. Im Hintergrund Bäume. Mikael konnte sehen, wie augenblicklich jede Farbe aus dem Gesicht seines Gegenübers wich.

»Sie sind gar nicht wegen eines Einbruches hier, oder?«, fragte Matias schließlich leise.

»Nein«, gab Mikael zu. Er hielt nach wie vor das Foto in seinen Händen.

»Warum jetzt? Warum nach all den Jahren?« Matias war einen Schritt zurückgewichen und ließ Mikael die Tür öffnen und eintreten.

Dieser blickte sich verhalten in der kleinen Wohnung um. Vom Flur führten drei Türen weg, hinter denen er Wohn- und Esszimmer, Schlafzimmer und Bad vermutete.

»Ich bin Mikael Kohonen, Kriminalpolizei«, stellte er sich endlich wahrheitsgemäß vor. Matias starrte die ganze Zeit auf das Foto in seinen Händen, konnte den Blick kaum davon lösen.

»Warum jetzt?«, fragte er erneut. »Es hat jahrelang niemanden interessiert.«

»Können wir uns irgendwo hinsetzen?«, wollte Mikael wissen, der gerne einen Blick auf den Rest der Wohnung werfen wollte. Ein Schatten huschte über das Gesicht von Matias, der seine Gedanken zu erraten schien. Er führte ihn ins Wohnzimmer, von dem nochmals eine Tür in eine kleine Küche zu führen schien. Alles wirkte auf den ersten Blick ordentlich aufgeräumt. Keine Gläser auf dem Couchtisch, keine Klamotten auf dem Boden. Eine ordentlich zusammengefaltete Decke auf dem Sofa.

»Könnte ich eine Tasse Tee bekommen? Verdammt kalt draußen«, sagte Mikael unbekümmert. Matias blickte ihm direkt in die Augen.

»Natürlich«, sagte er und ging langsam in die Küche. Mikael nutzte die Zeit, um sich eilig in dem Raum umzusehen. Er konnte nichts Verdächtiges entdecken.

»Leben Sie allein hier?«, rief er in Richtung Küche. Mehr, um sich zu vergewissern, dass Matias noch beschäftigt war, als aus Neugierde. Mikael blickte vom Wohnzimmer aus in den Flur. Schlafzimmer- und Badezimmertür waren geschlossen.

»Ja«, antwortete Matias direkt hinter ihm. Mikael erschrak und fuhr herum. Er war viel zu früh wieder hier. Konnte unmöglich bereits Tee gekocht haben.

»Was ist los?«, fragte Mikael, der sich sein klopfendes Herz nicht anmerken lassen wollte. *Warum bin ich allein hierhergekommen?*, fragte er sich beklommen.

»Vergessen wir den Tee«, raunte Matias. Irgendetwas in seinem Blick hatte sich verändert. »Und jetzt lassen wir die Spielchen sein.« Seine Augen blitzten. »Sie ist da. Ella ist hier bei mir.«

Im Hintergrund bewegte sich die Tür zum Schlafzimmer leicht.

10.

Loris Anders drückte genervt auf den roten, kleinen Hörer auf seinem Handydisplay. Er versuchte seit geraumer Zeit, Mikael Kohonen auf seinem Diensthandy zu erreichen. Es war ausgeschaltet. Und das wiederum sah Mikael überhaupt nicht ähnlich. Langsam wurde Anders ungeduldig. Er starrte das Handy in seiner Hand an und kratzte sich mit der anderen nachdenklich am Hinterkopf. *Wo steckst du, Mik,* dachte er. Irgendwo tief in sich spürte er einen Anflug von schlechtem Gewissen.

Mikael hatte ihm etwas sagen wollen, hatte mit ihm über einen alten Fall sprechen wollen, der ihn offenbar sehr beschäftigte. Er dagegen hatte sich dem Druck von oben gefügt. Was, wenn Mikael einen Alleintrip gestartet hatte? Ähnlich gesehen hätte es ihm. Plötzlich erfasste ihn eine innerliche Unruhe. Er steckte sein Telefon in die Hosentasche und machte sich auf den Weg zu Peter Hakala.

»Weißt du, wo Mik ist?«, fragte er, noch bevor er das Büro richtig betreten hatte. Hakala sah überrascht von seinen Unterlagen auf. Er trug lediglich ein T-Shirt, was ungewöhnlich für ihn war. Man sah ihn ansonsten stets adrett gekleidet, meistens im Hemd.

»Sorry, mein Hemd war nass«, sagte Hakala, der Anders' Gedanken zu erraten schien. »Mistwetter draußen«, fügte er noch hinzu. Dann runzelte er die Stirn und sah besorgt aus. »Ist Mik noch nicht zurück? Er wollte vorhin noch etwas erledigen.«

»Und was?«, fragte Anders ungeduldig.

»Um ehrlich zu sein, habe ich keine Ahnung«, meinte Hakala und blickte wieder auf seine Unterlagen. »Weißt du, manchmal will man Mik lieber nicht fragen, was er vorhat«, sagte er. »Manchmal muss man ihn einfach sein Ding machen lassen.«

Anders wusste ganz genau, was er meinte. Mikael war oft gefangen in seiner eigenen Gedankenwelt. Und kein Außenstehender vermochte bis dahin durchzudringen.

»Mik geht nicht ans Handy und ich finde das ungewöhnlich«, sagte Anders. In diesem Moment klingelte sein Telefon. Er hob den Zeigefinger als Zeichen für Hakala, kurz zu warten.

»Aha, danke«, raunte Anders nach einer Weile in den Hörer. Als er aufgelegt hatte, blickte er für einen Moment aus dem Fenster und bewegte sich nicht.

»War das Mik?«, fragte Hakala. Anders brauchte ein paar Momente, ehe er reagierte.

»Das war die Technik. An den Überwachungsbändern der Tankstelle ist tatsächlich manipuliert worden. Offenbar wurden Teile der Aufnahme gelöscht«, sagte er. »Du weißt, was das bedeutet.«

»Dieser Chef der Tankstelle, Ramon Laine. Der hat Dreck am Stecken«, sagte Hakala. Anders nickte nur langsam. »Er hatte jedenfalls einen Grund zur Manipulation der Bänder. Und es gibt große Zeitlücken, in denen er am Tag des Verschwindens der beiden Deutschen nicht gesehen wurde.« Anders trat näher an Hakala heran und sah ihm direkt in die Augen. Beide wussten, dass keine Zeit zu verlieren war.

»Ich sorge dafür, dass umgehend die Wohnung von Ramon Laine durchsucht wird. Im Übrigen werden alle verfügbaren Leute auf ihn angesetzt. Du probierst weiter, Mik zu erreichen«, sagte Anders alarmiert. »Irgendwo muss er ja sein.«

11.

Mikael Kohonen rührte sich nicht. Er starrte Ella Mäkinen an, die im Türrahmen zwischen Wohnzimmer und Flur lehnte und konnte es kaum fassen. Ein dünnes Häufchen Elend mit einem willensstarken Ausdruck im Gesicht stand vor ihm. Von ihren langen blonden Haaren, die sie auf den Fotos der Vermisstenanzeige trug, war nichts mehr übrig geblieben. Sie waren mittlerweile kurz und braun.

Du hast sie gefunden, dachte er. Die Euphorie des Erfolgs wechselte sich mit wachsender Besorgnis ab. Was wurde hier gespielt?

»Ella, alle suchen nach Ihnen«, sagte Mikael, was ihr nur ein heiseres Lachen entlockte.

»Keinen interessiert es, was mit mir ist«, murmelte sie.

Dann fiel ihr Blick auf das Foto in seinen Händen. Er folgte ihren Augen.

»Ich weiß über das, was Ihnen im Jahr 1994 passiert ist, Bescheid«, setzte Mikael vorsichtig an.

»Einen Dreck wissen Sie!«, entgegnete Ella unwirsch. Ihre Augen funkelten bedrohlich.

»Erzählen Sie mir von Jonne Sanders«, bat Mikael. Einen Moment schien sie nachzudenken.

»Jonne Sanders war ein Dreckskerl«, sagte sie dann. »Mehr gibt es zu ihm nicht zu sagen.«

Sie stand noch immer still da, machte keine Anstalten, sich aus dem Türrahmen wegbewegen zu wollen.

»Warum sprechen Sie in der Vergangenheitsform von Jonne?«, fragte Mikael. Der genaue Name des Opfers war, seines Wissens, in der Presse nicht erwähnt worden. Sie schwieg.

Mikael musste an die blonden Haare auf dem Beifahrersitz von Jonnes Auto denken. Sie hatten eindeutig Ella zugeordnet werden können.

»Sie sind an jenem Freitagabend, nachdem Sie die Klientin allein beraten hatten, in Jonne Sanders Auto mitgefahren«, behauptete Mikael. Ihre ungeteilte Aufmerksamkeit war ihm jetzt sicher.

»Woher …?«, setzte sie an, dann stockte sie. »Es ist jetzt ohnehin egal.«

Mikael aber hatte gerade erst Fahrt aufgenommen.

»Ich denke, ich weiß, was Sie mit Jonne Sanders gemacht haben«, wagte er einen vorsichtigen Vorstoß. »Wir haben ihn im Kofferraum seines Autos gefunden.«

»Er hatte es verdient«, kam es prompt und verbittert zurück.

Mikael konnte förmlich sehen, wie es in Ellas Kopf arbeitete.

Rückblick

21. November 2014

»Ella, es ist schon spät. Machen Sie Schluss für heute«, rief ihre Chefin ihr zu. Freitagabend. Jeder startete ins Wochenende. Jeder außer Ella. Sie machte sich nichts aus der Uhrzeit oder dem Wochentag. Zu Hause wartete ohnehin nur eine leere Wohnung auf sie.

»Das ist jetzt ein Befehl, Ella«, rief Iida erneut.

Da klingelte es an der Tür. Die junge Frau, die eintrat, sah ziemlich mitgenommen aus. Das Mädchen brauchte Hilfe. Dennoch konnte man Iida ansehen, dass sie einfach nur nach Hause gehen wollte. In ihr perfektes kleines Heim, mit dem perfekten Mann und der süßen Tochter. Auf Ella wartete niemand. Es gab nichts abseits der Arbeit für sie.

»Seien Sie vorsichtig, Ella. Und machen Sie nicht mehr zu lange«, sagte Iida noch. Und dann war sie tatsächlich fort.

Ella sprach an jenem Abend noch lange und ausführlich mit der jungen Frau. Es stellte sich heraus, dass sie von ihrem Freund geschlagen wurde. Einem gewissen Jonne Sanders. Der Name sagte Ella nichts. Schien ein echter Dreckskerl zu sein. Nachdem die Frau sich beruhigt hatte und Ella ihr immer wieder alle weiteren Schritte und Möglichkeiten erklärt hatte, wollte sie erst mal nach Hause und über alles nachdenken. Ella rief ihr ein Taxi und vergewisserte sich vom Fenster aus, dass sie auch einstieg. Eine Weile blickte sie noch grübelnd in die dunkle Nacht hinaus, bevor auch sie beschloss, sich auf den Heimweg zu machen.

Als Ella die Helfende Hand wenig später verließ, stand er plötzlich mit seinem Auto vor ihr. Jonne Sanders, der Ex der Klientin. Er war seiner früheren Freundin wohl gefolgt. Wollte sehen, mit wem sie sprach. Und worüber.

Was dann geschah, war purer Zufall. Oder Glück. Oder Schicksal. Ella erkannte ihn sofort. Alles stimmte. Er hatte diese kleine Narbe über dem linken Auge, die sich für immer in ihr Gedächtnis gebrannt hatte. Er grinste und zeigte seinen gräulichen Schneidezahn. Kein Zweifel, das war er. Einer ihrer Peiniger aus dem Sommer 1994. Nach einem Moment des Schocks war sie ziemlich schnell bereit zu handeln. Auf diesen Moment hatte sie gewartet. Viele Jahre lang. Und sie war vorbereitet.

Ihr Vorteil war: Er erkannte sie nicht. Er hatte nicht den leisesten Schimmer. Als sie in sein Auto einstieg, um über seine Ex-Freundin zu reden, lag der Elektroschocker kühl und schwer in ihrer Hand.

* * *

Mikael wollte Ella Zeit geben, sie nicht zum Reden drängen. Deshalb wartete er scheinbar geduldig, bis sie ihm endlich wieder in die Augen sah und in ihrem Gesicht eine gewisse Klarheit zu erkennen war. Innerlich rasten seine Gedanken und seine Hände schwitzten. Er konnte den Blick nicht von dieser Frau abwenden, wollte alles wissen, jedes kleine Teilchen zusammenfügen. Ihm fiel Saskia Ojala wieder ein.

»Ihre Freundin Saskia sucht nach Ihnen«, sagte er in der Hoffnung, Ella weiterhin zum Reden zu bewegen. Diese Worte überraschten Ella sichtlich. Kurz überlegte sie, dann wechselte ihr Gesichtsausdruck wieder zu verbittert. »Und wenn schon.«

»Es gibt Menschen, die sich sehr wohl um Sie sorgen«, meinte Mikael.

»Keiner kennt mich wirklich«, antwortete Ella und Mikael kam nicht umhin zu denken, dass in dieser Aussage viel Wahrheit steckte. Er betrachtete die zierliche Frau. Sie musste mit einer unglaublichen Entschlossenheit vorgegangen sein, um einen Mann wie Jonne Sanders zu überwältigen.

»Sie haben Jonne noch Freitagnacht verschwinden lassen«, fuhr Mikael mit seiner Theorie fort. Ella schwieg, ihr Blick war unleserlich. Trotzdem machte er weiter, er hatte zu viel erfahren, um jetzt aufzuhören.

Ihm fiel das Kalenderblatt wieder ein, das Saskia Ojala erwähnt hatte. Es hatte Samstag, den 22. November, angezeigt. »Danach waren Sie noch einmal in Ihrer Wohnung, hab ich recht?«

Ella antwortete noch immer nicht. Aber ein Zeichen der Anerkennung huschte über ihr nachdenkliches Gesicht.

Rückblick

22. November 2014

Es war fast vier Uhr morgens, als Ella auf leisen Sohlen durch das Treppenhaus zu ihrer Wohnung schlich. Sie wollte noch einmal duschen und ein paar Dinge holen. Vor allem Bargeld. Die Fenster der anderen Wohnungen waren alle dunkel. Auch die alte, neugierige Nachbarin schlief um diese Zeit wohl seelenruhig in ihrem Bett.

Ella zog ihre verschmutzten Sachen aus wie eine Schlange, die sich häutet. Sie fühlte sich stark und schwach zugleich, als eine Spur aus Blut und Dreck in den Ausfluss der Dusche rann und verschwand.

Auf dem Weg nach draußen schnappte sie sich ihre dicke Jacke, die am Haken im Flur hing. Wie immer. Und riss ein Blatt vom Kalender ab. Wie immer.

Im Treppenhaus meinte sie ein leises Geräusch aus der Nachbarwohnung gehört zu haben. Die alte Nachbarin war doch wohl nicht mitten in der Nacht wach und spionierte? Zuzutrauen war es ihr. Ella hob den Zeigefinger an die Lippen und blickte in Richtung ihres Türspions. »Psst«, zischte sie. Vielleicht bewog sie das dazu, die Klappe zu halten. Aber im Grunde war es ihr egal, ob sie gesehen wurde. Es war jetzt ohnehin alles egal.

12.

Loris Anders' schnelle Schritte glitten beinahe lautlos über den Boden im Flur der Polizeistation. Nachdem er Mikaels Bürotür noch immer verschlossen vorgefunden hatte, machte er sich auf den Weg zum Besprechungszimmer, in dem sich das Team traf, um die wichtigsten Ermittlungsergebnisse zu diskutieren und die weiteren Aufgaben zu verteilen. Eine vage Hoffnung, seinen Kollegen vielleicht dort anzutreffen, begleitete ihn dabei. In dem großen Raum befanden sich zwei Fenster, deren Jalousien im Inneren zugezogen waren. Einige Tische standen in U-Form aneinandergereiht da, in der Mitte eine große Flipchart, die im Moment leer war.

Zu seiner Überraschung saß Sofia auf einem der hintersten Plätze vor ihrem Laptop. Sie blickte auf, als er hereinkam, nahm ihre Lesebrille ab und rieb sich über ihre Augen.

»Muss nur noch schnell eine Mail schreiben«, meinte sie. »Dann bin ich weg.«

»Alles gut«, erwiderte Anders und drehte sich um, weil er sie nicht stören wollte.

»Wissen Sie, wo Mikael ist?«, fragte Sofia, noch bevor er den Raum verlassen hatte. »Wir waren eigentlich verabredet.«

Anders runzelte die Stirn, wog im Bruchteil einer Sekunde ab, wie viel er der Psychologin verraten konnte. Er fand sie sympathisch, wusste aber, dass ihre Aufgabe auch darin bestand, Mikael zu analysieren. Er wollte seinem Kollegen nicht in den Rücken fallen.

»Ich weiß es nicht«, antworte er wahrheitsgemäß. »Er hat sich nicht abgemeldet.«

Sofia nickte und seufzte. »Es ist wirklich nicht einfach mit ihm«, setzte sie an, stoppte sich dann aber.

Anders stand im Türrahmen und seufzte jetzt ebenfalls. »Ich weiß, dass Mikael nicht immer leicht ist«, sagte er. »Aber er hat sein Herz am rechten Fleck.«

Anders wunderte sich selbst über seine emotionalen Worte, aber er merkte, dass er Mikael um jeden Preis verteidigen wollte.

»Das weiß ich«, kam es erstaunlich schnell von ihr zurück. Sie raffte ihre schulterlangen Haare im Nacken zusammen und band sie mit geschickten Bewegungen zu einem Pferdeschwanz zusammen. Ihre Augen wirkten müde.

»Ich würde Mikael gerne helfen«, fuhr sie fort. »Aber ich fürchte, er lässt mich nicht.«

»Er lässt sich generell ungern helfen«, erwiderte Anders. »Macht die Dinge lieber mit sich allein aus.« *Wenn sie wüsste, wie wahr das gerade jetzt im Moment ist*, dachte er.

In diesem Moment räusperte sich jemand hinter Anders und er fuhr herum. Es war Peter Hakala, der irgendwoher schon wieder ein neues Hemd aufgetrieben hatte und akkurat aussah wie immer.

»Anders, ist Mik wieder da?«

Die Dringlichkeit in Hakalas Worten überhört Sofia ganz sicher nicht, ging es Anders durch den Kopf.

»Noch nicht«, gab er nur knapp zurück. »Gibt's was Neues?«

»Schon«, setzte Hakala an. Sein Blick wanderte zu Sofia.

»Sagt Ihnen das Medikament Midazolam etwas?«, fragte er sie.

»Wird vor allem in Krankenhäusern zur Sedierung von Patienten eingesetzt, soweit ich weiß«, antwortete sie.

»Genau. Das in der Lagerhalle ermordete Pärchen wurde damit ruhiggestellt. Deshalb haben wir die ganze Zeit nach möglichen Verbindungen von Verdächtigen und Zeugen zu Ärzten oder anderem Gesundheitspersonal gesucht«, meinte Hakala. »Ich telefoniere seit Tagen sämtliche Arztpraxen und Krankenhäuser in Helsinki und Umgebung ab.«

»Und?«, fragte nun Anders mit wachsender Unruhe in der Stimme.

»Ich glaube, ich hab da was gefunden«, meinte Hakala mit alarmierender Stimme.

13.

In der Wohnung war es dunkel, lediglich eine Stehlampe neben der Couch brannte und warf ein warmes, aber schwaches Licht in den Raum. Mikael machte einen kleinen Schritt auf Ella zu, was diese sofort zurückweichen ließ.

»Bleiben Sie weg von mir«, zischte sie. Sie sah in Richtung Matias, der im Durchgang zur Küche stand, und die beiden tauschten stumme Blicke aus.

Mikael wägte seine nächsten Schritte ganz genau ab. Er wollte die ganze Wahrheit erfahren, aber er musste vorsichtig sein. Er war sich des Umstands, dass Ella und Matias beide Türen blockierten, durchaus bewusst.

Aber er war zu weit gekommen, um jetzt abzubrechen. Sein Blick fiel erneut auf das Foto in seiner Hand. Neben Jonne Sanders zeigte es auch Julius Märsen, der ebenfalls verschwunden war. Und das konnte aus Mikaels Sicht eigentlich nur eines bedeuten.

»Julius Märsen war damals der zweite Täter«, mutmaßte er laut.

Ein kurzes Flackern in Ellas Augen war Zustimmung genug. Er wusste, dass er ins Schwarze getroffen hatte.

»Aber wie kamen Sie überhaupt auf den zweiten Täter?«, fragte er weiter. »Die Polizei konnte ihn nie ermitteln.«

Ella stieß einen verbitterten Seufzer aus. Ihr Gesicht lag zur Hälfte im Dunkeln, was ihr einen merkwürdigen Ausdruck verlieh. »Die Polizei konnte gar nichts …«

Mikael stockte kurz. *Sie kann eigentlich nur auf einem Weg auf den Namen gekommen sein*, ging es ihm durch den Kopf. In der nächsten Sekunde gab er sich die Antwort auf seine Frage bereits selbst. »Jonne hat Ihnen den Namen verraten, nicht wahr? Er wusste natürlich, wer der Zweite war.«

»Er hatte keine Wahl«, murmelte Ella und starrte an Mikael vorbei in das Nichts.

RÜCKBLICK

21. NOVEMBER 2014

Es war viel schwieriger, als Ella gedacht hatte, den bewusstlosen Jonne Sanders aus dem Auto zu zerren. Sein Kopf knallte dabei unsanft auf den harten Boden. Er trug eine blutende Wunde über dem Auge davon. Dann wuchtete sie ihn in den Kofferraum, fesselte seine Arme und Beine. Es kostete sie ihre ganze Kraft.

Ella setzte sich ans Steuer und fuhr noch ein Stückchen weiter in den Wald hinein. Bis zu einer kleinen Lichtung, von der sie sicher war, dass sie weit genug ab lag. Dann öffnete sie den Kofferraum erneut.

»Aufwachen, Jonne«, schrie sie und stach ihm ihr Messer in die Wade. Nicht allzu tief. Der Schmerz ließ ihn stöhnend erwachen.

»Verdammt, was ist hier los?«, jammerte er. Orientierungslos blickte er sich um. Schien einige Momente zu brauchen, um die Situation zu verstehen. Blut floss aus der Wunde an seiner Stirn in sein Auge.

»Das will ich dir gerne erklären, Jonne«, sagte Ella ruhig. Er krümmte sich vor Schmerzen. Dennoch starrte er sie fassungslos an. Und ratlos.

»Du erinnerst dich doch noch an den Sommer 1994? Die Hütte bei Puumala? Ich jedenfalls vergesse sie nie, weißt du.«

»Scheiße«, sagte er leise. Seine Augen blickten sich hastig um. Er erahnte sofort die Ausweglosigkeit seiner Situation. Dennoch versuchte er, sich zu winden wie ein Wurm, verlor dabei einen Schuh, der in den Schnee neben dem Auto fiel. Sie ignorierte es.

»Ich sage dir, wie das jetzt abläuft«, sprach sie weiter. »Du nennst mir den Namen des zweiten Kerls, der dabei war, und ich lasse dich gehen.«

Sogar verschleppt, gefesselt und verletzt konnte sie ihm ansehen, dass er noch überlegte. Seine Möglichkeiten auslotete. Wie

221

ein Käfer, der auf dem Rücken liegt und mit seinen Beinchen wackelt. Seine Augen waren geweitet, traten fast aus ihren Höhlen.

Schließlich kooperierte er doch, was blieb ihm auch anderes übrig?

»Julius Märsen«, stieß er schmerzerfüllt hervor.

Ella hatte natürlich niemals vorgehabt, ihn laufen zu lassen. Ein gezielter Stich in den Bauch. Dann schloss sie den Deckel des Kofferraums und überließ ihn seinem Schicksal. Noch einige Meter weiter hörte sie seine dumpfen Schreie und Tritte.

* * *

Mikael setzte sich Teilchen für Teilchen sein Puzzle der Ereignisse im Kopf zusammen.

»Erzählen Sie mir, was mit Julius Märsen geschehen ist«, bat er.

»Das Gleiche wie mit Jonne«, antwortete Ella prompt. Sie hatte offensichtlich nichts mehr zu verlieren.

»Haben Sie ihr dabei geholfen?«

Mikael wandte sich das erste Mal wieder an Matias, den er die ganze Zeit über aus den Augen gelassen hatte. Dieser stand stumm neben der Küchentür und rührte sich nicht.

»Lassen Sie Matias da raus!«, rief Ella drohend. Ihre Willensstärke trieb Mikael eine Gänsehaut auf den Rücken. »Er hat damit rein gar nichts zu tun!«

Er hat dich zumindest hier versteckt, dachte Mikael, hütete sich aber davor, diese Worte laut auszusprechen.

»Julius zu erwischen, war schwieriger als bei Jonne«, setzte Ella an. Dann machte sie eine Pause, schien nachzudenken.

»Was haben Sie mit ihm gemacht? Wo ist er?«, fragte Mikael erneut.

»Dort, wo ihn so schnell keiner findet«, erwiderte Ella. Ihr Blick verdüsterte sich.

Rückblick

27. November 2014

Ella hatte Julius Märsen eine ganze Weile nachgestellt. Ihn beobachtet. Dann endlich. Endlich kam ihre Chance. Heute war er allein in dem Park unterwegs. Spazierte lange ziellos umher. Ella wartete, bis er zu seinem Auto zurückging, das am hinteren Ausgang parkte.

Julius war eindeutig schlauer, als Jonne es gewesen war. Und misstrauischer. Außerdem gab es diesmal keine offensichtliche Geschichte, die sie hätte erzählen können. Sie musste richtig lügen, um in sein Auto einsteigen zu dürfen. Aber auch dann blieb er skeptisch und alles musste schnell gehen. Sie hielt ihm den Elektroschocker von der Seite an den Hals. Er kippte leicht zuckend nach vorne auf das Lenkrad, sein Körper erschlaffte.

Draußen war es dunkel. Kein Mensch war zu sehen. Sie hatte mehr Glück als Verstand. Julius war nicht besonders groß, hatte extrem kleine Füße. Aber er hatte einen ziemlichen Bauch. Adrenalin durchflutete ihren Körper und verlieh ihr ungeahnte Kräfte. Sie zog Julius aus dem Auto und schleifte ihn zum Kofferraum, zerrte so lange an ihm, bis es ihr gelang, ihn hineinzuwuchten. Die Kabelbinder anzulegen, benötigte kaum Zeit.

Eine Weile fuhr sie planlos herum. Dann fand sie ihn. Den perfekten kleinen Weg. Den perfekten kleinen Platz. Mitten in der Einöde. Sie stellte den Wagen ab und stieg aus. Starrte den Kofferraum an. Die dumpfen Schreie darin wurden lauter. Und flehender. Sie konnte sich nicht dazu überwinden, ihn noch einmal zu öffnen.

* * *

Mittlerweile war es draußen stockdunkel.

»Ella, Sie wissen, dass ich Sie verhaften muss, oder?«, meinte Mikael bestimmt. Ein seltsames Lächeln trat auf ihr Gesicht. »Ich bin noch nicht bereit«, sagte sie und trat einen Schritt auf ihn zu.

Mikael spürte die Gefahr, noch bevor er die Waffe in Matias' Hand sah. Er musste sie geholt haben, als er vorgegeben hatte, in die Küche zu gehen. Wie lange hielt er sie schon in der Hand? Mikael war so auf Ella fixiert gewesen, dass er alles andere aus dem Blick verloren hatte.

»Jetzt keine Dummheiten machen«, sagte Matias leise. »Waffe und Handy her!«

Mikael hob langsam beide Hände. Er lotete seine Chancen aus, Matias zu überwältigen. Und schätzte sie als durchaus realistisch ein. Dieses dürre Kerlchen ohne Ausbildung an der Waffe war ihm nicht gewachsen. Oder? In Matias' Blick lag etwas Irres und eine starke Entschlossenheit. Man durfte entschlossene Menschen nicht unterschätzen. Außerdem war da noch Ella. Sie hatten ihn eingekesselt. Also ließ Mikael seine Waffe und sein längst wegen des leeren Akkus ausgeschaltetes Diensthandy über den Boden zu Matias rutschen.

Als er wieder aufblickte, befand er sich mit Matias allein im Raum. Ella war verschwunden.

14.

»Jetzt noch mal von vorne«, bat Anders, nachdem Hakala und er sich von Sofia verabschiedet und auf den Weg zu Anders' Büro gemacht hatten.

»Das Krankenhaus ist klein – ein privates Herzzentrum in Espoo«, meinte Hakala. »Ich hatte mit dem Leiter bereits vor Tagen telefoniert und ihm unser Anliegen unterbreitet. Heute hat er zurückgerufen.«

Anders nahm einen großen Schluck aus der Wasserflasche auf seinem Schreibtisch und wartete darauf, dass Hakala weitersprach.

»Erst auf mehrmalige Nachfrage in verschiedenen Abteilungen konnte die Leitung offenbar herausfinden, dass über Monate hinweg eine nicht unbedeutende Menge Midazolam abhandengekommen ist, ohne dass es dazu Aufzeichnungen gibt.«

Anders wurde hellhörig. »Da sind Medikamente verschwunden und keiner hat das gemeldet?«

»Ganz so einfach war es wohl nicht. Es gab sehr wohl Aufzeichnungen zu dem Verbrauch. Nur waren die nicht alle richtig.«

Anders nickte anerkennend. »Gut gemacht, Kollege! Irgendeine Verbindung von einem der Mitarbeiter dort zu unserem Fall?«

Hakala seufzte. »Noch nicht«, antwortete er schließlich. »Aber ich bin dran. Gehe gerade die Liste durch, die mir das Krankenhaus zur Verfügung gestellt hat. Darauf sind auch alle ehemaligen Mitarbeiter der letzten zwei Jahre.«

»Ich mach mit«, meinte Anders. »Schick mir eine Kopie der Liste und wir teilen uns die Namen auf.«

Solange Mik nicht auftaucht, mache ich heute ohnehin keinen Feierabend, ging es ihm durch den Kopf.

Anders hatte nicht bemerkt, dass Susanna Anttila längst in der Tür stand. Auf das soeben Gesagte ging sie allerdings nicht ein. Sie wirkte gestresst und hektisch. Ihre ansonsten stets glatt frisierten Haare wirkten zerzaust.

»Christine Stegebauer und die Eltern von deren Freund Thorsten aus Deutschland verlangen nach einem Update. Kommen Sie mit Mik in mein Büro!«, befahl sie. »Und ja, ich weiß, wie spät es ist.«

Anders warf Hakala einen vielsagenden Blick zu.

»Geht klar, Chefin«, murmelte er dann und zückte sofort sein Handy, nachdem sie gegangen war. Er wählte Mikaels private Nummer und konnte nur beten, dass dieser endlich abnahm.

15.

Mikaels zweites Handy war auf lautlos gestellt, vibrierte aber in seiner Hosentasche fast ununterbrochen. Ein Wunder, dass Matias es bisher noch nicht bemerkt hatte. Unruhig hampelte er von einem Bein auf das andere, um das Geräusch zu überdecken.

»Sie wissen, wo Ella hinwill«, mutmaßte Mikael und wollte Matias damit auch von dem Brummen ablenken.

»Ja, das weiß ich«, antwortete dieser ohne Umschweife. Er hatte dunkle Schatten unter den Augen. Mikael wartete einen Moment, aber Matias hatte nicht vor, die Antwort näher auszuführen.

»Sie sind kein schlechter Mensch, Matias. Aber Sie reiten sich hier gerade ganz schön in die Misere«, sagte Mikael.

Matias' Augen funkelten bedrohlich. »Hör auf zu quatschen, Mann! Ich falle Ella nicht in den Rücken. Egal, was du sagst!«

Eine Weile herrschte absolute Stille in dem Raum. Matias Waffe zielte die ganze Zeit über direkt auf Mikaels Brust.

Nach einer Weile seufzte Matias und ließ sich auf die Couch fallen, nahm dabei aber keine Sekunde den Blick von Mikael.

»Ella hat noch etwas zu erledigen«, fügte er erklärend hinzu. »Und wir halten einstweilen hier die Stellung.«

Er bedeutete Mikael mit der freien linken Hand, sich auf den Boden zu setzen. »Kann etwas dauern.«

Mikael überlegte nicht lange und ließ sich beinahe augenblicklich an der Wand entlang hinunterrutschen. Seine Beine

226

waren vom langen Stehen müde, sein Kopf ausgelaugt. In der Wohnung herrschte eine seltsame, beinahe friedliche Ruhe.

Matias starrte Mikael durchgehend an, wie ein Wachhund, der seine Beute fixiert. *Komm gar nicht erst auf die Idee, Dummheiten zu machen*, verriet sein Blick.

Da vibrierte Mikaels Handy schon wieder. Unruhig rutschte er auf dem Boden hin und her, um das Geräusch zu überdecken. Matias zog skeptisch eine Augenbraue nach oben. »Was ist?«, zischte er.

»Ich fürchte, ich muss auf die Toilette«, erwiderte Mikael.

»Und ich fürchte, du musst dir heute in die Hose machen«, kam es eiskalt zurück. »Du bleibst genau da, wo du bist. Wir warten!«

Mikael dachte fieberhaft nach. Beide Täter aus dem Jahr 1994 waren tot. Was konnte Ella noch zu erledigen haben?

Donnerstag

4. Dezember 2014

1.

Es war bereits nach Mitternacht, als Ella mit dem Auto langsam auf einem schmalen Weg durch den Wald pflügte. Der Pfad hatte sich über die Jahre kaum verändert, war lediglich noch ein bisschen mehr zugewuchert. Vor Anspannung hielt Ella die Luft so lange an, dass sie sich bereits einer Ohnmacht nahe fühlte. Obwohl sie seit zwanzig Jahren nicht mehr hier entlanggefahren war, erinnerte sie sich an fast jede Einzelheit. Es war, als hätte sich alles für immer in ihr Gehirn eingebrannt. Trotz der Kälte und der gefrorenen Scheiben spürte sie die warme Sommerluft auf ihrer Haut. Und diese düstere Angst, die sie stets begleitet hatte. Als sie es nicht mehr länger aushielt, nahm sie einen tiefen Atemzug und merkte erleichtert, wie sich ihre Lunge mit Luft füllte. *Fahr weiter, es ist nicht mehr weit*, ermunterte sie sich selbst. Der Wald um sie herum war von frischem, unberührtem Schnee bedeckt, dessen glitzernde Kristalle das Scheinwerferlicht von Matias' Auto reflektierten. Es war, als würde die Natur sie an ihre Schönheit erinnern wollen, hier an diesem düsteren Ort.

An den erdigen Reifenspuren auf dem Fahrweg konnte sie deutlich erkennen, dass hier vor Kurzem jemand entlanggefahren war. Hier war sie richtig. Sie konnte es spüren. Dennoch fühlte sich alles so falsch an. So dumm. Niemals hätte sie gedacht, dass irgendetwas auf der Welt sie einmal hierher zurückbringen würde. Aber dann hatte der verängstigte Julius im Todeskampf eine Verbindung des dritten Täters zu diesem Ort angedeutet. Und sie hatte sofort gewusst, wohin sie musste.

Bevor Ella ihre Gedanken zu Ende führen konnte, tauchte sie auf. Die letzte große Kurve vor ihrem Ziel. Ihre Füße waren eiskalt in den klammen Turnschuhen. So vorsichtig es ging, trat sie auf das Bremspedal, das Auto rutschte trotzdem noch ein Stück weiter auf dem gefährlich glatten Untergrund. Kam dann zum Glück etwas verzögert zum Stehen. Sie parkte Matias' Auto in einer kleinen Ausbuchtung und stieg aus. Den Rest des Weges wollte sie sicherheitshalber zu Fuß bestreiten. Sie lauschte den Geräuschen des Waldes, bevor sie ihren Rucksack schulterte und losging. Weit war es nicht mehr. Aber spiegelglatt. Nach einigen vorsichtigen Schritten konnte Ella schon die ersten dunklen Umrisse zwischen den Baumwipfeln erahnen. *Ihre* Hütte.

2.

Mikael musste inzwischen wirklich ziemlich dringend auf die Toilette. Seit einer gefühlten Ewigkeit starrten Matias und er sich schweigend an. Sein Gegenüber war vor geraumer Zeit dazu übergegangen, auf Mikaels Fragen nicht mehr zu reagieren. Trotzdem wirkte sein Blick wach und aufmerksam.

»Soll ich jetzt wirklich hier auf den Boden pinkeln?«, wagte Mikael einen erneuten Anlauf. Matias schien das Gesagte abzuwägen. Er blickte auf seine Uhr.

»Was soll's«, sagte er schließlich. »Sie hat jetzt wohl genug Vorsprung.«

»Vorsprung?«, wiederholte Mikael aufmerksam. »Wozu?«

Matias stand langsam auf, was Mikael in Alarmbereitschaft versetzte. Auch er rappelte sich etwas auf, merkte, wie seine Beine und sein Rücken vom langen Sitzen auf dem harten Untergrund schmerzten.

Etwas in Matias' Blick hatte sich verändert. Er wirkte entschlossener.

»Jetzt ist ohnehin schon alles egal«, murmelte er.

Für Mikael klangen diese Worte alles andere als beruhigend. Wenn Matias jetzt anfing zu reden, was bedeutete das für ihn? Was hatte Matias vor?

»Sie will zu dem Dritten im Bunde«, stieß dieser so plötzlich hervor, dass es Mikael für einen Moment komplett die Sprache verschlug.

»Was haben Sie gesagt?« Ihm wurde beinahe schwindelig. Einen Moment lang wusste er die Aussage nicht einzuordnen.

»Sie sprechen von damals? Dem Vorfall aus dem Jahr 1994?«, setzte er behutsam hinterher.

»Ja, dem *Vorfall*«, äffte Matias ihn nach. »Das ist alles, was wir für euch Polizisten sind, nicht wahr? Ein Vorfall. Eine Nummer.«

»So war das nicht gemeint«, sagte Mikael. »Ich versuche lediglich, Sie zu verstehen.«

Er kannte die Akte und die Aussagen. Es war von zwei Vergewaltigern die Rede gewesen. Zwei unbekannte Vergewaltiger. Nicht drei. Wie konnte das sein? Matias schien seine Gedanken zu erraten.

»Ich war genauso überrascht wie Sie, das können Sie mir glauben«, meinte er. »Aber Ella ist sich sicher. Es gab einen Dritten. Und ich glaube ihr.«

Rückblick

28. November 2014

Als Ella erwachte, wusste sie es. Sie musste noch einmal zum Auto zurück. Ihre Neugierde war zu groß. Und ihre Rachsucht. Sie wollte Julius noch einmal sehen. Wollte sehen, ob er noch lebte.

Das Auto stand genauso da, wie sie es zurückgelassen hatte. Nur hatte sich darauf eine Eisschicht gebildet. Es war verdammt kalt gewesen letzte Nacht. Sie bog die Zweige zur Seite und stapfte über den teilweise matschigen, teilweise gefrorenen Boden. Und lauschte. Alles war still, kein Geräusch war zu hören. War er tot? Sie näherte sich dem Kofferraum und schlich einmal um das Auto herum. Dann öffnete sie den Deckel. Julius lag zusammengekauert da. Er sah kalt und steif aus, hatte die Augen geschlossen und bewegte sich nicht. Sie beugte sich vorsichtig über ihn. Er atmete, wenn auch schwach. Zäher Julius. Zäher Mistkerl. Im Inneren des Kofferraums war es kalt, aber nicht so kalt wie im Freien. Er hatte es tatsächlich durch die eisige Nacht geschafft. Sie hätte es ihm nicht zugetraut.

»Wach auf!« Sie rüttelte an ihm. Er reagierte nur mit einem schwachen Stöhnen, schien nicht bei Besinnung zu sein. Sie schlug ihm ins Gesicht. »Aufwachen!«

Wie in Zeitlupe streckte er daraufhin ein Bein aus. Sein Stöhnen wurde lauter. Als er sie endlich wahrnahm, schlug er die Augen auf. »Bitte! Bitte, lassen Sie mich hier raus. Lassen Sie mich gehen«, waren seine ersten verständlichen Worte.

»Das, was du hier erlebst, hast du verdient«, sagte sie. »Auch ich habe gefleht, damals. Im Sommer 1994. Es hat mir nichts geholfen.«

Und da begriff er es. Seine Augen versteinerten. Er begriff, wer sie war. Und er begriff, dass sie ihn nicht gehen lassen würde.

Todesangst befiel ihn. Und er versuchte alles, einfach alles, um mit seinem Leben davonzukommen.

»Ich kann dir noch etwas sagen«, hauchte er. »Etwas, das du nicht mehr weißt.«

»Ich weiß alles, was ich wissen muss«, sagte sie. Sie war nicht mehr sonderlich interessiert an seinem Gerede.

»Wir waren damals nicht nur zu zweit«, flüsterte er plötzlich. Und brachte sie damit vollkommen aus dem Konzept. Mit allem hatte sie gerechnet, aber nicht damit. Ihr Gesicht entgleiste, ohne dass sie etwas dagegen machen konnte.

»Halt deinen Lügenmund«, brachte sie hervor. Aber er fuhr unbeirrt fort.

»Es war noch ein Dritter dabei. Ein Bekannter von uns. Er hat nur zugesehen«, sagte er. Ihr Gehirn arbeitete auf Hochtouren. Sie sah Bilder vor ihrem inneren Auge. Jonne, der sie fesselte. Julius, der lachte.

»Du lügst«, zischte sie.

»Nein. Das ist die Wahrheit. Es gab noch einen. Der kam überhaupt erst auf die Idee. Und ich schwöre, wenn es das Böse wirklich gibt, dann ist er es.«

* * *

Mikael musste das Gesagte erst verarbeiten.

»Aber warum erwähnte sie den Dritten erst jetzt?«, fragte Mikael. »Und nicht schon damals bei der Polizei?« *Konnte es sein, dass sie selbst nichts mehr davon gewusst hatte,* ging es ihm durch den Kopf.

»Das ist nebensächlich. Aber er war da. Als stiller Beobachter. Und Anstifter. Er ist nicht auf dem alten Foto mit den beiden anderen, das Sie mir gezeigt haben.«

Die Worte drangen nur langsam zu Mikael durch. Ein dritter Täter. Und Ella war auf dem Weg zu ihm.

232

»Matias, Sie können den ganzen Wahnsinn beenden. Sagen Sie mir, wo sie ist«, versuchte er einen Vorstoß.

Matias lächelte. »Einen Teufel werde ich tun. Ich halte ihr den Rücken frei.«

»Aber was, wenn Ella in Gefahr ist?«, meinte Mikael. Bei diesen Worten wurde ihm die ganze Aufmerksamkeit seines Gegenübers zuteil. »Was, wenn der Dritte gefährlicher ist als die beiden anderen?«

»Da kennen Sie Ella schlecht«, sagte Matias schnell. »Sie ist gefährlicher.« Dennoch huschte ein Schatten über sein Gesicht. Er schien über Mikaels Worte nachzudenken. Mikael konnte förmlich sehen, wie es im Kopf des Mannes arbeitete. Und deshalb hakte er weiter nach.

»Wo ist Ella?«

»Halten Sie die Klappe. Denken Sie, ich merke nicht, was Sie vorhaben?«

»Ich denke, Ella ist in Gefahr«, sagte Mikael noch einmal. Bestimmt und mit Nachdruck. »Sie können ihr helfen!«

Bei diesen Worten raffte Matias sich plötzlich auf, als hätte er für sich eine Entscheidung getroffen.

»Du gehst jetzt auf die Toilette. Dann fahren wir ein Stückchen spazieren, wir beide. Und zwar mit deinem Auto. Meines hat Ella«, sagte er und deutete mit der Waffe kurz in Richtung Tür. Mikaels Puls raste. *Wohin?*

»Geh!«, zischte Matias und schob Mikael vor sich her. Nachdem dieser sich bei offener Badezimmertür und mit einer Waffe im Rücken hatte erleichtern dürfen, wurde er zur Wohnungstür hinaus und das Treppenhaus nach unten bugsiert. Niemand begegnete ihnen. Kein Spaziergänger war mit seinem Hund unterwegs. Keine Mutter mit dem Kinderwagen. Draußen drückte Matias ihn weiter in Richtung seines Dienstwagens.

»Du fährst!«, rief er. Er wusste nicht, welchen Zustand er dadurch in Mikael auslöste.

3.

Ellas Atem ging stoßweise. Bei jedem Ausatmen entstand eine kleine Wolke vor ihrem Mund. Die Luft war eiskalt und prickelte auf ihrer warmen Gesichtshaut. Trieb ihr Tränen in die Augen. Sie blinzelte. Die Jahre schienen spurlos an der Hütte vorübergegangen zu sein. Alles sah genauso aus, wie sie es in Erinnerung hatte. Sogar der Holzstapel davor schien derselbe zu sein. Alles roch noch gleich. Es war dieser ganz spezielle Geruch des Waldes, der sie unweigerlich an den Tod denken ließ. Ihren Tod. Allerdings wirkte die Hütte schmutzig und ungepflegt. Die Fenster hätten eine Reinigung mehr als nötig gehabt. Der See lag dunkel da, er funkelte kein bisschen. Eiskalt sah er aus. Und tief. Langsam ging sie weiter. Reifenspuren führten hinter das Haus. Es war also jemand hier.

Sie hatte damit gerechnet, dass es schwierig werden würde. Sie hatte aber nicht damit gerechnet, dass ihre Beine ihr komplett den Dienst versagen würden. Jetzt, wo sie der Hütte so nahe war, weigerten sie sich, auch nur einen Schritt weiterzugehen. Die unheimliche Aura dieses Hauses war zu stark. Sie holte Elektroschocker und Messer aus ihrem Rucksack, ihre zwei üblichen Begleiter. Innerlich wappnete sie sich für ein Verhör. Ein unschönes Verhör. Ein blutiges. Sie würde den Dritten finden. Koste es, was es wolle. Der Dritte hatte etwas mit dieser Hütte zu tun. Dessen war sie sich aufgrund Julius' Angaben sicher. Und wer immer in der Hütte war, musste etwas wissen. Sie stand eine Weile da, ihre Waffen fest umklammert. Hing ihren Gedanken nach und versuchte, ihre Beine zum Gehen zu motivieren.

Da hörte sie plötzlich einen Schrei. Markerschütternd zerriss er die Stille, die sie umgab. Und rüttelte sie wach. Es war der Schrei einer Frau. Und zwar einer von der Sorte, der nicht eine Sekunde lang zweifeln lässt, dass gerade etwas wirklich Schlimmes passiert. Ein panischer, schmerzerfüllter Schrei. Ein Todesschrei. Sie selbst hatte einst so geschrien, vor langer Zeit.

Das konnte nicht wahr sein. Das *durfte* nicht wahr sein. Ihr Gehirn spielte ihr einen Streich, das musste es sein. In ihrem Kopf vermischten sich Vergangenheit und Gegenwart. Sie drehte langsam, aber sicher durch, an diesem Ort hier. Das war die einzige logische Erklärung.

Aber dann folgte ein weiterer gequälter Ton, der sich anhörte, als würde irgendwo ein Tier verenden. Nur dass das Geräusch aus der Hütte kam. *Verdammter Mist, keine Einbildung.* Was war hier nur los? Sie musste näher ran. Schleichen. Wobei man von schleichen kaum sprechen konnte. Ihre Schritte musste man Hunderte Meter weit hören, so laut knirschte der unberührte Schnee abseits des festgefahrenen Weges bei jedem Tritt unter ihren Füßen. Je näher sie kam, desto lauter wurde das Jammern. Ein ersticktes Jammern. Am liebsten hätte sie einfach die Tür aufgerissen. Eine leise Stimme in ihrem Kopf hielt sie im letzten Moment davon ab. Hier stimmte etwas ganz und gar nicht.

4.

Anders' Hände steckten lässig in den Hosentaschen, innerlich dagegen war er angespannt. Es war ihm nichts anderes übrig geblieben, als ohne Mikael im Büro seiner Chefin Susanna Anttila zu erscheinen.

»Wo ist Mik?«, fragte seine Vorgesetzte sofort, noch bevor er ganz eingetreten war. Zu Anders' Erstaunen war sie allein.

Weder Christine Stegebauer noch die Eltern des zweiten Vermissten Thorsten waren hier.

»Der geht dringenden neuen Hinweisen nach«, erwiderte Anders. Die Notlüge ging ihm erstaunlich leicht über die Lippen. Vielleicht lag es daran, dass er das Gefühl hatte, Mikael etwas schuldig zu sein. Anttilas wachsamer Blick verharrte einen Moment lang schweigend auf ihm. Eine schöne Lampe auf ihrem Schreibtisch warf ein warmes Licht in den Raum.

»Wo sind die Eltern?«, fragte Anders erstaunt.

»Die kommen morgen Früh zum Gespräch«, antwortete Anttila ruhig, als wäre es das Selbstverständlichste der Welt. Ihre Haare sahen wieder glatt und ordentlich frisiert aus. Anders schwieg.

»Ich weiß, dass Mik nicht hier ist«, meinte seine Chefin dann. »Und das schon seit Stunden. Also, wo ist er?«

Das Gespräch nahm eine gänzlich andere Wendung, als Anders es erwartet hatte. Hatte sie ihn gezielt allein hierherbestellt, um ihn zu Mik zu befragen? Im Bruchteil einer Sekunde wägte er seine Antwort ab. Er wollte seinen Kollegen nicht in Schwierigkeiten bringen. Aber wie viel wusste Anttila bereits?

Seine Chefin beendete das unangenehme Schweigen schließlich. »Mik hat heute wieder einen Termin mit Sofia Eriksson ausfallen lassen …«, setzte sie an. Dann rieb sie sich über die Augen. »Ich mag Mik. Aber …«

»Mik geht dringenden neuen Hinweisen nach«, wiederholte Anders schnell, der bereits ahnte, in welche Richtung dieses Gespräch gehen sollte. Sie hob überrascht den Kopf.

»Und welche Hinweise sind das?«

»Wir sind dabei, herauszufinden, woher das Midazolam kam, mit dem die beiden Opfer in der Lagerhalle betäubt wurden.«

Anttila nahm ihre Lesebrille von der Nase und legte sie vor sich auf den Schreibtisch. Interessiert blickte sie in seine Richtung.

»Wir haben herausgefunden, dass es in einem privaten Krankenhaus Unregelmäßigkeiten im Zusammenhang mit dem Medikament gab«, fuhr er unbeirrt fort. »Mik geht dem nach.«

Der letzte Satz war eindeutig gelogen.

Anttila stand ruckartig auf, musterte Anders genau. Ein leichtes Lächeln umspielte Ihre Mundwinkel. »Ich erwarte Sie beide morgen Früh in meinem Büro. Gute Nacht.«

5.

Ella hatte sich bis zur Hütte vorgeschlichen, so leise es ging, und spähte durch ein verschmutztes Fenster ins Innere. Niemand hatte sie darauf vorbereitet, was sie da drinnen zu sehen bekam. Ihre Augen sahen zwar aneinandergereihte Bilder, aber ihr Gehirn war nur mit äußerster Mühe in der Lage, sie zu verarbeiten. Zu abscheulich war der Anblick. Sie schüttelte instinktiv den Kopf. Und doch waren ihre Augen nicht in der Lage, sich abzuwenden. Sie blickten dem Grauen mitten ins Gesicht. Da lag eine junge Frau auf einer Matratze auf dem Boden. Sie war an Händen und Füßen gefesselt und hatte einen Knebel im Mund. Trotzdem schaffte sie es, fürchterlich gequälte Laute von sich zu geben. Ihr Körper bewegte sich dabei nicht. Sicherlich hatten die Kabelbinder an ihren Händen und Füßen längst furchtbare Wunden verursacht, die bei jeder kleinsten Bewegung schlimmer wurden. Sie starrte stur die Decke an. Fast wirkte es, als würde sie beten. Ihre Augen waren geschwollen, die schwarze Wimperntusche überall im Gesicht verschmiert. Hatte diese Frau gerade so geschrien? War es ihr kurz gelungen, den Knebel auszuspucken?

Aber wer hatte ihn dann wieder in ihren Mund gestopft? Ein kalter Schauer lief ihr über den Rücken. Es war noch jemand hier. Aber wo?

In einiger Entfernung saß ein Mann auf einem Stuhl. Auch er war gefesselt und geknebelt. Sitzend fixiert. Verschnürt. Es schien, als schlafe er. Jedenfalls hing sein Kopf schlaff auf seiner Brust. Vielleicht war er längst tot.

Langsam trat Ella rückwärts, einen Schritt vom Fenster weg. Sie durfte jetzt keinen Fehler machen. Ihr Kopf und ihr Körper schalteten in eine Art Notmodus. Funktionieren und denken. Nicht fühlen. Langsam und geduckt huschte sie zum hinteren Teil der Hütte. Den Reifenspuren folgend. Dort parkte ein grauer Kleinwagen. »Autovermietung Jansen« stand darauf. Und ein schwarzer Jeep. Sie versuchte krampfhaft, ihr Gehirn zum logischen Denken zu zwingen. Irgendjemand musste die zwei gefesselt haben. Aber warum? Und wo war derjenige jetzt?

Der weiße Kleinwagen ließ sie stutzen. Autovermietung? Waren das Touristen, die hier gefangen gehalten wurden? Da fiel es ihr wie Schuppen von den Augen. Sie hatte dieses Auto schon mal irgendwo gesehen. Und zwar in den Nachrichten. Das seit Tagen vermisste deutsche Touristenpärchen hatte so ein Auto gemietet. Die Autovermietung Jansen war dadurch binnen kürzester Zeit im ganzen Land zur traurigen Berühmtheit geworden.

Hier stand sie also mit ihren Waffen in der Hand und kam sich immer lächerlicher vor. Sie war gekommen, um jemanden zu finden. Sie war nicht gekommen, um jemandem zu helfen. Es war, als würde ein Teufel auf ihrer rechten Schulter mit einem Engel auf ihrer linken Schulter lautstark diskutieren. Dabei wusste sie nicht mal mehr, dass so ein Engel in ihr überhaupt existierte. Aber irgendetwas hatte der Anblick der beiden bei ihr ausgelöst. Mitleid? Mitgefühl?

Wut? Sie konnte es nicht benennen. Doch sie war jetzt hier. Zur richtigen Zeit. Und es musste gehandelt werden. So viel war sicher.

Vorsichtig warf sie einen Blick durch das Küchenfenster. Und plötzlich schloss sich der Kreis zwischen Vergangenheit und Gegenwart. Zwischen Engel und Teufel zu entscheiden, war nicht mehr nötig. Ein Mann stand in der Küche und trank etwas aus einer Tasse. Seelenruhig. Nebendran brodelte und spritzte ein Wasserkocher. Der Mann hatte einen dichten blonden Bart und trug eine dunkelgrüne Wachsjacke. Wirkte gepflegt. Normal. Sekundenlang starrte sie ihn an, auch auf die Gefahr hin, entdeckt zu werden. Konnte sich nicht abwenden. Ihr Unterbewusstsein kannte diesen Mann. Und ihr Körper reagierte auf erschreckende Art und Weise auf ihn, ohne dass ihr Kopf es hätte verhindern können. Sie begann zu zittern. Erst leicht, dann zuckte ihr ganzer Körper. Die böse Aura, die von dem Mann ausging, ließ sie schaudern. Er wirkte so durchschnittlich, so angepasst. Ein weißes Schäfchen in der Herde. Scheinbar. In Wirklichkeit eine Bestie. Mit scharfen Zähnen und spitzen Krallen.

War er der Mann, den das ganze Land suchte? Der Mann, der auch für den Mord an dem Ehepaar in Helsinki verantwortlich war? Vielleicht. Wahrscheinlich. Die wichtigste Frage war allerdings: War er es, den *sie* suchte? Die Antwort lautete: Ja.

6.

»Wo fahren wir hin?«, fragte Mikael vorsichtig. Konzentriert hielt er den Blick auf die dunkle Straße vor sich gerichtet, die nur spärlich von den beiden Scheinwerfern seines Autos erleuchtet wurde. Warum gab es hier kaum Straßenlampen? Kleinere Orte rauschten an ihnen vorbei, nur ganz selten brannte hinter einem der Fenster noch Licht. Sie fuhren immer weiter in Richtung Nordosten.

Du kannst das, beschwor Mikael sich innerlich und versuchte, seinen verkrampften Griff um das Lenkrad etwas zu lockern. Es gelang ihm kaum. Er zitterte am ganzen Körper vor Kälte, gleichzeitig schwitzte er unnatürlich stark. In letzter Zeit hatte er eigentlich das Gefühl gehabt, dass ihm das Autofahren wieder etwas leichter fiel. Zumindest hatte er es geschafft, kürzere Fahrten ohne riesiges Drama zu überstehen. Die aktuelle Situation allerdings war zu viel für seine Nerven.

»Ich kann nicht«, murmelte er leise. Es klang flehend und bettelnd.

»Und ob.« Matias drückte ihm seine Waffe stärker in die Seite.

Draußen flogen Gebäude und Landschaften vorbei, ohne dass Mikael hätte sagen können, wo genau sie sich befanden. Er fokussierte die Straße vor sich. Dunkel und feucht wand sie sich dahin, genauso wie damals. Ganz langsam kroch Panik von seinem Bauch nach oben bis zu seiner Kehle. Beinahe konnte er die Anwesenheit seines Partners Christoph neben sich spüren.

»Gib Gas!«, brüllte jemand. Vor ihnen lag eine lang gezogene Kurve. *Wir sind zu schnell*, dachte Mikael verzweifelt. Er merkte, wie das Auto schlitterte. Wie er jede Kontrolle darüber verlor. »Nein«, kreischte er. Und bremste unvermittelt so stark, dass die Reifen quietschten. Mitten auf der Straße kam das Auto zum Stehen.

»Spinnst du?«, zischte Matias neben ihm. »Was soll das?«

Alles drehte sich vor Mikaels Augen, als wäre er in einem Karussell, aus dem es kein Entrinnen gab. Er blinzelte so oft, bis er endlich klarer sah. Die Straße vor ihnen war leer. Kein Schlittern, kein Christoph neben ihm.

»Fahr weiter«, befahl Matias knapp und barsch. »Und keine solchen Manöver mehr, kapiert?«

Mikael blieb nichts anderes übrig, als zu gehorchen. Wie eine leere Hülle saß er hinter dem Steuer und trat auf das Gaspedal. Im Wagen herrschte wieder eisige Stille.

Reiß dich verdammt noch mal zusammen!, ermahnte Mikael sich selbst. Er schüttelte sich fast unmerklich und versuchte, so viele Details wie möglich aufzusaugen. Beleuchtung neben der Straße war vorhanden, aber nicht besonders hell. Bis Puumala waren es laut der Beschilderung noch zehn Kilometer. Puumala. Ihn beschlich eine düstere Ahnung, wohin sie unterwegs waren, aber er hütete sich davor, seine Gedanken laut auszusprechen. Je unwissender er sich stellte, desto besser für ihn.

Insgeheim dachte er die ganze Zeit an das zweite Handy in seiner linken Jackentasche. Er konnte das Telefon mit dem Ellbogen ertasten, ohne die Hände vom Lenkrad zu nehmen. Hatte aber keine Gelegenheit dazu, irgendeine Nachricht zu senden oder einen Anruf zu tätigen. Sorgen bereitete Mikael der Umstand, dass sein Handy seit geraumer Zeit immer mal wieder vibrierte. Wahrscheinlich versuchte Anders, ihn zu erreichen. Oder seine Frau.

Mikael hatte sich so hingesetzt, dass das Telefon möglichst wenig Geräusch erzeugte. Jedes Mal, wenn ein neuer Anruf kam, trat er ein bisschen mehr aufs Gaspedal, um das Motorengeräusch zu verstärken. Dadurch wirkte sein Fahrstil unregelmäßig und ruckartig.

»Du fährst furchtbar«, brummte Matias verärgert.

»Wohin fahren wir?«, fragte Mikael, ohne auf den Kommentar einzugehen.

Matias starrte eine Weile auf die Straße vor ihnen, ohne zu antworten. Gerade so lange, dass Mikael nicht mehr wirklich mit einer Antwort rechnete.

»Was damals geschah, hat nicht nur Ella verändert. Es hat auch mich verändert«, antwortete Matias plötzlich, ohne auf Mikaels eigentliche Frage einzugehen. »Ich war danach nie wieder derselbe«, fügte er hinzu.

Mikael verstand ihn auf eine seltsame Art und Weise sehr gut. Auch ihn hatten Ereignisse in seinem Leben verändert. Vielleicht für immer.

»Manchmal passieren böse Dinge«, meinte Mikael. »Aber diese Dinge müssen uns nicht definieren. Wir können lernen, damit zu leben.«

Mikael staunte darüber, wie viel Wahrheit für ihn selbst in diesen klar formulierten Sätzen lag. Er nahm sich vor, freundlicher und zuverlässiger mit Sofia umzugehen, wenn er heil aus dieser Sache herauskommen sollte, und auch mit seiner Frau.

»Du verstehst überhaupt nichts«, knurrte Matias. »Ich habe Ella im Stich gelassen damals.« Er machte eine Pause. »Doch das wird nie wieder passieren.«

»Sie können Ella am besten helfen, indem Sie sie aufhalten«, meinte Mikael. »Indem Sie mir helfen, sie aufzuhalten.«

»Das meinen Sie«, zischte Matias und blickte ihn mit düsteren Augen von der Seite an. »Aber Sie haben keine Ahnung. Ich mache etwas wieder gut. Und diesmal werde ich handeln.« Seine Stimme war aggressiver geworden. »Und jetzt fahr schneller, Mann!«

Matias stieß Mikael seine Faust gegen die Schulter.

»Ich kann nicht schneller fahren. Es sei denn, Sie wollen einen Abflug in den Straßengraben machen«, raunte Mikael. Wieder musste er an Christoph denken. Verschwommene Bilder tanzten vor seinen Augen. *Er ist eingeklemmt, nicht ziehen!*

»Fahr schneller, hab ich gesagt«, rief Matias ungeduldig. Gerade in diesem Moment begann Mikaels Handy erneut in seiner Tasche zu vibrieren. Lauter als zuvor. Matias hob ruckartig seinen Kopf, als hätte er etwas gehört. Mikael sandte ein Stoßgebet zum Himmel und trat noch stärker auf das Gaspedal. Was wohl Sofia dazu sagen würde? Ob sie das hier als geeignete Therapie gegen seine Angst vor dem Autofahren ansehen würde?

»Was war das gerade für ein Geräusch?«, zischte Matias von der Seite.

7.

Ella hatte mittlerweile so lange draußen im Schnee gestanden, dass sie ihre Füße kaum noch spüren konnte. Sie hatten sich erst kalt, dann schmerzhaft stechend angefühlt. Jetzt taub.

Eines jedoch wurde ihr klar. Sie war es leid, zu warten. Ihre ganzen letzten Tage hatten aus Warten bestanden. Aus Lauern. Und Warten. Warten auf den richtigen Moment. Warten auf ihre Chance zur Rache. Sie wollte nicht mehr zögern.

Allerdings lagen die Dinge diesmal etwas anders. Unsicher spähte sie noch einmal durchs Fenster. Der Mann stand nach wie vor in der Küche und aß irgendein Sandwich. Trank dazu ein Glas Wasser. Ganz ruhig wirkte er. Mit sich im Reinen, hätte man meinen können. Er hatte ein aufgeklapptes Buch vor sich liegen, in das er vertieft schien. Mit der einen Hand führte er von Zeit zu Zeit sein Essen zum Mund. Mit der anderen klopfte er rhythmisch auf die Küchenplatte. Er wirkte wie ein normaler Kerl. Wären da nicht die beiden gefesselten Menschen im Nebenraum gewesen, aus dem immer wieder ein leises Jammern bis zu Ella drang. Die Mundwinkel des Mannes zuckten ab und zu leicht in die Höhe, als würde er sich über etwas amüsieren. Vielleicht über eine Stelle in seinem Buch. Oder über das flehende, erstickte Betteln aus dem Nebenraum, das er ansonsten konsequent ignorierte. Dieser Kerl da drinnen war nicht nur böse, er war ein verdammtes Monster. Hinter der freundlichen Maske seines Gesichtes lauerten die finstersten Abgründe. Und Ella traute ihm alles zu.

Sie versuchte, ihre Zehen zu bewegen. Es fühlte sich an, als würde sie jemand mit feinen Nadeln bearbeiten. Lange konnte sie hier nicht mehr stehen.

Dann tat sich etwas. Der Mann drehte sich ruckartig um. Gestärkt durch seine Pause. Wieder huschte dieses ganz bestimmte, leichte Lächeln über sein Gesicht. Eine freudige Erwartung? Eine blutige Vision? Hatte sie selbst auch so wahnsinnig ausgesehen bei Jonne und Julius? Mit einem einzigen, heftigen Ruck zog er seinen Gürtel aus der Hose und machte sich auf den Weg zurück ins Wohnzimmer, wobei er den Gürtel am Boden hinter sich her schleifte. Sogar von draußen konnte sie hören, wie das Metall der Schnalle über den Boden klapperte und scharrte. Ihr Gehirn arbeitete auf Hochtouren und ihre Augen verengten sich zu kleinen Schlitzen. Länger zusehen wollte sie nicht mehr. Irgendetwas in ihr wusste, dass sie nicht mehr warten konnte. Sie musste da rein. Und zwar jetzt.

Mit schmerzenden Füßen schob sie sich an der Hausmauer entlang zur Terrassentür. Sie wollte nachsehen, ob der Ersatzschlüssel noch immer unter dem großen Blumentopf lag wie damals. Vorsichtig tastete sie sich weiter und hob den schweren Topf ein Stückchen an. *Bingo!* Alte Gewohnheiten legten viele Leute nur selten ab. Sie drehte den Schlüssel im Schloss der Terrassentür und ein leises »Klick« verriet ihr, dass sie es geschafft hatte, sie aufzuschließen. Dann hielt sie einen Moment inne und lauschte. Hörte aber keine Schritte näher kommen. Also schob sie die Tür auf, ganz langsam. Sie quietschte fürchterlich. Oder war das nur Einbildung? In ihren Ohren hörte es sich an wie ein lautes Kreischen. Zu laut?

Sie versuchte, die quälende Angst zu verdrängen, und quetschte sich durch den engen Türspalt in die leere Küche. Sekundenlang hielt sie den Atem an. Hatte er sie bemerkt? Nebenan hörte sie eine tiefe männliche Stimme.

»Trink das Wasser!«, schrie die Stimme. Daraufhin hörte man jemanden erbärmlich husten. Im Schutze des bellenden Hustens trat sie näher heran. Der Mann kniete auf dem Boden und hielt der jungen Frau gerade eine Wasserflasche vor das Gesicht. Sie hatte sich offenbar fürchterlich verschluckt. Die Gier nach Wasser war zu groß gewesen. *Wer weiß, wann sie das letzte Mal etwas zu trinken bekommen hat*, ging es Ella durch den Kopf. Mit weit aufgerissenen Augen beobachtete sie, wie der Mann die Flasche wieder von ihrem Mund wegzog.

»Miststück«, zischte der Mann. »Dann gibt es eben kein Wasser mehr.« Jetzt weinte die Frau bitterlich. Ihr Gesicht war zu einer gequälten Fratze mutiert. Dicke Tränen rannen über ihre schmutzigen Wangen. Ellas Blick fiel auf ihre blutigen Knöchel. Die Kabelbinder schnitten tief in ihr Fleisch ein. An den Wundrändern sah es gelblich und geschwollen aus. Vermutlich hatten sich die Verletzungen entzündet. Jede kleinste Bewegung musste die absolute Hölle für sie sein.

»Halt's Maul«, schrie der Mann und stopfte ein Stück Stoff in ihren Mund, das er hinter ihrem Kopf zusammenband. Augenblicklich beruhigte sie sich. Ihr Überlebenswille war noch vorhanden. *Schlaues Mädchen. Weine nicht mit Knebel im Mund. Atme durch die Nase*, flüsterte Ella dem Mädchen in Gedanken zu. Auch den Mann auf dem Stuhl konnte sie durch seinen Knebel hindurch jammern hören. Ohne seine Worte zu verstehen, konnte sie seine Gedanken erraten: *Möge dieser Albtraum enden! Wie auch immer.* In seinem Gesicht konnte sie lesen, dass er bereits aufgegeben hatte. Zu lange hatte er als stummer Beobachter hier sitzen müssen.

Und dem abgrundtiefen Grauen in seine böse Fratze blicken. Hatte seine Freundin leiden, bluten, schreien sehen. Um ihr Leben kämpfen. Ohne eingreifen zu können. Für ihn gab es nur noch einen Gedanken: Erlösung.

Wie lange waren die beiden schon hier? Wieder dachte Ella an die Zeitungsartikel der letzten Tage. Sicher schon drei oder vier Tage lang. Ob sie ahnten, dass das ganze Land verzweifelt nach ihnen suchte? Ob es ihnen inzwischen egal geworden war? Das Gefühl, das sich in Ella aufstaute, war nicht etwa Mitgefühl. Sondern Wut. Pure Wut. Dieser Mann führte immer noch fort, was er damals vor vielen Jahren mit ihr oder noch viel früher mit einer anderen jungen Frau begonnen hatte. Was war geschehen, das ihn vom passiven Zuseher zum aktiven Part hatte wechseln lassen? Das ihn vom Voyeur zum Psychopathen gemacht hatte? Sie kannte die Antwort tief in ihrer Seele. Das Zusehen hatte ihm nicht mehr gereicht. Er hatte die Schwelle überschreiten müssen, für den ultimativen Kick. Und diesen Kick brauchte er wie die Luft zum Atmen. Er war süchtig nach Leid. Süchtig nach Macht. Süchtig nach einer gewissen Form der Erregung, die er auf keinem anderen Wege fand. Irgendetwas hatte ihm die ganze Zeit über gefehlt. Und sie wusste auch, was. Es war dieser Schauplatz hier. Diese Hütte, in der vermutlich alles angefangen hatte.

Gerade in diesem Moment erfassten die Augen der jungen Frau die in der Tür stehende Ella und sie wand sich flehend hin und her. Bäumte sich mit aller Kraft auf, obwohl die damit einhergehenden Schmerzen sie beinahe ohnmächtig werden ließen. Ella sah es an dem Flattern ihrer Augenlider. Sie sah in Ella ihre Chance. Vielleicht ihre letzte. Ihre Augen waren weit aufgerissen. *Nein*, schrie Ella ihr stumm zu. Und legte ihren Zeigefinger über ihre Lippen. *Verrate mich nicht, du dummes Ding.* Aber es hatte keinen Sinn. Der Mann, der ihr bisher den Rücken zugekehrt hatte, drehte sich blitz-schnell um. Wie ein Tier, das Gefahr wittert. Ein Raubtier. Ein böses. Ella wich in die Küche zurück. Und wartete seit-lich direkt hinter dem Türrahmen. *Komm her, komm nur her.* Ihre Finger umklammerten den Elektroschocker in der einen Hand. Und das Messer in der anderen. *Ich bin bereit für dich*, dachte sie.

Ein paar Momente lang passierte überhaupt nichts. Die quälende Stille und Ungewissheit ließ sie beinahe durch-drehen. Hatte er sie bemerkt? Oder traute er dem Mädchen bereits Wahnvorstellungen zu? Vielleicht schrieb er ihr Aufbegehren dem Fieber zu, das zweifellos ihren geschun-denen Körper erhitzte. *Vielleicht kann ich mich verstecken?* Gerade als Ella sich das fragte, kamen seine Schritte näher. Schleichend. Auf der Hut. Er stand jetzt unmittelbar vor dem Durchgang zur Küche und verharrte dort. Er war so nahe, dass sie seinen Atem hören konnte. Auch er schien nervös zu sein. Wahrscheinlich sah er jetzt die offene Terrassentür. Er war auf einen Gegner vorbereitet. Aber die Art seines Gegners kannte er nicht. Und die Anzahl. Er konnte nicht wissen, ob drei kräftige Männer auf ihn lauerten. Oder die Polizei die Hütte längst umstellt hatte. Das zumindest redete Ella sich ein. Dass er sie vielleicht längst wahrgenommen hatte, in all ihrer zierlichen Weiblichkeit, wollte sie nicht für möglich halten.

Ein letztes kleines Überraschungsmoment blieb ihr, als sie von der Seite auf ihn zustürzte. Sie bündelte all ihre Kräfte in diesen Sprung. All ihre Entschlossenheit. Und ihre Wut. Sie stürzte sich auf ihn, ihre Waffen fest umklammert. Und sie brüllte, wie sie noch nie in ihrem Leben zuvor gebrüllt hatte, während sie sich mit ihm zu einem ums Überleben kämpfenden Knäuel auf dem Boden verknotete.

»Du hältst mich wohl für bescheuert!«, rief Matias wütend aus. In seinen Händen hielt er Mikaels privates Handy, das er aus dessen Jackentasche gezogen hatte.

Mikael erwiderte nichts. »Ein gewisser Anders hat sicher hundert Mal angerufen«, meinte Matias. »Dein Partner?«

Mikael antwortete noch immer nicht. »Nur zu schade, dass er dich nicht mehr erreichen wird!« Damit öffnete Matias das Fenster und warf das Telefon in weitem Bogen in den Schnee hinaus. Seine Waffe zielte nach wie vor auf Mikaels Bauch.

Mikael hatte ihr Ziel längst erraten. Er hatte sich die Lage der Hütte, in der Ella Saarinen damals zum Opfer geworden war, vor ein paar Tagen auf der Karte angesehen. Und wenn ihn nicht alles täuschte, kamen sie diesem Ort immer näher. An einen Zufall glaubte er dabei nicht. Schon bald würde er Antworten auf seine Fragen erhalten. Das hoffte er zumindest. Und noch ein anderer Gedanke nagte in seinem Kopf. Beide Handys waren weg, jegliche Kommunikation zur Außenwelt abgeschnitten. Er war auf sich allein gestellt. Niemand würde ihn finden.

»Da vorne kommt die Abzweigung«, zischte Matias nach einer Weile. Endlich konnte Mikael das Tempo verringern. Er lockerte seinen verkrampften Griff um das Lenkrad ein wenig. Merkte, dass seine Finger steif geworden waren, und konnte sich ein leises Seufzen nicht verkneifen. Sie bogen in einen schmalen Weg ein und waren gleich darauf mitten in einem tief verschneiten Wald. Schwarz ragten die Bäume zu beiden Seiten auf. Es war noch nicht ganz dunkel draußen und Matias war mit einem Mal still geworden. Mikael konnte die Anspannung des Mannes neben ihm fast mit Händen greifen. Als hätten sie eben eine magische Grenze überschritten. Einen Pfad einge-schlagen, von dem es kein Zurück gab. Mikael ertappte sich auch dabei, dass er das Lenkrad wieder fester umklammerte. Der Wald um sie herum schien dunkle Geheimnisse zu bergen, die hohen Bäume am Wegesrand wirkten wie Mahnmale. Stumme Zeugen der Ereignisse, die hier geschehen waren, vielleicht gerade geschahen und noch geschehen würden. Mit jedem Meter, den sie fuhren, wurde Matias blasser. Mikael begann sich innerlich zu wappnen. Bald schon würde er handeln müssen. Auf die ein oder andere Weise. Einen Plan hatte er noch nicht.

Langsam folgten sie dem schmalen Weg. Matias' Körperhaltung verkrampfte sich immer mehr, je weiter sie vorankamen. Er starrte nur noch geradeaus, als würden sie direkt auf einen Abgrund zusteuern. Oder auf das pure Böse. Mikaels Augen suchten fieberhaft die Umgebung ab, die er abseits des Scheinwerferlichts nur mehr schemenhaft erkannte. Eine ganze Weile lang sah er nur Weiß. Dann tauchte plötzlich ein Auto am Rand des Weges auf.

»Ich weiß nicht, ob ich daran vorbeikomme«, murmelte er Matias zu.

»Das ist mein Auto«, sagte dieser wie benommen.

»Ella ist also hier?«, wollte Mikael wissen.

»Wir steigen aus«, kam die knappe Antwort zurück.

Wir, wiederholte Mikael im Geiste. Ihm wurde schmerzlich bewusst, in welcher Gefahr er sich befand. Er hatte keine Ahnung, was als Nächstes geschehen würde. Keine Idee, wie er aus dieser Situation rauskommen konnte. Diesmal nicht.

9.

»Was von Mik gehört?«, fragte Anders Peter Hakala und stellte einen Becher mit Kaffee vor dessen Laptop ab.

»Leider nicht. Das Diensthandy ist mittlerweile ausgeschaltet, auf dem privaten hebt er nicht ab.«

»Das gefällt mir nicht«, meinte Anders. »Wir sollten die Kollegen bitten, sein Handy zu orten.«

»Im besten Fall holt er endlich mal Schlaf nach«, erwiderte Hakala und Anders konnte die Zweifel in seiner Stimme hören.

Aber Anders hatte bereits sein Telefon in der Hand und gab die Anweisung zur Ortung durch. Dann nahm er selbst einen großen Schluck aus seiner Tasse.

»Schon Erfolg mit der Liste gehabt?«, fragte er und spielte auf die Mitarbeiter des privaten Krankenhauses an. »Es wäre für alle besser, wenn wir morgen Früh einen echten Erfolg präsentieren könnten.«

Hakala zog eine Augenbraue nach oben. »Nein, die Liste ist viel zu lang für einen schnellen Erfolg«, murmelte er. Anders nahm sich einen freien Stuhl und stellte diesen direkt neben Hakala ab. »Zu zweit geht es besser.«

Hakala schob die Liste näher an Anders heran. Mit keinem Wort beschwerte er sich über die Nachtschicht, die beiden wohl bevorstand.

Während Hakala alle aktuellen Mitarbeiter des Krankenhauses überprüfte, widmete sich Anders den ehemaligen.

»Das Reinigungspersonal wechselte durchschnittlich alle paar Wochen«, seufzte er nach einer Weile.

»Das meinte ich ja mit langer Liste«, erwiderte Hakala.

»Das wird so nichts bis morgen«, murmelte Hakala vor sich hin. Jeden einzelnen Mitarbeiter zu durchleuchten, dauerte zu lange. Stattdessen nahm er alle acht Din-A4-Seiten, stand auf und legte sie nebeneinander auf den freien Tisch gegenüber. Überblicksmäßig ging er Namen für Namen im Schnelldurchlauf durch.

»Schau dir mal das hier an!«, stieß er kurz darauf überrascht aus. Hakala stand augenblicklich auf und ging zu ihm. Anders deutete auf einen Namen auf der Liste. »Da gibt es einen ehemaligen Krankenpfleger mit dem Nachnamen Laine.«

»Das darf doch nicht wahr sein!«, stieß auch Hakala überrascht aus. »Meinst du, der ist mit dem Tankstellenbesitzer Ramon Laine verwandt?«

»Wenn ja, dann ist das der Durchbruch, auf den wir gewartet haben«, erwiderte Anders.

10.

»Wer zum Teufel bist du?«, hauchte er in Ellas Ohr. Sein Atem roch widerlich nach Thunfisch. Ella spürte, wie der Ekel ihre Kehle hochkroch und bittere Galle mit sich beförderte. Elektroschocker und Messer lagen längst auf dem Boden neben ihr. Sie hatte gekämpft wie eine Löwin. Wie von Sinnen hatte sie sich auf ihn geworfen, zum Äußersten bereit. Aber sie hatte seine Kraft unterschätzt. In kürzester Zeit hatte er ihr die beiden Waffen abgerungen. Kein Kratzen, Beißen, Treten und Schreien hatte geholfen. Es war so, als hätte sie gegen einen Stein geboxt. Unerbittlich hatte er sie mit einer enormen Entschlossenheit und Gewalt zu Boden gedrückt.

Nun lag er schwer auf ihr. Mit dem Bauch auf dem kalten, dreckigen Boden konnte sie die einzelnen Risse im einst schönen Holzboden erkennen, der nunmehr von einer dicken grauen Staubschicht überzogen war. Sein Knie drückte auf ihren Rücken, ihre Hände hielt er fest umklammert. Ihre Rippen wurden so hart gegen den Boden gepresst, dass sie zu brechen drohten und sie fast keine Luft mehr bekam. Die akute Atemnot löste nackte Panik bei ihr aus, der sie sich kaum mehr widersetzen konnte.

»Wer bist du?«, fragte er noch einmal, wobei er sich tief zu ihrem Kopf herunterbeugte. So nah, dass sein Bart an ihrer Wange kratzte. Sie beinahe streichelte. Sie hatte keine Chance, diese widerliche Geste zu verhindern, auch wenn sich alles in ihr dagegen sträubte. Mit einem verzweifelten Seufzen wich die Luft aus ihren Lungen. Ella versuchte, ihren Kopf zu drehen, und hörte ein verdächtiges Knacken im Nacken. Ein stechender Schmerz trieb ihr die Tränen in die Augen. Trotzdem erhaschte sie aus dem Augenwinkel einen kurzen Blick auf sein Gesicht. Aus der Nähe betrachtet, wirkte er ungepflegter als erwartet. Seine Zähne waren gelblich verfärbt, die Haare fettig. Der blonde Bart begann zu ergrauen. Vorsichtig legte sie ihren Kopf zurück auf den Boden. Der Schmerz im Genick blieb. Aus reinem Überlebensinstinkt heraus hatte sie aufgehört, sich zu wehren. Sie lag bewegungslos da und konzentrierte sich darauf, zu atmen. Nach außen hin sah es vielleicht so aus, als hätte sie aufgegeben. Aber innerlich brodelte sie. Ihr Gehirn arbeitete auf Hochtouren. Es musste einen Ausweg geben. Es gab immer einen. Er durfte nicht gewinnen.

Ruckartig riss er ihren Kopf an den Haaren nach oben, um sie näher zu betrachten, was ihr einen verzweifelten Schmerzensschrei entlockte.

»Also, von der Polizei bist du schon mal nicht«, zischte er. Ihr Magen krampfte sich zusammen und wieder stieg brennende Magensäure ihren Hals nach oben. »Oder hat die Polizei neuerdings Messer und Elektroschocker bei sich?«

Ella antwortete nicht. Wollte ihn nicht bestätigen. Vielleicht hegte er letzte Zweifel, es könnten doch noch Begleiter von ihr da draußen sein. Nebenan hörte sie ein weinerliches, hohes Wimmern. Und eines nahm sie sich in diesem Moment vor. Sie würde nicht wimmern. Und nicht betteln. Egal, was passierte.

»Also, was verschlägt dich hierher?«, fragte er, diesmal schon etwas wütender. Seine Ungeduld war nicht zu überhören. Offenbar war er es gewohnt, dass alle nach seiner Pfeife tanzten. Macht, darum ging es ihm. Deshalb schwieg sie weiterhin beharrlich. Es war ihre einzige kleine Möglichkeit der Rebellion.

Er grunzte verächtlich und stieß Luft durch seine Nasenlöcher aus, die sie im Nacken berührte. Niemals zuvor hatte sie ein Mensch so sehr angewidert und verängstigt wie er. Abrupt nahm er sein Knie von ihr und drehte sie gewaltsam auf den Rücken. Mit seinem ganzen Gewicht setzte er sich auf ihren Brustkorb.

»Sieh mich nur an«, flüsterte er. Und lächelte. »Du bist schön.« Er streichelte mit seiner Hand eine Strähne ihres kurzen Haares aus dem Gesicht. »Auch wenn ich lange Haare lieber mag.«

Sie versuchte, ihn mit ihren Knien zu treffen, die aber nur ins Leere stießen. Das Gewicht auf ihrem Brustkorb war enorm. Erneut geriet sie in Atemnot.

»Sieht so aus, als wärst du allein hier, du dummes Ding«, fuhr er fort. »Oder ist da noch jemand, da draußen?«

Er wartete ein paar Momente lang. Legte seinen Kopf schief wie ein Tier, das lauscht. Ella stieß stöhnende Laute aus, rang verzweifelt nach Luft.

»Hab ich es mir doch gedacht«, raunte er. »Das wird ja eine richtige Party hier.« Er klang dabei fast ein wenig vergnügt.

Ohne Vorwarnung rutschte er nach unten. Verlagerte sein Gewicht so, dass er auf ihrem Unterleib saß. Zwar wurden dadurch die Schmerzen nicht weniger, aber immerhin konnte sie erleichtert einen tiefen Atemzug tun. Er hielt ihre Hände mit einer Hand über ihrem Kopf fest. Mit der anderen zog er den Ausschnitt ihres T-Shirts nach unten. Sie sog scharf die Luft ein. Sie wusste, was als Nächstes kommen würde. Und was er zu sehen bekäme. Tatsächlich stockte er plötzlich. Jetzt hatte er wohl die Narben entdeckt. Dicke rosa Wülste. Überbleibsel des Grauens. Sein Blick wanderte erneut zu ihrem Gesicht. Verharrte dort.

»Du bist es«, flüsterte er dann. Seine Augen leuchteten dunkel. »Ella«, krächzte er mit einer heiseren Stimme der Erregung. »Du bist« wirklich allein gekommen, nicht wahr?« Etwas blitzte kurz in seinen Augen auf. Anerkennung? Auch sie verzog ihr Gesicht jetzt zu einem Lächeln. *Du kannst mich niemals brechen*, sollte es bedeuten. Dann versuchte sie erneut, sich zu winden, aufzubäumen, zu befreien. Erfolglos.

»Genug geplaudert«, sagte er streng. »Wir stehen jetzt ganz langsam zusammen auf. Und keine Dummheiten.«

Endlich nahm der Druck auf ihren Bauch etwas ab. Er kickte das Messer mit dem Fuß zur Seite. Den Elektroschocker hob er auf. »Ich freue mich auf dich«, flüsterte er. Seine feuchten Lippen presste er dabei direkt an ihr Ohr. Er war so widerlich, wie ein Mensch nur sein konnte.

Da hörte man plötzlich seltsam würgende Laute aus dem Nebenraum. »Nicht schon wieder«, fluchte er. »Kann die nicht mal ihr Wasser drin behalten?« Das Würgen und Husten wurde immer schlimmer. Töne, die man kaum in Worte fassen konnte. Ein Mensch, der stirbt. Ellas Gedanken waren bei dem armen geknebelten Mädchen, das offensichtlich dabei war, an ihrem Erbrochenen zu ersticken, und einen Moment lang wünschte sie sich, ihr helfen zu können. Sekunden später berührte sie ihr eigener Elektroschocker. Ein kleiner Schmerz ging durch ihren Körper, gefolgt von einem verkrampften Zucken. Dann wurde es schwarz um sie.

11.

Nachdem Mikael den Motor abgestellt hatte, warf er das erste Mal seit längerer Zeit einen direkten Blick auf seinen Beifahrer. Matias starrte mit stumpfen Augen durch die Windschutzscheibe an Mikael vorbei. Er rührte sich nicht. Sprach kein Wort. Schien nachzudenken. Seine Hand, mit der er die Waffe nach wie vor auf Mikael richtete, zitterte leicht. Irgendetwas hatte sich in ihm verändert, hier an diesem Ort. Auch Mikael konnte ein leichtes Frösteln nicht ignorieren, das weniger an der Kälte, als vielmehr an der Stimmung dieses Ortes lag.

Sein Blick fiel auf den schwarzen Wald. Den vereisten Weg. Und die einsame Hütte. Aus der Akte wusste er, dass neben dem Haus ein See liegen musste, den er aber in der Dunkelheit nicht erkennen konnte.

Instinktiv tastete Mikael nach seinem Handy in der Hosentasche, realisierte nur Sekundenbruchteile später, dass es kilometerweit weg irgendwo im Schnee lag. Niemand wusste, wo er sich befand.

Zu Mikaels Entsetzen richtete Matias die Waffe nunmehr direkt auf seinen Kopf. Seine Augen waren dabei dunkel und emotionslos.

»Aussteigen!«, zischte Matias. Er wirkte stärker als zuvor. Und entschlossener.

»Was machen wir jetzt?«, fragte Mikael beklommen.

»Wir steigen aus«, wiederholte Matias. Die Waffe berührte nunmehr fast Mikaels Stirn. »Und zwar sofort!«

»Okay, okay«, erwiderte Mikael hilflos. Sein Herz pochte wild, während er langsam die Fahrertür öffnete. Eiskalte Luft schlug ihm entgegen, die sofort seine Sinne schärfte. Um ihn herum war es still, einsam. Kein Geräusch war zu vernehmen. In der Hütte brannte jedoch Licht.

Matias hatte das Auto blitzschnell umrundet und stand neben Mikael im Schnee. »Geh!«, befahl er leise, aber eindringlich. »Zur Hütte!«, ergänzte er.

Hintereinander tasteten sie sich halb rutschend den vereisten Weg entlang. Mikael ging voraus, spürte Matias' warmen Atem im Genick.

»Schneller!«, fauchte der. Mikael betrachtete vereiste Reifenspuren neben sich. Sie führten hinter das Haus.

Nachdem der Wagen, mit dem Ella gekommen war, am Wegesrand parkte, musste sich noch ein anderes Auto hier befinden.

Sein Instinkt warnte ihn eindringlich. Normalerweise hätte er sich erst umgesehen, die Umgebung und das Haus eingehend studiert. Matias hatte offensichtlich andere Pläne.

»Mach die Tür auf!«, befahl dieser von hinten.

Als Mikael seine Hand an den Türgriff legte, hörte er dahinter ein gedämpftes Wimmern, das sofort sämtliche Alarmglocken bei ihm schrillen ließ.

»Was zum Teufel«, flüsterte er. Und drehte sich fragend zu Matias um.

12.

Ella erwachte, als jemand heftig an ihr zerrte. Sie wagte es nicht, sich zu bewegen. Wagte es nicht, zu blinzeln. Nur langsam kam die Erinnerung zurück. Das Mädchen hatte sich übergeben und wegen des Knebels fürchterlich verschluckt. Was war mit ihr geschehen? Und was geschah gerade mit Ella selbst? Er zog an ihr, schleifte sie an den Beinen ein paar Zentimeter über den Boden. Dazu fluchte er, wohl weil ihr schlaffer Körper schwerer zu bewegen war, als er gedacht hatte. Sie hörte ihn um sie herumgehen. Er griff unter ihre Arme. Warum konnte sie sich nicht rühren? Müde öffnete sie ihre schweren Augen. Konnte sie aber immer nur für einen Moment offenhalten. Es war, als ob ihr übriger Körper noch schlafen würde. So schlaff und leblos fühlte er sich an.

»Was hast du mir gegeben?«, flüsterte Ella und erschrak über ihre lallenden Worte.

»Nur eine kleine Spritze«, sagte er. Seine Worte kamen nur verzögert bei ihr an. »Keine Sorge, sie wirkt nicht allzu lang. Du sollst den Spaß doch mitbekommen.«

Bei diesen Worten wurde ihr beinahe übel. Wie lange war sie ohnmächtig gewesen? Wo genau befand sie sich? Irgendwie fühlte sich der Boden unter ihr weicher an als zuvor. Wieder versuchte sie, ihre Augen zu öffnen. Diesmal blieben sie schon einen Moment lang länger offen. Sie starrte auf eine hölzerne Decke. *Nein!*, dachte sie, als sie verstand. Sie lag neben dem Mädchen auf der Matratze. Konnte deren Körper neben sich spüren. Es gelang ihr nicht, den Kopf weit genug zu drehen, um der anderen ins Gesicht zu blicken. Jedenfalls war das Mädchen ganz leise. Zu leise. Kein Röcheln, kein Jammern. Langsam versuchte Ella, ihre Finger zu bewegen. Sie gehorchten ihr nicht. Lag sie neben einer Leiche? Sie lauschte angestrengt. Konnte keine Atmung hören.

»Warum bist du zurückgekommen?«, fragte er. »Ich freue mich, verstehe mich nicht falsch«, fuhr er nach einer kleinen Pause fort. »Ich hätte es nur einfach nicht erwartet.«

»Wegen dir«, sagte Ella heiser.

»Ich fühle mich geehrt. Und kann mir schon denken, was du mit deinem Messer vorhattest. Zu dumm nur, dass dich die Göre verraten hat«, zischte er. »Jetzt gehörst du mir«, fügte er mit dunklerer Stimme hinzu.

Sie ließ ihn reden. Und versuchte wieder krampfhaft, ihre Finger zu bewegen. Dieses Mal gelang es ihr, die ganze Hand leicht zu verschieben. Er hatte es offensichtlich nicht bemerkt. Viel zu vertieft war er in seine Fantasien.

»Diesmal lasse ich mir mehr Zeit für dich«, sagte er. »Ich bin jetzt geübt.« Nach diesen Worten musste er kichern wie ein schüchterner Teenager. In was er geübt war, wollte sie sich lieber nicht vorstellen. *Konzentriere dich, bewege dich!*

Ihre Finger ertasteten etwas Weiches und Warmes neben ihr. Warm. Vielleicht lebte das Mädchen doch noch. Wieder lauschte sie angestrengt. Atmete sie? Ella war sich nicht sicher.

»Worauf stehst du so?«, fragte er. Sie presste ihre Lippen zu einem Strich zusammen. Kein Wort würde darüber kommen.

»Soll ich dir sagen, worauf ich stehe?«, fragte er und beugte sich über ihr Gesicht. Ganz nah. Sie wusste, dass er es genoss, ihr Angst zu machen. Er genoss die Macht, die er über sie hatte. Ella schloss ihre Augen. Wappnete sich innerlich für die abscheulichen Details, die er ihr gleich ins Ohr flüstern würde. *Bleib stark, jammere nicht.*

»Zuerst werde ich dich fesseln«, begann er. »Und dann werde ich dir wehtun.«

Sie kniff ihre Augen fester zusammen, als würde sie dadurch das Unheil von sich abhalten können. Und bewegte vorsichtig ihre Zehen. Dann den ganzen Fuß. Das Leben kehrte langsam zurück in ihren Körper. Er durfte es nicht merken.

13.

Anders kaute auf dem Nagel seines rechten Daumens herum, bis er Blut auf seiner Zunge schmeckte. Erschrocken zog er den Finger aus dem Mund und starrte ihn gedankenverloren an. Schmerz empfand er keinen. Sein sonst so perfekter Mittelscheitel saß schief, als wäre er gerade aus dem Bett gekrochen. Zu oft hatte er sich in den letzten Minuten die Haare gerauft. Hakala saß stumm vor seinem Laptop, tippte ohne Unterlass darauf herum.

Endlich klingelte Anders' Handy.

»Mikaels Diensthandy hat sich zuletzt im Osten von Helsinki in das Funknetz eingeloggt«, hörte Anders seinen Kollegen am anderen Ende der Leitung sagen und schaltete auf

Lautsprecher, damit Hakala mithören konnte. »Es hat sich seit dem frühen Abend nicht mehr bewegt.«

»Hm«, erwiderte Anders. Das war nicht Miks Wohngegend, womit die Theorie mit Schlaf nachholen ein für alle Mal vom Tisch war. Allerdings waren Mik und Hakala zuletzt im Osten Helsinkis unterwegs gewesen. Konnte es sein, dass Mik sein Handy dort verloren hatte?

»Wo genau im Osten?«, fragte Hakala neben ihm nach. »Im Bereich von Östersundom«, kam es zurück.

»Da waren wir gar nicht«, stieß Hakala überrascht aus.

»Und das private Handy?«, wollte Anders wissen.

»Tja, das ist jetzt seltsam.« Ein Seufzen drang aus dem Lautsprecher. »Das private Telefon hat sich vor nicht allzu langer Zeit ganz in der Nähe von Puumala eingewählt.«

»Puumala?«, stieß Anders überrascht über die weite Entfernung aus. Bis nach Puumala waren es fast dreihundert Kilometer.

»Ist Mik in Schwierigkeiten?«, fragte der Kollege am anderen Ende der Leitung vorsichtig.

»Ich weiß es nicht«, gab Anders ehrlich zurück.

Nachdem er aufgelegt hatte, sprang er auf und hastete ohne Umschweife zu Mikaels Büro, das verschlossen dalag. Er öffnete die Tür mit dem entsprechenden Schlüssel an seinem Bund, den er immer bei sich trug. Mikaels vertrauter Geruch empfing ihn und mit ihm kam ein starker Anflug von schlechtem Gewissen.

Ich hätte dir besser zuhören müssen, Mik, dachte Anders. Er beugte sich über Mikaels Schreibtisch, auf dem zwei halb volle Tassen mit Kaffee standen, schob ein angebissenes Brötchen zur Seite. Gab es ein Post-it, einen Kalendereintrag oder sonst irgendeinen Hinweis darauf, wo Mik sich befinden konnte? Anders schob ein paar Zettel zur Seite, die er überflog, bevor er sie weglegte. Er öffnete Mikaels Schubladen, fand in der obersten den goldenen Ehering seines Kollegen, den dieser schon seit geraumer Zeit nicht mehr trug. Das hier ging ihn eigentlich alles überhaupt nichts an.

Wohin wolltest du, Mik?, fragte Anders sich beklommen. Sein Blick fiel auf eine dicke, alte Akte, die mitten in all dem Chaos lag. Ohne länger darüber nachzudenken, schlug er sie auf. Es handelte sich um eine Vergewaltigungsgeschichte aus dem Jahr 1994. Tatort war eine Hütte nahe Puumala. Das war es, was Mikael ihm hatte erzählen wollen. *Verdammt, Puumala!* Anders wusste, dass es keine Zeit zu verlieren gab.

14.

Mehr und mehr kehrte das Gefühl in Ellas Beine zurück. Zuerst hatte sie nur ein leichtes Kribbeln in den Zehen gespürt. Mittlerweile war das Gefühl bis zu den Oberschenkeln wieder da. Der Mann schien sich seiner Sache sehr sicher zu sein. Er verhöhnte sie. Und ihre Wehrlosigkeit. Er hatte sie nach wie vor nicht gefesselt. Wusste er, wie schnell die Wirkung des Mittels nachließ? Oder war sie einfach stärker und robuster, als er annahm? Als auch ihre Finger und Hände zu neuem Leben erwachten, begann sie, nach Möglichkeiten zu suchen. Vielleicht würde sie es schaffen, aufzustehen? Vorausgesetzt ihre Beine würden ihr gehorchen, könnte sie sich in einem unbeobachteten Moment ein Messer aus der Küche holen. Er musste schließlich irgendwann auch einmal zur Toilette. Oder schlafen? Als könnte er ihre Gedanken erraten, starrte er ihr mitten ins Gesicht. Sein rechter Mundwinkel zog sich spöttisch nach oben, der linke blieb, wo er war. In der Hand hielt er Kabelbinder.

»Na, na, wer kann sich denn da wieder bewegen?«, fragte er. »Unterschätze mich nicht«, fügte er in eiskaltem Ton hinzu, der keine Zweifel über seine Entschlossenheit offenließ. »Wird Zeit zu beginnen.«

Nein. Noch einen kleinen Moment mehr, ich brauche noch mehr Zeit. Fieberhaft dachte Ella darüber nach, wie sie ihn weiter ablenken konnte.

»Warum wir?«, fragte sie. »Damals.«

Etwas blitzte in seinen Augen auf. Vielleicht ein Fetzen der Erinnerung. »Es war einfach«, sagte er dann, als wäre es Erklärung genug.

»Wart ihr die ganze Zeit schon da?«, fragte sie weiter. Diesmal mit echtem Interesse an der Antwort. Seit es geschehen war, bohrte diese Frage in ihr. Sie war damit eingeschlafen und wieder aufgewacht.

»Schon tagelang.« Jetzt lächelte er, als würde er sich an etwas Lustiges erinnern. »Hat noch etwas Überzeugungsarbeit bei den anderen gebraucht. Und Alkohol.«

Innerlich schüttelte sie sich. Sie hatte damals die ganze Zeit über gewusst, dass etwas nicht stimmte. Diese unterschwellige Angst hatte sie die ganze Zeit über begleitet. Hätte Matias bloß auf sie gehört. Ohne nachzudenken, ballte sie ihre Hand zur Faust. Er bemerkte es augenblicklich.

»Ich bin nicht dumm, du Miststück. Ich weiß genau, was du vorhast«, zischte er. Und schlug ihr einmal mit der flachen Hand ins Gesicht. Erstaunlicherweise schmerzte der Schlag kaum. Ein metallener Geschmack breitete sich in ihrem Mund aus. Sie grinste, zeigte ihm ihre blutbefleckten Zähne. Und spuckte ihm eine Mischung aus Speichel und Blut mitten ins Gesicht.

»Du willst es wohl auf die harte Tour«, rief er und zog ein Messer aus seiner Hosentasche. Langsam klappte er die scharfe Klinge auf. Fuhr damit sanft über ihre Wange, verdächtig nahe an einem Auge vorbei.

Ein lautes Geräusch ließ ihn erschrocken innehalten. Irgendetwas schien ihm ganz und gar nicht zu behagen. Ella reckte ihren Kopf, so weit es ging, konnte jedoch nichts erkennen. Spürte aber einen kühlen Windhauch im Gesicht. Was war geschehen? Eine Erkenntnis bahnte sich ihren Weg durch ihr Gehirn. Jemand hatte die Tür zur Hütte aufgemacht und, dem krachenden Geräusch nach zu urteilen, dabei fast aus ihren Angeln gestoßen. Ohne nachzudenken, öffnete sie ihren Mund, um zu schreien. Etwas hielt sie im letzten Moment davon ab. Das war ihre Chance zur Flucht.

15.

Mikael hatte die Eingangstür zuerst mit der Hand einen Spaltbreit sanft geöffnet, dann mit dem Fuß mit enormer Wucht aufgetreten. Das helle Licht blendete seine Augen, sodass er für einen Moment schützend die Hand vor das Gesicht nahm. Matias drückte von hinten nach, zwang Mikael mit der Waffe im Rücken schneller, als es ihm lieb war, in die Hütte hinein.

»Weiter!«, befahl Matias. Der Anblick, der sich Mikael bot, raubte ihm den Atem und ließ ihn zögern. Im rechten hinteren Teil des großen Wohnraums lagen zwei Frauen auf einer alten Matratze. Im linken Eck saß ein Mann gefesselt auf einem Stuhl, regungslos, den Kopf schlaff auf seiner Brust abgelegt. Ein weiterer Mann stand dazwischen und starrte Mikael direkt ins Gesicht.

»Geh weiter, hab ich gesagt!«, zischte Matias von hinten, den die Szene offensichtlich weniger verstörte. Mikael machte ein paar zögerliche Schritte in den Raum hinein, hielt sich links und stellte sich mit dem Rücken zur Wand, sodass er sowohl Matias als auch die anderen Personen im Blick behalten konnte. In Sekundenschnelle versuchte er, die Szene gedanklich einzuordnen. Zuerst erkannte er Ella. Sie war eine der beiden Frauen auf der Matratze und hatte es mittlerweile geschafft, sich aufzusetzen. Ungläubig starrte sie vor allem Matias an, der im Türrahmen stehen geblieben war.

»Weg von Ella!«, schrie dieser mit einer tiefen Autorität in der Stimme. Seine Waffe zeigte nun abwechselnd auf Mikael und den unbekannten Mann. Mikael war bewusst, dass er sie nicht beide gleichzeitig für längere Zeit in Schach halten konnte, und lotete erste Überwältigungspläne in seinem Kopf aus. *Im Moment noch zu riskant*, entschied er. Zu viele unbekannte Personen im Raum, deren Reaktionen und Gewaltbereitschaft er nicht einschätzen konnte.

»Sieh mal einer an«, zischte der stehende Mann unbeeindruckt. »Jetzt weiß ich, woher der Wind weht«, fügte er hinzu und musste laut lachen. »*Sie* hat sich verändert, aber du bist noch derselbe dünne Schwächling wie damals.«

»Halt die Klappe!«, schrie Matias.

»Ihr zwei. Ihr seid es«, krächzte er. Seine Augen funkelten bedrohlich. »Aber wer zum Teufel bist *du*?«, fragte er und starrte Mikael böse an.

Mikael hielt den Atem an, weil er den Mann jetzt erkannte. In der Akte war definitiv ein Foto von ihm gewesen. »Ramon Laine«, murmelte er. Der Tankstellenbesitzer. Laine machte einen angedeuteten Knicks.

»Hallo, Bulle! Das bist du doch?«

Er betrachtete Mikael abschätzig, dann machte er zwei schnelle Schritte auf Ella zu. Er griff sie von hinten unter den Achseln, versuchte, sie mit aller Gewalt hochzuziehen. Mikael war in höchster Alarmbereitschaft. Er wusste, dass er etwas unternehmen musste. Und zwar schnell. Ella hing wie ein nasser Sack in seinen Armen, sodass es Laine nicht möglich war, sie wie einen Schutzschild vor sich aufzurichten.

»Du Miststück«, schrie er stattdessen und ließ sie zurück auf die Matratze fallen. Matias schien ganz und gar auf Laine konzentriert zu sein, trat einen Schritt auf diesen zu. Seine festen Stiefel schlugen über den Boden. Hinterließen feuchten Schnee auf dem Holzboden.

»Geh weg von ihr!«, schrie er noch einmal.

»Einen Dreck werde ich tun. Und jetzt gibst du mir deine Waffe«, sagte Laine ruhig. »Sei ein braver Junge, wie damals.«

Bei diesen Worten veränderte sich etwas in Matias' Blick. Ein gequälter, alter Zorn kam zum Vorschein. Matias zielte auf Laines Kopf. Mikael hatte er für den Moment vollkommen aus dem Blick verloren. Dieser bewegte sich millimeterweise an der Wand entlang in seine Richtung.

»Sei kein Idiot. Du kannst es ja doch nicht«, provozierte Laine weiter. Tatsächlich zitterten Matias' Hände immer stärker. Das bemerkte auch Laine, dessen Stimme immer siegessicherer wurde. »Hast du ihr gesagt, dass es deine Schuld war?«, fragte er mit einem hämischen Lächeln im Gesicht.

»Das stimmt nicht«, stammelte Matias. Er wirkte plötzlich unsicher wie ein kleiner Junge. Alles in Mikael spannte sich an. Matias würde bald die Beherrschung verlieren. Er musste irgendwie dazwischengehen.

»Er hat uns an jenem Tag beim Spazieren im Wald getroffen, Ella«, fuhr Laine fort. »Und zum Trinken eingeladen.« Ella riss die Augen auf.

»Ich wusste das nicht«, krächzte Matias. Seine Stimme klang unnatürlich hoch. »Was ihr vorhattet.«

Laine ging einen weiteren Schritt auf Matias zu. »Ich glaube, das Ganze hat dir gefallen!«

»Du lügst!«, kreischte Matias.

»Du willst doch keinen Menschen töten. Gib mir die Waffe!« Mikael sah die Zweifel in Matias' Augen. Sosehr er sich auch bemühte, er war nicht zu dem fähig, was er tun wollte.

Mikael hob beschwichtigend seine beiden Hände. »Matias, machen Sie keine Dummheiten!«, sagte er. Und ging einen direkten Schritt auf diesen zu. Dann noch einen.

»Siehst du, sogar der Bulle sagt es«, meinte Laine.

Mikael hatte Matias fast erreicht. Nur noch einen großen Schritt, dann konnte er ihm die Waffe abringen.

»Du Feigling!«, brüllte da Ella plötzlich von der Matratze aus. »Du bist an allem schuld!«

Daraufhin hallte ein lang gezogener, schriller Schrei von Matias durch die Hütte. Ein lauter Knall folgte. Dann noch einer.

16.

Mittlerweile dämmerte es draußen und der dunkle Himmel wurde von feinen Rottönen durchbrochen. Anders stand in Anttilas Büro, um diese auf den neuesten Stand zu bringen. Noch waren die Angehörigen der vermissten Deutschen nicht da.

»Haben Sie heute Nacht überhaupt geschlafen?«, fragte Anttila. Sie selbst sah frisch geduscht aus, trug einen Hosenanzug, der teuer wirkte.

»Die Wohnung von Ramon Laine wird gerade auseinandergenommen«, gab Anders statt einer richtigen Antwort auf die Frage zurück. »Laine selbst war leider nicht drin. Alle verfügbaren Leute suchen nach ihm«, fügte er hinzu. »Aber er ist wie vom Erdboden verschwunden.«

Anttila nickte langsam. »Warum ist das keinem aufgefallen?« Sie blickte aus dem Fenster und kehrte Anders den Rücken zu. Ihre schmale Silhouette zeichnete sich dunkel vor dem immer heller werdenden Himmel ab. Ein feiner Parfumduft erfüllte den Raum. Sie war eine starke Frau, die sich Unsicherheiten nie anmerken ließ.

»Den Chef der Tankstelle hatten wir ziemlich schnell aus dem Kreis der Verdächtigen ausgeschlossen. Er hatte ein Alibi. Außerdem wussten wir bis vor Kurzem nicht, dass das Pärchen tatsächlich an der Tankstelle verschwunden ist. Wir dachten, die beiden wären von dort weitergefahren.«

Anttila murmelte irgendetwas Unverständliches. Anders hütete sich, nachzufragen. Er wusste, dass sie manchmal laut dachte und auch auf manche Fragen keine Antworten erwartete.

»Die Verbindung zu dem privaten Krankenhaus und dem ehemaligen Pfleger dort hat sich bestätigt«, fuhr Anders fort. »Es ist ein Cousin von Laine mit demselben Nachnamen. Wir gehen davon aus, dass er das Midazolam besorgt hat, mit dem die Opfer betäubt wurden.«

Anttila nickte leicht. »Das ist gut!«

Dann drehte sie sich ruckartig um und kam auf Anders zu. In ihren Augen konnte man Besorgnis erkennen.

»Was Neues von Mik?«, fragte sie.

»Verstärkung ist auf dem Weg nach Puumala«, antwortete Anders. »Aber die Kollegen brauchen noch etwas bis zu der Hütte. Die ist mitten im Nirgendwo.«

Anders hielt sein Handy fest umklammert, wollte von jeder Neuigkeit sofort unterrichtet werden. Er selbst war viel zu weit weg, um Mikael helfen zu können.

»Machen Sie sich keine Vorwürfe!«, meinte Anttila, als hätte sie seine Gedanken erraten. »Den Alleingang hat Mik zu verantworten«, sagte sie. »Und die Folgen.« Im Raum herrschte für einen Moment absolute Stille.

Als Anders kurz darauf das Büro verließ, hatte er plötzlich quälende Magenschmerzen. Was Anttila gesagt hatte, stimmte nicht ganz. Auch er hatte den Alleingang von Mikael zu verantworten. Er hätte seinen Partner ernst nehmen müssen,

266

als dieser zu ihm gekommen war. Stattdessen hatte er ihn weggeschickt.

17.

Die Hütte lag still da, aber die Eingangstür stand sperrangelweit offen. In Mikaels Ohren klingelte noch immer der Knall von Matias' Pistole nach. Die Szene, die sich ihm bot, war für sein Gehirn schwer einzuordnen und zu begreifen. Nur seiner jahrelangen Berufserfahrung war es zu verdanken, dass er nicht sofort fluchtartig das Weite suchte. Alle seine Instinkte mussten krampfhaft unterdrückt werden.

Ein erstarrter Matias stand mitten im Raum und blickte ihn aus großen, leeren Augen an. Die Waffe immer noch in Händen haltend, allerdings auf den Boden zeigend. Neben ihm lag Ramon Laine auf dem Boden und rührte sich nicht. Eine große Blutlache breitete sich auf dem Holzboden aus.

»Geben Sie mir die Waffe. Es ist vorbei«, sagte Mikael langsam, aber bestimmt.

Matias reagierte noch immer nicht. »Ich habe es getan. Ich bin kein Feigling«, flüsterte er.

Mikael trat einen Schritt auf Matias zu. Dieser lächelte seltsam erlöst und schob sich die Waffe langsam in seinen Mund.

»Nein!«, schrie Mikael aus vollem Halse. Die Wucht seiner Stimme überraschte ihn selbst. Er hechtete in Matias' Richtung.

»Sie haben recht, es ist endlich vorbei«, murmelte dieser fast unverständlich. Und drückte ab, bevor Mikael ihn erreichte. Der Knall dröhnte in Mikaels Ohren. Blut spritzte und Matias sackte augenblicklich zu Boden. Ein Blick in das Schlachtfeld, das einst sein Kopf gewesen war, verriet, dass ihm nicht mehr zu helfen war. Mikael nahm die Waffe an sich. Und krabbelte auf allen vieren zu dem am Boden liegenden

Ramon Laine. Er konnte keinen Puls mehr erspüren. Auch dieser Mann war tot.

Endlich konnte Mikael sich auch den zwei Personen im Wohnzimmer widmen, die er aus den Augenwinkeln schon die ganze Zeit wahrgenommen hatte. Auf einer dreckigen Matratze lag regungslos ein dürres Mädchen. Lebte sie überhaupt noch? Unweit entfernt saß, gefesselt an einen Stuhl, ein Mann. Die Augen hatte er weit aufgerissen. Aber kein Ton verließ seinen mit Klebeband umwickelten Mund. Die Szene erinnerte ihn schlagartig an die beiden Leichen in der Lagerhalle. Nur dass er diesmal rechtzeitig kam. Hoffentlich. Er stürmte zu der Matratze und kniete sich neben das regungslose Mädchen auf den Boden. Befreite sie von ihrem widerlich feuchten, stinkenden Knebel. Noch bevor er ihren Puls fühlen konnte, atmete sie hastig und schnappte nach Luft. Sie lebte! Auch wenn sie furchtbar mitgenommen aussah. Mikael mochte sich gar nicht vorstellen, was sie erlebt hatte. Vier ganze Tage lang.

»Ich bin Mikael Kohonen. Sie sind in Sicherheit«, sprach er mit ruhiger Stimme. Das Mädchen kam langsam zu sich. Sie hatte Tränen in den Augen. Tränen der Erleichterung?

»Da war gerade eine Frau«, flüsterte sie heiser in sein Ohr. Es war ohne Zweifel Johanna Stegebauer. Sie hatte die gleichen Augen wie ihre Mutter. Augen, die ihn trotz dieser Tragödie wach und zurechnungsfähig anblickten. Starke Augen. Sie war ihrer Mutter sehr ähnlich.

»Die Frau«, krächzte Johanna noch einmal, bevor sie einen schrecklichen Hustenanfall bekam. Mikaels Sinne schärften sich. Ella. Er hatte Ella für einen Moment vergessen. Sie hatte den Tumult zur Flucht genützt.

Flink huschte er zu dem Mann und versuchte, die Unmengen an Klebeband zu entfernen, die um seinen Kopf gewickelt waren. Mit jeder kleinen Bewegung riss er ihm ein paar

Haare aus, trotzdem reagierte der Mann kaum. Er stand zweifelsohne unter massivem Schock.

»Entschuldigung«, flüsterte Mikael immer wieder. Büschelweise hingen Haare an dem Klebeband. Immerhin schaffte er es, auch die Atemwege des Mannes so zu befreien, dass er wieder ungehindert Luft holen konnte. Trotzdem kam kein Ton über seine Lippen. Er saß nur apathisch da. Als Mikael sich gerade daran machte, Johanna Stegebauers Freund ganz von seinem Stuhl loszubekommen, sah er im Augenwinkel eine dunkle Gestalt durch die Küche rennen. *Ella.*

»Ich komme gleich zurück. Sie sind in Sicherheit«, wiederholte Mikael. Er seufzte, weil er die beiden sich selbst überlassen musste. Dann nahm er die Verfolgung auf.

18.

Anders konnte seine Ungeduld nicht verbergen. Er wanderte stetig durch sein Büro. Auf und ab. Ohne Pause. Seine Schuhe schleiften bei jedem Schritt ein wenig über den Kunststoffboden.

»Wie lange kann das denn dauern?«, fragte er sich halblaut selbst. Da vibrierte das Telefon in seiner Hand. Die Nummer auf dem Display ließ ihn stutzen. Das waren nicht die Kollegen aus Puumala. Es war Mikaels Frau. Einen Moment überlegte er, dann nahm er ab.

»Hallo, Loris«, sagte sie. »Du kannst dir sicher schon denken, warum ich anrufe.« Sie seufzte. Er hatte sie ewig nicht gesehen, das letzte Mal vermutlich vor einem Jahr bei der Weihnachtsfeier. Dennoch sah er sie beinahe bildlich vor sich. Ihre zierliche Statur, die blonden, feinen Haare.

»Ich weiß, ihr habt gerade diesen Fall …«, setzte sie an.

»Mikael ist letzte Nacht nicht nach Hause gekommen«, vollendete Anders den Satz für sie.

Er musste an den Ehering in Mikaels Schublade denken. Er hatte nie mit ihm darüber gesprochen, war sich aber plötzlich sicher, dass es zu Hause Probleme gab. Trotzdem hätte Mik nicht gewollt, dass seine Frau sich Sorgen machte.

»Mikael geht's gut«, log er. Es war die zweite Notlüge des Tages und Anders war nicht gerade stolz darauf. »Wir haben gerade viel zu tun«, ergänzte er. Aber dann kam er sich doch auf eine seltsame Art und Weise unhöflich vor. Er hatte monatelang nicht mit ihr gesprochen. Sie schien sich wirklich Sorgen zu machen, wenn sie ihn anrief.

»Ich war letzte Nacht auch nicht zu Hause«, meinte er. Wenigstens das entsprach der Wahrheit.

»Loris, ich glaube, du verstehst nicht«, erwiderte sie. »Mik und ich …« Sie stockte. »Ich möchte wissen, ob er im Büro ist. Oder …«

Erst jetzt begriff er, was sie meinte. »Natürlich ist er im Büro!«, rief er beinahe empört aus. »Es ist nur die Arbeit, die ihn beschäftigt.«

Beide schwiegen für einen Moment. Da klopfte ein anderer Anruf bei Anders an, was ihn sofort aus seiner Nachdenklichkeit riss.

»Ich muss aufhören«, sagte er schnell. Bereits im nächsten Moment hatte sie aufgelegt, ohne sich zu verabschieden.

Er hatte keine Zeit, um darüber nachzudenken, nahm bereits Sekunden später den zweiten Anruf entgegen und schaltete den Lautsprecher ein.

»Wir sind im unmittelbaren Nahbereich der Hütte«, berichtete ein junger Beamter, den Anders nicht kannte. »Und wir haben Hauptkommissar Kohonens Dienstwagen gefunden.«

»Seien Sie verdammt noch mal vorsichtig«, gab Anders aufgeregt zurück.

19

»Ella, warten Sie«, rief Mikael Kohonen der dunklen Gestalt nach, die durch die Terrassentür nach draußen entwischt war. Erst dann sah er die blutige Spur, die sie hinterlassen hatte. Dunkelrote Flecken auf dem weißen Fliesenboden. Und zwar viele.

Seine Augen brauchten einige Momente, um sich an die Dunkelheit draußen zu gewöhnen. Die Gestalt hatte bereits mehrere Meter Vorsprung und lief zielsicher in Richtung See. Mikael folgte ihr und schaffte es tatsächlich, den Abstand zwischen ihnen zu verringern.

»Warten Sie«, rief er erneut. »Sie brauchen einen Arzt.«

Am nahe gelegenen Ufer angekommen, drehte sie sich endlich um. Schwaches Licht drang aus der Hütte bis hierher. Im Hintergrund tauchte die aufgehende Sonne den See in ein violettes Licht. Ihre Atmung ging stoßweise. Sie schien am Ende ihrer Kräfte angelangt zu sein. Starrte ihn aus schwarzen Augen an. In ihrer rechten Hand hielt sie ein riesiges Küchenmesser.

»Ich brauche niemanden«, zischte sie.

»Sie bluten«, sagte Mikael, dessen Blick auf ihren linken Arm fiel, von dem dunkles Blut in den Schnee tropfte. Woher genau es kam, konnte er im fahlen Licht nicht ausmachen. Eine Kugel aus Matias' Waffe musste sie irgendwo getroffen oder zumindest gestreift haben.

»Er hat mir das Finale geraubt«, flüsterte sie. »Er hat ihn einfach erschossen!«

»Ihr Arm«, setzte Mikael erneut an. Aber Ella reagierte darauf nicht. Sie schien ihren eigenen Gedanken nachzuhängen.

»Ich glaube, er wollte Ihnen helfen. Matias wollte Ihnen helfen«, sagte er daher. Er konnte sehen, wie sie über seine Worte nachdachte. Ihren Kopf dabei leicht zur Seite neigte. Er machte langsam einen Schritt nach vorne. Und war nicht mehr weit von ihr entfernt.

»Ich wäre allein mit dem Kerl fertig geworden«, sagte sie. »So wie mit den anderen.«

Ella schüttelte sich fast unmerklich. Ihren verletzten Arm beachtete sie nicht.

»Sie sind eine starke Frau, das weiß ich«, meinte Mikael. »Und Matias wusste das auch. Aber diesmal wollte er sie retten«, sagte er, ohne groß über seine Worte nachzudenken. Ein erstickter Ton kam über ihre Lippen. Sie sog scharf die Luft ein, als hätte sie plötzlich eine Erkenntnis durchflutet. Und hob ihr Messer mit beiden Händen. Hoch über ihren Kopf. Dem stöhnenden Ton nach zu urteilen, kostete sie das viel Überwindung und ihre letzte Kraft.

»Er *wusste* es? Was ist mit ihm geschehen?«, fragte sie und neigte dabei erneut ihren Kopf auf eine Seite. Mikael antwortete nicht sofort. Er war sich unsicher, wie sie seine Worte aufnehmen würde.

»Er ist tot«, sagte er schließlich. Und ging dabei einen weiteren Schritt auf sie zu. Ergeben senkte sie ihren Kopf. *Ich bin gleich bei dir*, dachte er. Er musste jetzt nur noch einmal nach vorne hechten. Und ihr das Messer abnehmen. Innerlich wappnete er sich für den Sprung.

»Es macht keinen Unterschied mehr«, murmelte sie. Sie wirkte seltsam befreit. »Es endet hier, wo alles begann. Alles endet.«

»Es muss nicht das Ende sein«, sagte Mikael. »Es gibt immer ein Morgen.«

»Nicht für mich«, antwortete Ella.

Im Bruchteil von Sekunden musste Mikael eine Entscheidung treffen. Ohne weiter darüber nachzudenken, sprang er mit aller Kraft in Ellas Richtung. Bevor seine Hände sie erreichten, stieß sie sich vor Mikaels Augen das Messer in den

Bauch. Tief und entschlossen. Sie sackte zusammen und kippte nach hinten in den See. Ihre Augen weiteten sich dabei vor Entsetzen und Schmerz, aber kein Laut kam über ihre Lippen. Mikael war Momente später bei ihr, zog sie aus dem eiskalten Nass. Und bemerkte sofort, dass sie eine Hauptschlagader getroffen hatte. Blut, zu viel Blut. Das Messer steckte nicht mehr in der Wunde. Er versuchte mit aller Kraft, die Blutung zu stoppen, drückte mit beiden Händen auf ihren Bauch. Sie stöhnte leise. Binnen Sekunden wich pulsierend das Leben aus ihr. Sie atmete nur noch schwach, ihre Augen flatterten.

»Ella, Ella!«, schrie Mikael. Aber Ella wirkte schon abwesend. Überall war Blut, tränkte seine Jacke, haftete an seinen Händen.

»Alles ist vorbei«, flüsterte sie noch einmal. Dann schloss sie ihre Augen. Auch Mikael ließ sich nun in den Schnee sinken, ohne die Kälte zu spüren. Der See lag friedlich vor ihm, während ihn der metallene Geruch des Bluts vollkommen einhüllte. Nach einer Weile hörte er Stimmen, die näher kamen, und Sirengeheul aus der Ferne.

Montag

8. Dezember 2014

»Sie haben ganze Arbeit geleistet, Mikael«, sagte Sofia und umschloss den Becher mit Kaffee mit beiden Händen. Mikael Kohonen saß ihr gegenüber auf einem bequemen Sessel. Er nahm einen Schluck aus seinem Becher, verzog aber sofort sein Gesicht. Der Kaffee war noch viel zu heiß. Mikael trug einen bequemen Wollpulli. Darunter war sein Ellbogen einbandagiert. Er war zum Glück nur verstaucht. Unter dem Einfluss des Adrenalins hatte er überhaupt nicht bemerkt, wie welcher Wucht er zusammen mit der verletzten Ella auf den eisigen Boden geknallt war.

Mikaels Blick fiel auf Sofia. Sie war wie immer sehr korrekt gekleidet, mit dunkelblauer Stoffhose und einer edlen weißen Bluse.

»Ich konnte keinen der Täter verhaften«, sagte er.

»Aber Sie haben Johanna Stegebauer und ihren Freund gefunden. Und gerettet. Daran hat zwischenzeitlich kaum noch jemand geglaubt«, sagte Sofia. »Wenn ich ehrlich bin, nicht mal ich selbst.« Einen Moment lang herrschte Stille.

»Keiner von uns«, ergänzte Mikael nachdenklich.

»Die beiden müssen Furchtbares durchlebt haben«, meinte Sofia gedankenverloren und stellte ihren Becher auf ein Tischchen neben sich. Mikael nickte bedächtig. »Ramon Laine

274

hat Johanna Stegebauer immer wieder vergewaltigt. Ihr Freund musste zusehen. Über Tage hinweg. Schlimmer geht es wohl kaum.« Er seufzte. »Trotzdem, die beiden leben. Und sie werden sich erholen.«

Er musste unweigerlich an Ella Mäkinen denken. Sie hatte sich nie ganz von dem erholt, was ihr zugestoßen war. Es hatte sie ihr ganzes Leben lang begleitet wie ein dunkler Schatten. Er hoffte, dass es bei den beiden Deutschen anders ablaufen würde. Der Täter war immerhin eindeutig identifiziert. Und er war tot. Er würde niemandem mehr etwas tun.

»Diesen Ausgang haben die beiden Ihnen zu verdanken, Mikael. Wenn Matias Sie nicht zu dieser Hütte geführt hätte …« Sie ließ den Rest des Satzes offen.

»Ich will gar nicht darüber nachdenken«, sagte Mikael schnell. »Es war nur so ein Bauchgefühl mit Ella und dieser alten Geschichte rund um die Hütte.«

»Sie hatten den richtigen Riecher«, sagte sie. Mikael fragte sich kurz, ob das alles nur ein höflicher Small Talk oder echtes Interesse ihrerseits war. Er beschloss dann aber, dass diese Gedanken zu weit gingen. Und vertiefte sie nicht weiter. Stattdessen fuhr er mit seiner Erzählung fort.

»Ramon Laine war offenbar als Kind oft bei dieser Hütte nahe Puumala. Seine Eltern kannten den Besitzer. Er hatte einen Schlüssel, den er auch behielt, nachdem seine Eltern verstorben waren. Diesen Schlüssel hatte er auch schon im Jahr 1994, bei Ella.«

Sofia starrte auf den Boden. Einen Moment lang sagte sie nichts. »Furchtbare Geschichte. Die alte, meine ich. Mit Ella«, flüsterte sie dann.

»Ja, das war es. Es hat sie zerstört«, antwortete Mikael leise. »Für die Kollegen von damals war es unmöglich, einen Zusammenhang herzustellen. Alle drei Täter lebten weit entfernt von Puumala. Und waren nicht aktenkundig«, sagte Mikael.

»Und Ramon Laine ist auch für den Mord in der Lagerhalle verantwortlich?« Mikael nickte. »Für diesen Teil der Ermittlungen muss ich aber maßgeblich Anders und Hakala danken. Die haben nicht nur dessen scheinbares Alibi auffliegen lassen, sondern auch eine Verbindung zu dem Midazolam hergestellt, das wohl Laines Cousin besorgt hatte.«

»Diesen Teil habe ich live mitbekommen«, erwiderte Sofia. »Wir haben hier alle auf Sie gewartet.« Er ließ diese Aussage für den Moment unkommentiert stehen, fuhr stattdessen mit den Ergebnissen der Ermittlungsarbeit fort.

»Mittlerweile steht auch fest: Die DNA-Spuren unter den Fingernägeln des weiblichen Opfers stimmen mit Laines DNA überein. Ebenso stimmt seine Schuhgröße.«

Sofia nickte zufrieden. »Was ich mich die ganze Zeit schon frage: Wie hat er es allein geschafft, zwei Menschen in seine Gewalt zu bringen?«

»Er war schlau. Wir wissen aufgrund der Aussagen des deutschen Pärchens, dass er zuerst den einen betäubt hat und dann den anderen. Er hat Gelegenheiten ausgenützt. Bei Johanna war es die Tatsache, dass ihr Freund sich gerade auf der Toilette hinter der Tankstelle befand.«

»Aber warum hat er das erste Pärchen nicht zu der Hütte gebracht?«, fragte Sofia. *Sie stellt die richtigen Fragen*, dachte Mikael anerkennend. Er nahm einen Schluck Kaffee aus seinem Becher. Er hatte jetzt endlich die richtige Temperatur. Warum Laine das erste Mal die Lagerhalle genutzt, später aber zu der Hütte zurückgekehrt war, war eine Frage, die Mikael sich in den letzten Tagen selbst des Öfteren gestellt hatte. Ohne darauf eine richtige Antwort zu finden.

»Ich kann nur mutmaßen. Vielleicht wollte er die beiden dort hinbringen, aber es kam etwas dazwischen. Vielleicht waren es in seinen Augen nicht die Richtigen, die er ausgewählt hatte. Vielleicht kam ihm die Idee mit der Hütte erst später oder er wollte sich beim zweiten Pärchen steigern. Immerhin hat er diesmal die beiden viel länger am Leben gelassen. So oder so. Er nimmt das Geheimnis mit ins Grab.«

Sofia sah Mikael nun das erste Mal direkt in die Augen. Er musste sich anstrengen, um den Blick nicht sofort beschämt abzuwenden. Er wurde nervös. Und konnte es nicht verhindern.

»Sie sollten jetzt erst mal Urlaub machen«, sagte sie und lächelte.

»Hm«, raunte Mikael nur. »Es gibt noch sehr viel Papierkram zu erledigen. Außerdem wurde Julius Märsen noch nicht gefunden. Der vermisste Anlageberater. Er war der zweite Täter von damals. Und auch er ist Ella zum Opfer gefallen. Das hat sie mir gegenüber selbst so angegeben. Außerdem hat er offenbar ziemlich viel Dreck am Stecken und war in krumme Geschäfte in der Anlagebranche verstrickt. Seine Frau Heidi Märsen ist bereit auszusagen und alle Karten auf den Tisch zu legen.«

»Die Arbeit nimmt nie ein Ende«, sagte Sofia.

»Nein, nie«, antwortete Mikael und blickte zum Fenster hinaus. Draußen war es wolkig und düster. Sofia klatschte mit den Händen auf ihre Oberschenkel. Ein eindeutiges Zeichen des Themawechsels.

»Wollen wir jetzt unsere eigentliche Sitzung starten, Mikael?«, fragte sie. Ihre freundlichen Augen strahlten Ruhe und Kompetenz aus.

»Jawohl«, erwiderte Mikael und richtete sich in seinem Sessel gerade auf. Er war bereit zu reden.

EPILOG

SOMMER 1994

PUUMALA, FINNLAND

1.

Die Nacht war nie richtig dunkel geworden. Eine laue Brise wehte vom offenen Fenster her in das Zimmer. Draußen fielen Autotüren zu und fremde Stimmen lachten leise. Verzweifelt sah sich Ella in dem kleinen Schlafzimmer um. Auf der Suche nach einem Versteck. Ihre geweiteten Augen suchten panisch den ganzen Raum ab, ihr Gehirn wertete in Sekundenbruchteilen die Möglichkeiten aus. Aber da war nichts. Kein Unterschlupf, in dem sie nicht sofort gefunden worden wäre. Also eilte sie im Nachthemd zum offenen Fenster. Und blickte mit klopfendem Herzen hinunter. Unter dem Fenster, das im ersten Stock lag, führte ein gefliester Weg entlang. *Ich breche mir die Beine, wenn ich springe*, dachte sie.

Da hörte sie, wie die Haustür geöffnet wurde. Nicht aufgebrochen, sondern aufgeschlossen. Aufgeschlossen? Sie wendete sich vom Fenster ab. Diesmal hielt sie nach möglichen Waffen Ausschau. *Wo ist nur Matias*, schrie eine Stimme in ihrem Kopf. Irgendwo, tief in ihrem Inneren, hatte sie noch die klitzekleine Hoffnung, dass er gleich durch die Tür trat und sie auslachte.

278

Wegen ihrer Ängstlichkeit. Aber dann hörte sie die sich nähernden Schritte auf der knarzenden Treppe. Laute, polternde Schritte. Nie und nimmer war das Matias. Als die Tür schließlich aufsprang, standen da zwei fremde Männer. Und starrten sie unverhohlen an. Beide hatten ein irres Grinsen auf dem Gesicht. Ella schrie jetzt aus vollem Halse. Sie schrie, wie sie noch nie in ihrem Leben geschrien hatte. Aber es war niemand da, der sie hätte hören können. Der See und der Wald lagen einsam da. Auch sie selbst hörte ihre Schreie nicht. Sie war ganz und gar gefangen in einem Nebel aus Angst.

»Stopf dem Miststück das Maul«, sagte einer der Männer. Ihr Herz schlug jetzt so wild und ihre Atmung ging so stoßweise, dass sie fürchtete, gleich in Ohnmacht zu fallen. Doch diesen Gefallen tat ihr Körper ihr nicht. Er blieb hellwach und adrenalindurchflutet. Und so bekam sie alles mit. Wie sie mit aller Gewalt zurück auf ihr Bett gezogen wurde. Wie der Typ mit den dunklen Haaren und der Narbe über dem Auge sich auf sie kniete und der andere die Kabelbinder anbrachte. *Ich kann nicht mehr atmen*, dachte sie panisch. Der Druck auf ihren Brustkorb wurde immer stärker. Und dann ein knackendes Geräusch. Eine Rippe war gebrochen. Oder mehrere. Es wurde schwarz um sie. Endlich.

Als sie wieder erwachte, wähnte sie sich ein paar Momente lang in Sicherheit. Sie lag in ihrem Bett, gleich würde Matias ihr einen heißen Kaffee bringen. Dann spürte sie die Schmerzen. Quälende Schmerzen an ihren Hand- und Fußgelenken, stechende Schmerzen in ihrer Brust. Irgendetwas schnitt tief in ihre Haut ein. Und plötzlich war sie wieder da, die Erkenntnis. Sie wusste wieder, wo sie sich befand. Und wer bei ihr war. Sie war den fremden Männern schutzlos ausgeliefert. *Wehrlos*. Das war das erste Wort, das ihr in den Sinn kam, als sie es schließlich wagte, leicht blinzelnd die Augen zu öffnen. Und den Kopf leicht zu heben. Er dröhnte, als hätte sie einen Schlag auf den

Kopf bekommen. Quälend langsam kam die Erinnerung zurück. Stück für Stück. Und mit ihr die Angst. Der Raum war leer und ein paar trügerische Sekunden lang hoffte sie, die Männer wären weg. Jede noch so kleine Bewegung verursachte ihr derartige Schmerzen, dass ihr Kopf sofort erschöpft auf das Bett zurücksank. Sie war mit Kabelbindern an das Bett gefesselt worden. Die gebrochenen Rippen verursachten Atembeschwerden. *Vielleicht sind sie weg und ich habe das Schlimmste hinter mir*, dachte sie. Aber dann hörte sie Stimmen von draußen.

»Gib mir auch noch einen Schluck ab.« Torkelnde Schritte kamen näher. Und dann war plötzlich jemand über ihr. Auf ihr. Sein Atem stank widerlich nach Alkohol und Zigaretten. Ergeben schloss sie die Augen und träumte sich fort.

2.

Irgendwann war sie vor Erschöpfung und Schmerzen eingeschlafen. Oder ohnmächtig geworden. Ein gellender Schrei weckte sie. Jemand schrie auf eine durchdringende Art und Weise. *Matias!* Ihre Lippen formten seinen Namen, aber kein Ton kam über sie. *Matias, wo bist du?*

Kurz darauf wurde die Schlafzimmertür aufgestoßen und Matias von den zwei Männern hereingezerrt.

»Schau mal, wen wir laut schnarchend draußen auf der Terrasse gefunden haben. Hat wohl etwas zu tief ins Glas geschaut. Der ist total hinüber«, sagte einer. Matias hing schlaff in seinen Armen, er war noch immer sturzbetrunken. So betrunken, dass er nicht einmal selbstständig stehen konnte. Als er Ella erblickte, versuchte er, sich irgendwie zu winden, aber sämtliche Kräfte schienen ihn verlassen zu haben. Er hatte keine Chance gegen die zwei. Es war ein ungleicher Kampf. Matias' Blick spiegelte eine seltsame Mischung aus Verwirrtheit und instinktivem Entsetzen wider. Der größere der beiden Männer, der mit der Narbe über dem Auge, versetzte ihm einen Faustschlag in die Magengrube. Der Schlag war so kraftvoll, dass Matias augenblicklich schmerzerfüllt zusammensackte. Aus dem Augenwinkel nahm Ella einen Schatten im Türrahmen wahr und eine Stimme sagte: »Na na, wer will denn da wegrennen. Du sollst doch die Show sehen.« Ella schloss in diesem Moment mit jeder Hoffnung auf ein Überleben ab.

3.

»Lass uns abhauen«, sagte der Kleinere. Der mit der hohen Stimme. Ella nahm die Worte nur noch weit entfernt wahr, so als würde sie längst über den Dingen schweben. Wie lange war sie diesmal weg gewesen? Wie spät war es? Der Größere beugte sich über sie. Seine Lippen berührten auf eine widerliche Art und Weise ihr Ohr.

»Wenn du zu den Bullen gehst, dann kommen wir zurück«, flüsterte er. »Und dann sind wir nicht mehr so nett wie heute.« Sie schluckte. Ihr Mund und ihre Kehle fühlten sich staubtrocken an. Sie hatte seit Stunden nichts getrunken. Ella konnte hören, wie Flaschen im Zimmer herumflogen. Es stank nach Alkohol. Sie wagte kaum zu atmen.

»Was machen wir jetzt mit der?«, fragte einer.

»Ich finde, wir sollten kein Risiko eingehen«, sagte eine andere Stimme. Dann leises Gemurmel. Es hörte sich beinahe an wie ein Streitgespräch. »Ich hab keine Lust darauf, in den Knast zu gehen. Ich bring die jetzt zum Schweigen.« Und dann fühlte sie einen dumpfen Schmerz im Bauch. Irgendetwas hatte sie getroffen. Etwas Scharfes. Es fühlte sich kalt an. Ihre Augenlider waren mittlerweile so schwer, dass sie sie nicht mehr aus eigener Kraft öffnen konnte. So fühlte es sich also an, zu sterben.

»Sie sieht aus, als würde sie friedlich schlafen, nicht wahr?«
Die Stimme klang seltsam fremd in ihren Ohren. Aber sie hatte
keine Kraft mehr, um nachzudenken. »Komm, schneid sie los.
Und zieh ihr die dreckigen Sachen aus.«

»Warum?«

»Weil ich es sage, verstanden. Es muss so sein. Dann ist es
perfekt.«

Irgendwann war es tatsächlich leise geworden im Raum.
Die Angst blieb. Und die Schmerzen. Ihr ganzer Körper fühlte
sich an wie eine riesige Wunde. Vor allem ihr Bauch. Alles
wirkte feucht. Sie roch Blut. Und jeder Atemzug schmerzte.

»Ella«, flüsterte eine Stimme. »Ella, sie sind weg.« Aber Ella
konnte nichts mehr antworten. Und sie wollte es auch nicht. Sie
wollte nur schlafen. Am liebsten für immer.

Folge der Autorin auf Amazon

Wenn dir dieses Buch gefallen hat, folge Helene Falk auf Amazon. Dann erhältst du eine Benachrichtigung, wenn die Autorin ihr nächstes Buch veröffentlicht. Um der Autorin zu folgen, gehe bitte folgendermaßen vor:

Desktop:

1) Suche auf Amazon.de oder in der Amazon App nach dem Namen der Autorin.

2) Klicke auf den Namen der Autorin, um auf die Autorenseite zu gelangen.

3) Klicke auf den »Folgen«-Button.

Smartphone und Tablet:

1) Suche auf Amazon.de oder in der Amazon App nach dem Namen der Autorin.

2) Klicke auf einen Titel der Autorin.

3) Klicke auf den Namen der Autorin, um auf die Autorenseite zu gelangen.

4) Klicke auf den »Folgen«-Button.

Kindle eReader und Kindle App:

Wenn du dieses Buch auf einem Kindle eReader oder in der Kindle App liest, wird dir automatisch angeboten, der Autorin zu folgen, nachdem du die letzte Seite des Buches gelesen hast.

Zeitfracht Medien GmbH
Ferdinand-Jühlke-Straße 7
99095 Erfurt, Deutschland
produktsicherheit@kolibri360.de

Druck:
CPI Druckdienstleistungen GmbH
im Auftrag der
Zeitfracht Medien GmbH
Ein Unternehmen der Zeitfracht - Gruppe
Ferdinand-Jühlke-Str. 7
99095 Erfurt